ZAI MIMANG
ZHONG ZHUIXUN

在迷茫中追寻

许祚禄◎著

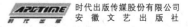

时代出版传媒股份有限公司
安徽文艺出版社

图书在版编目（ＣＩＰ）数据

在迷茫中追寻/许祚禄著. —合肥：安徽文艺出版社,2018.7
（2024.11 重印）
ISBN 978-7-5396-4253-6

Ⅰ．①在… Ⅱ．①许… Ⅲ．①长篇小说－中国－当代
Ⅳ．①I247.5

中国版本图书馆 CIP 数据核字(2018)第 024650 号

出 版 人：姚 巍
责任编辑：汪爱武　姚 衍　　　　　　装帧设计：张诚鑫

....

出版发行：安徽文艺出版社　　www.awpub.com
地　　址：合肥市翡翠路 1118 号　邮政编码：230071
营 销 部：(0551)63533889
印　　制：三河市兴国印务有限公司

....

开本：700×1000　1/16　印张：16　字数：200 千字
版次：2018 年 7 月第 1 版
印次：2024 年 11 月第 2 次印刷
定价：49.80 元

....

序　言

今年认识许祚禄，在合肥与其见过三次面。谈话中得知，他近两年停办企业，潜心长篇小说创作，已经发表出版三部长篇小说《沉默的群山》《子孙满堂》和《小县城》。其间，他带来他的第四部长篇小说《在迷茫中追寻》打印稿，嘱我抽时间看一看，写一篇短文权充序言。

先看文本，花两天半时间，很顺畅地阅读一遍。阅读顺畅的原因有三：一是小说的故事性强，情节密度不大，利于阅读；二是小说的结构精巧，由过去与当下两条叙事线索交叉运行，一唱一和地攀缠至结尾处；三是小说的背景熟悉，我最初在一家工厂工作，待了十四年，与小说的背景大致相当。此三者融合在一起，构成一种特别的文本气息，伴随阅读的全部过程。

县长田玉玲被"双规"，丈夫李辉豪闭门数日后，跟随好兄弟周阳去九华山朝拜。李辉豪是前进集团总裁，从当初只有四十几个人的一家街道小厂起步，时间跨度从二十世纪七十年代末至新世纪初，历经三十余年的摸爬滚打，每一步都有妻子田玉玲的相伴，每一关都有妻子田玉玲的支撑。田玉玲被"双规"，李辉豪的人生大厦顷刻间坍塌。朝圣之路，从清早至午夜，不同寺庙，不同景致，点缀其间，构成当下的叙事线索。李辉豪从街道小厂的副厂长至前进集团总裁，田玉玲从街道小厂团支部书记至县人民政府县长，各自共同的人生经历，转化成无数个故事片段，曲曲折折地串联成一条过去的叙事线索。当下叙事线索的时间是一天,过去叙事线索的时间是三十余年。

二十世纪八十年代中期,我大学毕业后分配至一家陶瓷厂工作。这是一家新中国成立之初就有的老企业。这是一家由七个生产分厂和两个原料矿组成、职工家属上万人的大企业。企业最辉煌时期,购买产品要走后门,运输产品的卡车在厂区内彻夜排队。那个时候,职工上下班身着厂服,胸佩厂徽,有一种主人翁的自豪感。后来企业一天一天地衰落下来,先是产品滞销,职工工资不能按时发放,后是停产半停产,职工工资发不出来,再而后是下岗裁员企业改制破产。我曾在一篇创作谈中写过这么一句话:"我能听到历史车轮从他们脊梁碾压过去的尖锐的叫喊声。"那一年,企业破产,职工惶恐四散,寻找生活门路。那一年,春节前后,厂里有数名职工,不堪生命负重,先后自杀。在还原那么一段历史过程的时候,我与许祚禄的不同点在于,我的关注点放在个体生命的感受上面,是微观的;他的关注点放在企业起落上面、放在李辉豪与刘海洋的相互倾轧上面、放在田玉玲仕途升迁上面,是宏观的。我的那个厂最终变成一排一排的商品房,最大的受益者是谁,我不知道。李辉豪的那个厂最终变成一排一排的商品房,最大的受益者却是他自己。还原那么一段历史,要有客观的历史眼光,要写出那个时代的真实性。比如说,我的那个厂,到后期一年更换一个厂长或两个厂长,像走马灯一样。再比如说,我的那个厂破产时,年产值刚超过五千万,总债务不超过一千万。而李辉豪的那个厂,始终是李辉豪任厂长,欠银行一个多亿的债务,还要改制给他个人。真实性是小说存在的理由,也是小说存在的价值。

许祚禄说,这是一部书写人生信仰的小说。李辉豪、田玉玲、刘海洋、周阳、黄得水、王华芳、刘柱等小说人物各自有没有自己的人生信仰,或者说有着怎样的人生信仰,读者自有分辨。我则一边对照主人公内心的焦虑、痛苦、迷茫和挣扎，一边反观自己这些年来走过怎样的一条人生之路。我想这或许不失为读者积极参与的一种阅读方式。

李辉豪朝圣九华山，历经一天时间从肉身殿下到九华街，"一路上已经拜了许多庙，可是一点没有减轻他内心的这份疼痛，他开始怀疑，是不是因为自己的心不够诚，一直都怀有思想杂念，菩萨都没有保佑自己，还是因为朝拜的人太多，菩萨还没有看清他的这份疼痛呢？"这便是李辉豪的疑问。其实书中答案是有的，"他（李辉豪）这时想起佛说的一句话：生活本不苦，苦的是欲望过多；心本不累，累的是放不下的太多。欲望就像手中的沙子，握得越紧，失去的越多。人生是一场修炼，随缘是一种解脱。"

是为序。

曹多勇

2016 年 10 月 22 日 华地润园

（曹多勇，著名作家，安徽省作协副主席）

一

前进集团总裁李辉豪坐在劳斯莱斯元首级豪车中，一点没有感觉到外面的情景变化，不知不觉地就已经到了九华山地界。

开车的是他小时候的好兄弟周阳。周阳不是他的专职司机，他看到李辉豪这些日子家运不幸——他的当县长的老婆田玉玲和县委书记刘柱有私情，双双被抓了，已经移交给法院审判。李辉豪的心里非常郁闷苦恼，周阳就去劝说他一起到九华山祈求菩萨保佑。这次李辉豪没有推辞就答应了他的建议，跟着他上山来了。

周阳知道，李辉豪这次上九华山是不想让更多的人知道，也不想让更多的人来打搅他，他现在最需要的就是清静，于是就亲自来给他当司机和向导。

周阳胖墩墩的身体坐在驾驶座上，整个人就像一个肉团，也像一尊大肚子的泥菩萨，脑袋和身子连在一起，都看不到脖子了，只有一条硕大的佛珠挂在那里。他一边向李辉豪介绍着九华山的种种神奇的传说，一边懊恼不止地说着："豪哥，你真的早就该诚心诚意地来烧香拜佛了，你有不少年没有来过了吧？现在这里每天来自世界各地的香客都是人山人海啊，到了菩萨生日和庙会的日子，整个山路上都是人啊，挤都挤不动。许多都是回头客，都是来还愿的。"

周阳不停地说着，一直听不到李辉豪的回应，以为他在后面睡着了，从后视镜里望去，只见李辉豪一直神情凝重地望着窗外，一言不发。

周阳这才停住话，不再往下说了。他知道李辉豪现在的心情坏透了，听不进去他的话。他自己的心里也开始感到一些酸溜溜的滋味了。从小到大，李辉豪就像是周阳的兄长一样，在周阳心里，豪哥就是一座山，就是一尊佛，就是一个神，他有时都在为李辉豪抱不平，他这么好的人，这么有本事的大企业家，一个一心只为别人、从不为自己的大好人，为啥总活得这么苦这么累？为啥还会有那么多烦恼缠住他？他五十多岁的人了，还没有一点发福的迹象，他身上好像永远都不会长肉似的，高大的身材显得特别消瘦憔悴，脸色也有些苍白，头发虽很整齐，却已夹杂着许多白发，一双深沉的大眼睛里总是充满着焦虑和烦恼。

周阳在心里默默地祷告道："九华山的菩萨，九华山的诸佛，九华山的各路神仙啊，你们一定要保佑豪哥，他是天下最好的人，他是一个一心为别人、从不为自己考虑的人，他当了这么多年的老总，吃喝嫖赌全不来，没有养过女秘书，没有过二房小三，除了田玉玲，他没有碰过任何别的女人。你们不要再给他过多的苦难了，他的老婆田玉玲在外干的什么坏事，犯的什么错误，他真的不知道。是田玉玲一直在欺骗着他，在瞒着他，他们才没有离婚的，他才是最大的受害者。让他们离婚吧，田玉玲是该受到这样的惩罚的。"

在李辉豪儿时最好的朋友眼中，李辉豪的这一生都是被田玉玲害惨了，他爱上了这个不该爱的女人。对于田玉玲和县委书记刘柱之间的那种关系，他们早有耳闻，只是不敢跟李辉豪说，他们知道没有任何证据、只是捕风捉影的事情，打死他也不会相信，因为他对田玉玲实在是迷恋得太深了，他一直就生活在她的阴影里，一辈子都不能自拔。他们认为，在田玉玲升为县长的时候，或者说在之前很早的时候，她就已经背叛了李辉豪，他们的夫妻关系早就是表面上好看的了，她对李辉豪所做的一切，都像是在演戏。只有李辉豪一个人还一直被蒙在鼓里啊,还一直把她当宝贝、天仙啊。所以这次,当田玉玲、刘柱那种不正当关系彻底暴露、双双被抓时,李辉豪内心的震撼可想而知,这些天他就好像变成了一个傻子。

这些年,他们一直都在为李辉豪而感到不平,他们不解为啥她田玉玲在外当县长,就可以乱搞,可以有别的男人,还要死抓住豪哥不放。这不公平,这不是以权压人吗?现在,她田玉玲犯了错误,被"双规"了,要判刑坐牢了,又害得豪哥受牵连,这还有天理吗?豪哥这辈子怎么就遇到了这样的一个女人?她真是红颜祸水,是一个祸星、扫把星,她现在得到了报应,被抓去坐牢,豪哥正好可以彻底解放了,还能有什么伤心和痛苦的?豪哥呀,你怎么就是想不开呢?你为啥总和自己过不去呢?现在大家生活都好了,每天都是有吃有喝的,没事就出去打牌、喝酒、旅游、钓鱼、放风筝,日子都是过得越来越轻松快乐了。就像我,一天三顿,好酒好菜,一辈子就过得逍遥快乐、无忧无虑、无病无灾,浑身都是在横向发展,到处长肉,都快走不动路了,人人都说我就是当代的弥勒佛了,人活着不就是这样过日子吗?吃好、喝好、玩好、睡好,无病无灾,逍遥快活,你为啥总有那么多的烦恼和苦闷呢?为啥总是想不开呢?为什么总是和自己过不去呢?现在像你这样的大老板,谁没有几个女人,养几个私生子?就你是真傻啊,一辈子就守着一个不忠不贞的田玉玲,把她当成活宝,一直不离不弃,到头来,竟搞到了妻离子散、孤身一人的地步,还被人戴了多年的"绿帽子",你有再多的钱,你把企业发展得再大,又有什么用呢?你这辈子过得真是纠结,真是不值啊。现在都是什么时代了,多大年纪的人了?你还总是在说着什么理想、信仰、道德、追求、向往、使命,这些都是老师拿来教育小孩子的话,你怎么就不清醒,就想不通呢?

周阳按过去进山的习惯,在进入佛光大道路口的高大的五溪牌坊处停下,那牌坊上面刻着四个醒目的大字"莲花佛国"。这就是进入佛国圣地的标志。

周阳每次朝山进香都怀着一片虔诚之心，他已经记不清这是第几次朝山进香了，每年正月初五地藏王菩萨生日这天，是雷打不动的一次，有时一年几次。他早就对九华山的一切都了如指掌了，比一些资深的导游还要专业。

周阳停下车，就挪动着肥胖的身躯到路边的香店去请香了。他对九华山菩萨的虔诚已经到了极致，就是上山准备香火也是相信九华山的，他每次都是到了这里才去请香。从这里到山上，他一路上都是逢庙必拜，不管大小，遇到刻着佛像的石头，都要磕头烧香。这些年来，他已经完全变成了一个虔诚的佛教徒，他来九华山朝拜的心是越来越虔诚，他每次上山前都要在家沐浴更衣、禁欲静心、闭门避客、吃斋三天。

李辉豪不同于周阳，他对九华山的一切也是非常熟悉，甚至比周阳还要全面、深入，他每次来都会有不同的感觉。但他始终没有成为一个虔诚的佛教徒，他对被称为世界三大宗教的佛教、基督教、伊斯兰教以及其他教派，都有过深入的研究，他对这些前人创造出的博大精深的宗教文化充满了崇拜和敬仰，他觉得这都是人类伟大思想和智慧的结晶，浓缩着人类文明发展的成果，千百年来影响了整个世界的一代又一代的人，并且还将继续影响人类的发展。

他一直想找到各大宗教之间的内在联系，找到古今中外世界各地总有那么多人崇拜宗教的缘由，他也想找到佛教与中国儒家文化之间的内在联系和相互融合的地方。

相对于世界其他各大教派，他研究最多的，还是佛教，因为他非常崇拜地藏王菩萨。

由于他对世界各大宗教的广泛兴趣和研究，他没能成为一个纯粹的佛教徒，但是对九华山，他还是情有独钟的，因为九华山于他有着更加特别的记忆和感受。

前些年,他也常陪一些外地来的客户到九华山游玩,他不只是对九华山的寺庙佛像感兴趣,还对这座千百年来香火缭绕的圣山感兴趣,九华山早已成了他心中最神圣的一块净土、最圣洁的一座神山,成了他精神的支柱、心灵的家园。他的内心深处早已对九华山产生了一种深深的依恋,无论遇到什么烦恼和苦闷,只要上了九华山,一切都会烟消云散。

所以,那些年他遇到工作和生活中的烦恼,就喜欢上九华山,有时还要在这里住上几天。只要一进九华山,他纷乱的心就会平静下来。他到九华山,也不只是为了烧香拜佛,他一直就把九华山当成一本永远读不透的书。而且,他从来不在节假日,以及九华山有重大佛事和庙会的时候上山,他不希望太多的游人香客打乱了他平静的虔诚的心情。他最希望能一个人走进这千年佛国、万年圣山,去和这凝聚了千万年的天地日月精华,以及千百年香火熏陶的圣山,进行心灵上的对话。他唯一遗憾的就是,那时田玉玲一直很忙,不能陪他一起来聆听这圣山的启迪。

田玉玲只和他一起上过一次九华山,那还是三十多年前了,后来几次都是他一个人上山的。最近这些年,他也由于忙于工作,好几年都没有来过了。

李辉豪看到车子停稳,周阳下了车,自己也就打开后车门下了车。他首先是十分庄重地朝这个高大的牌坊凝望了片刻,在心中默读了几遍那几个大字"莲花佛国",然后就朝着那宽敞平坦的佛光大道走去。

这段时间,他的心绪实在太乱了,他的心神早已混沌不堪了,他已经认不清自己,看不到自己的未来和过去,他确实需要在这宁静的清晨理一理思绪了。

时间正是黎明时分,天空刚刚发白,昨夜刚下了一场小雨,空气变得更加清新、潮湿。这是他一生最喜欢的时刻,过去的这些年,他都是这个时候开始早起散步晨练的，当然从来都是他一个人，他一直引以为豪的夫人田玉玲，过去许多年一直很忙。他晚上很少回家，就是深更半夜回来，也是喝得醉醺醺的，这个时候正是她睡得最香的时候，他就从来没有叫醒过她。于是多年来，他就养成了独自早起散步的习惯。

现在，田玉玲已经出乎意料地沦为阶下囚，正在等待法庭的审判。这对于他就是晴天霹雳、乾坤颠倒，他做梦也没想到，和自己生活了几十年的田玉玲，身上会藏有那么多的秘密，她不只是自己几十年的妻子，还一直是自己心里的神，她就是自己的一切啊！

他现在常为此后悔，如果自己过去多叫她起床，陪自己晨练，尽情地享受这美妙的清晨时光，她就不会那么沉迷于官场，就不会去犯那些错误了，就不会走上那条不该走的不归路了啊！自己还是对她关心得太少，一直不知道她内心忍受的痛苦、无奈和各种压力啊，这也有自己的一份难以推卸的责任，现在再多的内疚和悔恨，又能有什么用呢？

他看到田玉玲的起诉书时，不禁愤怒地拍案而起，对着公诉人员吼叫道："你们能相信这些吗？这怎么可能？这就是诬蔑陷害，这就是刘柱设下的阴谋，他是想通过这个圈套把田玉玲控制在手里。你们不让她当县长，让她回家还不行吗？"

李辉豪一时愤愤然，又没有任何补救的办法，虽然他也为田玉玲突然给他带来的这种巨大屈辱而羞愧、愤怒，可是他不能逃避，因为她是自己几十年的妻子，而且也是自己这一生唯一深爱着的女人，更是自己孩子的母亲，自己生活中不可或缺的精神支柱。看到她入狱落难，他不能不管，他不能不去拯救她。他使尽浑身力量，只想能缩短一些她的刑期，可是他知道他的一切努力都是白费，从她被"双规"那日起，或者是她走上那条她痴迷的官路起，她的命运就注定了，他们早就是两个不同世界的人了，他们这一生也许永远也不可能再在一起了。

虽然过去那些年,他多次来过九华山,也烧过香、拜过佛,但他从来也没有真心相信九华山的菩萨就能解决一切困难,真的一拜就灵,就像他从不认为世界三大宗教能拯救所有受苦受难的人民,不然世界各地为啥还有那么多受苦受难的人民呢?它们所能安慰的也许只是人们的心灵。可是现在,他唯一能做的就是到九华山为田玉玲进香祈福,他只有到九华山来寻求心灵的寄托和安慰。

年过五十后的这些年,他越来越感到自己未老先衰,总是会不知不觉地陷入对过去几十年的怀念和遐想之中,虽然他一再告诫自己,那几十年的往事早已成为过去,都已经是雨打风吹去,永远也不会再回来,只会平添一分烦恼和伤感,但他总是控制不住自己的思绪,总是不能将这几十年的一切忘却,过去的一切总是那么值得他去怀念、去沉思。

特别是这样无比清新、静谧的早晨,当东方发白、朝霞初露、一轮红日将从天边升起的时候,他的心情就会特别激动,这也许就是他坚持每天早起的原因吧。他喜欢每天都能看到日出,他渴望着每天都能看到那轮红日从天边冉冉升起的万物欣欣向荣的景象。因为那刚升起的太阳总能使他想起,三十多年前的那个早晨,那个使他青春彻底绽放的早晨,那时的他就像早晨的太阳一样鲜艳灿烂、朝气蓬勃。

那是一九七九年对越自卫反击战时的一个清晨,那时还不到二十岁的李辉豪非常自豪地来到前线,参加了那次使他终生难忘的战斗。那天的早晨来得似乎很早,从祖国的阵地上发射出的万道炮火,像喷出的一条条火焰照亮了祖国南疆的天空,是那么绚丽灿烂,胜过了天边出现过的任何一道彩霞。

刚参军入伍两年的李辉豪,终于如愿以偿地加入了突击连,他为了获得这份荣誉,一连写了十几份求战血书,最后感动了那位突击连的连长。

这位连长一直就是他的直接首长,从李辉豪加入新兵连开始就一直带着他。李辉豪不但把他当作首长,更把他当作自己最信赖的兄长。这位兄长连长,也很器重他,说他天生就是个当将军的料。而这正是他儿时就有的梦想,他来参军入伍,唯一的目的就是要在将来成为一名威震天下的将军,要成为中国当代的岳飞、韩信、霍去病,否则他就不会来到部队了。

那时,他最喜欢说的一句话就是:不想当将军的士兵就不是好士兵。他不只要当最好的兵,还要当最伟大的将军。

李辉豪信心满满地感觉到他的将军梦就要从这个早晨开始了。当祖国复仇的炮火响起的时候,他已经和尖刀突击连的战友们穿行在密密的丛林之中。他们的任务是穿插到敌后去,守住阵地,要把那群祸害祖国边疆的敌人全部消灭在前线,一个也不让他们跑掉。

当他听到身后传来的隆隆的炮火声时,他仿佛感到那就是祖国在给他们敲响战鼓的声音,那天边燃红的火焰就是他那沸腾的热血、燃烧的青春。能为祖国而战,能为祖国去冲锋,能为祖国去流血牺牲,这是多么伟大高尚的光荣!他一直都在准备着、等待着这样报效祖国的机会,他的心中激荡着万丈豪情:为了伟大的、神圣的祖国,他甘愿将一腔青春的热血泼洒在祖国的南疆上。

他们尖刀突击连的战友们,个个都像刚出山的猛虎,迅速地扑向预定的阵地,提前到达了那块无名高地。那里四面高山,中间只有一条小路通过,他们只要守住这里,从前线溃退下来的敌人就插翅难逃了。他天生的军事嗅觉,使他很快就帮助连长找到了制高点。连长对他很欣赏,命令他带两个战士带着机枪去守在那个最重要的、隐蔽的制高点,他欣然受命。

在他们往那里爬时,机枪手就踩雷牺牲了,他立即义不容辞地扛着机枪,就爬上了那个制高点,这里正好可以俯瞰整个战场的全貌,这里也是最高的瞭望哨,连长和全连战士都守候在下面的阵地准备阻击敌人。

他架好机枪等候在那里,他感到所有的重担都压在了自己的肩上。他紧握着枪把,全神贯注地注视着前方,手心里都捏出了汗,但他心里却在不停地呼叫着:"可恶的敌人,你们快来吧!你们这些忘恩负义、背信弃义的狗东西!你们吃我们的大米,用我们的枪炮,还要来杀我们的边民,侵我边疆,你们统统该死!你们一个都别想跑掉!我报效祖国的时候终于到了!"

当时,他的心里还暗藏着另一份喜悦和激动——他已经在战前递交了入党申请书,打完这一仗,他就将从一个优秀的共青团员变成一名光荣的共产党员,成为一名真正的共产主义战士。

李辉豪隐蔽在阵地上的时候,滴滴雨露已经湿透了他的衣服,许多不知名的小虫和动物不时从他身边爬过,他毫不在乎。这时就是有毒蛇来咬他,他也不会有任何动静,他当时满脑子想到的都是黄继光、董存瑞、邱少云这些英雄的壮举。

他也总是在想那个他最喜欢的词"湮灭",想象着正反物质相碰时,发出的那种无比巨大的能量。他在一直想象着,等敌人一出现,他的枪口就会射出正义的火光,去把那些邪恶的敌人统统消灭掉,这将是多么伟大壮丽的场景。这样的场景想着都让他激动难忍,心潮澎湃。

李辉豪等了很久,他首先看见从后面的山上下来了几个怀里抱着孩子的越南女人,他立即把枪口对准了她们。

她们好像也发现了他,她们全都停下,目视着这边,然后就放下怀里的孩子,一起脱着身上的衣服,直到脱光了身上所有的衣服。

李辉豪当时就看傻了,只感到浑身血脉偾张,他那时还从没见过女人的身体,何况同时看到几个赤身裸体的越南女人,他的手在不停地抖动着,虽然他的心里预感到危险正在逼近,可是他怎么也扳不动扳机,他实在无法向这几个赤身裸体、抱着孩子的女人开枪。

就在他犹豫间,那几个赤身裸体的女人突然就把抱在怀里的孩子,一起朝他和他下面的阵地扔来,顿时一片片爆炸声响起,他还没有来得及开一枪,就被炸昏了过去。

在他醒来的时候,自己已经是在野战医院里。他这才知道,正由于他的临阵怯战、贻误战机,他们的阻击任务失败了,他们尖刀突击连的战友们伤亡惨重,他最尊敬的兄长连长也因为救他而牺牲了。那些偷袭他们的敌人,就是跟在那几个赤身裸体的女人后面上来的,她们怀里抱着的不是孩子,而是一包包炸弹。

李辉豪的将军梦也从此湮灭了,他成了被大家嘲讽的胆小鬼,他感到满肚子的委屈,他只能不停地辩驳:"我没有看见敌人,我只看见了几个女人,我从没学过可以向赤身裸体的女人开枪。"

没有人再听他的辩驳,大家都说:"这个胆小鬼被炸坏了脑袋,这战场上只有敌人,哪有女人?"

李辉豪最后只能祭拜完牺牲的兄长连长和战友们,提前退伍回家了。由于兄长连长的牺牲,他没有了入党介绍人,他所有的求战血书和入党申请书都白写了,战地入党的梦想也随之破灭了。

但是这个短暂的早晨却成了他一生永远无法忘怀的记忆。当时的那份慷慨报国的激情、那份充满梦想的冲动、那份热血燃烧的刻骨铭心的记忆,时刻燃烧着他的心。经过这么多年的岁月的冲刷和沉淀,经过这许多年商海的沉浮和得失,那份记忆没有远去,而是变得更加清晰、更加珍贵。

许多年后,他也没有搞清,是那几个越南女人葬送了自己的将军梦,还是自己一生本来就有许多解不开的女人缘。于是他不停地去查字典,去查"湮灭"这个词,他想也许男人遇到女人也会产生一种湮灭,而自己遇到田玉玲后,再次有了那种被湮灭的感觉,包括自己的理想、信仰、追求等等一切。

二

由于时间太早,路边的香店大都还没有开门。周阳走过几家香店,在一家最大的香店前停住,上前敲门。

这时,他顾不得去想李辉豪了,他的心变得更加虔诚专注、心无旁骛,他努力不让自己去想尘俗中的任何凡事。他一直把请香看成进山时必须首先办好的一件神圣的大事。

他心里一直有个不愿接受的懊恼,从去年五一开始,为了保护环境,九华山开始整治香火,那些又粗又高又大的香都不让卖不让烧了,每座庙只许点三支细香。所以过去这路旁排着的那些又高又粗又大的特制大香都没有了,过去周阳都是选那些最大最高最粗的宝塔香,一层一层的有一米多高。他请香从来不问价钱,只选最好最大的,他的车子·里总是装满了那些大香,有些大的车里装不下,就从各个车窗口伸出一半去,使他的车变成了名副其实的香车。

现在有了新规定,他再有钱也请不到那样的大香了,即使能从外面请到,也不许带上山,没地儿去烧了。他也只能和普通人一样去请三支清香。

他敲开了一家香店门,直接走了进去,那店主立即客气地说:“你来得真早,你买什么香?”

周阳心里立即又有些不快,这小店卖香的人就是不专业,我是请香,不能说买。他说："给我请出你们最好的香。"

周阳请完香，要了一个香袋，把香和香烛全部装好，背在身上时，才想起李辉豪来。他立即说："你再帮我来一个香袋，请这些和我的一样的香和红烛，送到车上去，是我豪哥请的香。"

那店主赶忙又拿出一个香袋，装满和周阳的一样的香，跟在周阳后面送到了车上。

周阳看到李辉豪已经一个人朝前面走了，就从留在后座的李辉豪的包里拿出几张钞票递给店主。

然后，周阳发动车子，以极低的速度行驶在佛光大道上，从后面慢慢追上李辉豪，他并没有急着叫他上车，而是慢慢跟在他后面。他知道豪哥平时最喜欢散步沉思，就有意让他在这充满神秘的佛光大道上多走一会儿，让他多感受一些这佛国的气息。

李辉豪朝前走了很长的一段路，才看到他的车过来了，就停下脚步上了车。

周阳知道这时的李辉豪最喜欢一边慢行一边凝望外面的景色，所以他开得特别慢。这条佛光大道现在也修得很漂亮，新铺的沥青路面油腻发光，车上没有一点儿颠簸的感觉。

来到一个路口，周阳特意把车停下，指着前方说："豪哥你看，那就是在九华山新建的世界上最高的九十九米地藏菩萨大铜像，象征地藏菩萨九十九岁，全身镀金的，你还没去过吧？那里还有博物馆，现在还没开门，我们回来时再去朝拜。"

李辉豪朝他手指的方向望去，在群山环抱中，一尊巨大的露天佛像巍然屹立在天地之间，手持宝杖、神态怡然、目视远方，在晨光的映照下，通体散发出一种神秘的佛光，令人不得不凝神静气、心神向往。

李辉豪凝望着车窗外面变幻不定的山景，心里再也不能平静下来。

随着曲折盘旋向上的山路,他也仿佛感到自己正在脱离下面的尘世,正在驶向那清静圣洁的九华圣地,可是自己的心为啥总是越来越沉重呢? 为啥就是不能从那些纷繁的尘世中解脱出来呢?

李辉豪的将军梦因为几个越南女人过早破灭了,但他心中的豪情丝毫没有消退,反而是更多了一份激愤。是金子到哪里都会发光的。

他带着壮志未酬的遗憾回到了他生长的那座小县城,他仍受到了英雄凯旋般的热情接待。这座位于皖南山区的小县城,只有十多万人口,四面环山,过境的皖赣铁路穿越大山,把它和外面的世界联结了起来。

首先等在火车站迎接他的都是他儿时最好的伙伴,他们都是从小在一个巷子里长大的,从穿开裆裤时就互相知道底细。他们住的巷子不大,只有十几户人家,应该算是城里最老的贫民窟之一了。他们一起长大的也就四个人,三男一女,李辉豪最大,他们都很尊重他,也很听他的话,小时候和外面人打架,他们都是不知死活地一起上的,但是毕竟人太少总是吃亏,当然吃亏最多的都是李辉豪,他总是一个人留在后面保护他们。

李辉豪没下火车,就看到了瘦猴踮着脚,伸长脖子朝车窗里张望着,赶紧激动地朝他叫着挥起手。

瘦猴大名叫黄得水,他也看到了李辉豪,一边惊喜地叫着"豪哥、豪哥",一边跟着还没停稳的火车跑着。两年多没见,他还是长得那么精瘦,也许是他儿时家里太穷,亏了身子,只见长高不见长肉,好像一阵风就能吹倒似的。但他非常精干灵活,火车门刚一打开,他就不顾先下后上的规定,已经挤上车来,对着他直叫:"豪哥,行李我来拿。"

李辉豪看到他挤过来,还是忍不住与他紧紧地拥抱了一下,急切地问道:"小胖和幺妹也来了吗?"

瘦猴黄得水说:"小胖没能来,他与人打架又被抓进去了,幺妹在下面等你。"

李辉豪下了车，就看见他们四人中最小的幺妹。过去他们一起出去玩，不愿带她，她总是红着脸、哭着鼻子跟在他们后面跑，后来他们看到她一个人在巷子里，没人玩，也就带上她了。

这两年她的变化很大，真是女大十八变，她已经变成了一个楚楚动人的大姑娘了，她也没了小时候的任性和活跃，多了一些矜持和稳重，只是红着脸在一旁说："豪哥，回家了就好，我们都很想你。你就不该丢下我们，一个人去当兵。"

幺妹还有个好听的名字叫王华芳。不过他们在一起时，从来不叫对方的大名。

李辉豪看到她一直在用火辣辣的目光盯着自己，自己都有些不自然了。这两年就是她经常给自己写信，每次都问他要他的照片，他除了刚到部队时，照了一张戎装照给他们每人寄了一张外，一直没有再给她寄过。因为那时，他一心想着进步提干、立功受奖，生怕给别人带来误解，让别人以为他不思进取，这么早就想谈恋爱了。更重要的是，他心里一直把她当成自己的小妹妹，觉得她一直对自己依赖很重，他心里知道她一直对自己有着那么一份心意，可是自己对她却从来没有那份想法，他也就不想给她带来任何误会。

现在见到她，他倒先感到一些不自然了，心里忍不住怦怦地乱跳起来。现在每次看到漂亮的女人，他的头脑里总是出现在越南战场看到的那几个女人的裸体，总是在想象着她们紧绷的衣服里面的那几个摄人魂魄的神秘部位。他不停地在心里警告自己：怎么看到幺妹也有这种下流的想法呢？

李辉豪压制住自己的胡思乱想说："麻烦你们一起来接我，我们回家后，就一起去看看小胖，他这次出的事不大吧？"

幺妹仍在用火辣辣的目光看着他,说:"我们就是想早点见到你嘛。小胖没事,他进拘留所就像回家似的,早就习以为常了,他是三天不打架,就浑身皮发胀。现在好了,你回来管着他,我们就要少费心费神了。"

李辉豪一直在回避着她那充满温情的火辣目光,而幺妹一点也不掩盖自己内心对他的崇拜和喜爱,她对李辉豪的这种感情是很小的时候就有的,是随着她的年龄增长的。

每次遇到困难和烦恼的时候,她心里最渴望能出现的人就是他。在他出去当兵的时候,她曾一个人躲在被窝里偷偷地痛哭过好几天,她总是不停地给他写信,送去自己无限的关爱和挂念,虽然很少能接到他的回信,但她一直痴心不改,她一直都把他那张戎装照片贴在自己珍藏的笔记本的前页,压在自己的枕头下,每天早晚都要翻开看看。她虽然在心里一直不愿让他远去,可是她也不愿过多地打搅他,也是真心希望他能在部队不断进步、立功提干,她一直觉得他也许只是活在自己的梦里。现在他又回来了,又回到了自己的身边,她一直深藏在心里的那种情感终于不可控制地爆发了,早已是春风荡漾,心潮澎湃。

李辉豪回家后,第一件事就是带着黄得水和王华芳一起到拘留所去看望小胖周阳。周阳从小就长得胖乎乎的,喜欢惹事,遇事也很勇敢,每次与人打架都是冲在最前面,除了李辉豪的话,谁的话都不听,家里家外都是爱惹事,他们那时在外与人打架,有一大半都是他招来的。

小胖周阳看到他们一起来看他,在铁窗后面一个劲地大叫道:"豪哥,你终于回来了!我就知道,我们四个这辈子就是分不开的,这就是一辈子的缘分啊。我没事了,过两天就要出去了。"

他们这四个儿时最好的伙伴,经过两年多的分离,终于又重逢了,他们之间变得更加亲密无间,一连几个月都聚在一起。他们又像儿时一样,一起出去爬山捉野兔,到溪流里钓鱼捉虾。

李辉豪也终于暂时忘记了从部队带回来的那一肚子怨气和委屈。只有幺妹王华芳有了正式工作，白天上班了，不能和他们在一起。可是只要一下班，不管他们在哪里，她都要立即赶过来，而且他们喝酒、吃饭、买电影票的钱都是她包了，因为现在只有她有了正式工作拿工资，顶她爸的职，进了县城里最大的国营农机厂当会计。这家国营农机厂也是全县最大的单位，有一千多人，当时还是人人羡慕的金饭碗。特别是她们厂里都穿着统一的厂服，戴着统一的厂徽，走在大街上，都能吸引人们的眼球。那时，全县许多人都把能进入国营农机厂或嫁给那里的工人当作一种荣耀。

他们这四个从小一起长大的人又重新聚在一起时，李辉豪又找到了过去当老大的感觉，暂时忘记了在部队时的不快。可是几个月后，所有和他一起退伍的人都已安排了工作，只有他没有下落。他的母亲每天都在催他："现在安排退伍军人的干部太吃香了，哪个不是天天被请去喝酒？那个吴主任家每天晚上都有人在送礼，你也给他买点东西送去吧。找人做事，肥料就要下在前面，不然就没有好工作留给你了。"

李辉豪很不以为然：不管怎么说，我也是上过战场流过血的退伍军人，还能比别人安排得差？也许最好的工作就留在最后了。

又等了一个多月，仍没有消息，他只得又到退伍军人安排办公室去询问。

那个长得瘦小、皮肤很白、头顶光光的吴主任眯着小眼睛，看了他半天，慢条斯理地说："今年退伍军人很多，要人的工作单位不多，一直不好安置。现在国营的单位没了，大集体的也难安置，只有下面的街道企业还能考虑。要么你先去街道，等有了好单位，再给你调整。"

李辉豪一听就来气了，他差点跳了起来："别人都去了国营和大集体的单位，就我要去街道？你这是怎么安置的？"

吴主任一见他这样,就首先发火了:"你这是什么态度?怪不得你在部队一没提干,二没入党,三没立功,三年没干完就被部队赶回来了,你这就是没有被教育好啊,你还想去国营单位,哪个国营单位愿收你?"

李辉豪再也控制不住了,他擂着桌子,怒吼道:"老子也是上过战场、流过血的人,除了国营单位,老子哪里也不去。"

吴主任见他把自己办公桌擂得咚咚响,就当众嘲讽道:"我什么样的退伍军人没见过?就没见过像你这样见了敌人,吓得撒尿,一枪不敢放的胆小鬼,还要回家耍威风。你上过战场、流过血的人,有什么了不起?你杀过几个敌人?你不是有功,你是有罪的人。"

李辉豪被他一下子戳到要害,立即恼羞成怒地掀翻他的办公桌,把他的办公室砸了个稀烂。吴主任被人保护着逃走,才没有挨到打。

而且事情还没有结束,小胖周阳和瘦猴黄得水听说他们老大受了气,也就一不做,二不休,连夜跑到吴主任家又大打一通,吓得他们一家人好多天都不敢回家。

他们大家肚子里的气是出了,可是工作的事就更难安置了,李辉豪安置工作的事也被无期限搁置了下来。

特别是李辉豪在部队一没提干,二没入党,三没立功,见了敌人,吓得撒尿,一枪不敢放的丑事被广泛地传播开来,闹得满城风雨。

李辉豪也有好多天躲在家里,不敢出去见人了。

一直没有找到满意的单位可去,李辉豪在家里待长了也就待不住了,也怕他母亲一天到晚在家为他担心,就想出去先找个临时工。他来到瘦猴黄得水工作的那个街道小厂。

黄得水一听就劝他说:"豪哥,反正不给你安排个好的国营单位,你就不去。那个吴主任再敢不给你留个好单位,我们就叫他一辈子不得安宁。你千万不要找临时工,你是上过战场的退伍军人,还怕他不给你安置一个好工作？你千万不要到我们这样的街道小厂来，又破又烂的没前途，有门路的人，谁愿意来我们这样的街道小厂？你最起码也要去国营的农机厂，以前分不完的退伍军人，最后都是安置去了那里。"

黄得水所在的那家街道小厂，和他们前进街道名字一样，就叫前进机械厂，只有四十几个人，其中有一半都是老弱病残。这个小厂就是为了解决一些有家庭困难和没有就业的人的生活问题才办的，仅有两排破旧的厂房和十几台旧机床，还是王华芳他们那家国营农机厂支援的，也就为他们厂加工一些螺丝、铁钉这些小零件，一个月也没有几天活可干，工资和他们国营厂相比更是少得可怜，只要有一点门路的人是谁也不想进这样的小厂。大家习惯上都把这个厂叫作"小厂"，把那个国营农机厂叫作"大厂"，来区分它们。

黄得水也只是在做临时工，一直在想着找好的出路。他见着李辉豪，总是自嘲地说："你看看，他妈的国营厂都是大老婆养的，都是金蛋蛋，我们这些小厂都是他妈的小妾养的，没人重视，走在大街上都要矮人一头啊。哪天能走出这个暗无天日的破厂，哪天我的天才会亮啊？"

李辉豪也从来就没有把这个街道小厂放在眼里，过去来玩过几次，也没有任何好印象。他听了瘦猴的话，本想再看看散散心就回去。没想到，他还没走出厂门，就被一个姑娘甜美清脆的叫声惊住了，这一叫彻底改变了他的人生轨迹和追求。

"啊呀，我们的大英雄，怎么有空到我们小厂来了？欢迎，欢迎，我正想请你讲讲越南战场上的故事呢！"

李辉豪闻声一回头，不由得心头一颤，又有了当时在越南战场上看到那几个越南女人时的那种震颤，也许女人总是能给他带来这种特别的感觉。自从上次在越南战场上见到那几个女人的裸体起，他每次见到漂亮的女人，就总是有这种不自然的、怪怪的、不安的感觉。

李辉豪没想到这个小小的街道工厂里还有这样美丽出众的年轻姑娘，他一见到她，心里就不由得一动，浑身都感到有些不自然了。她穿着一身蓝色的工作服，却一点也没能掩饰住她苗条的身姿和浑身充满的青春活力，她脖子上围着一条红色的纱巾，被风吹动着，就像是跳动的火焰，一头飘逸的长发，特别是那双黑色的大眼睛，望你一眼，就能摄走你的魂魄。

她落落大方地朝他走过来，满脸春风，妩媚动人地说："你不只是我们心里的大英雄，也是我们全县人民心里的大英雄啊，我们整个县城只有你一个人上过越南战场，还流过血，负过伤，你就是我们青年心中的偶像，是我们身边的榜样，是我们学习的楷模。"

李辉豪已经被她说得不好意思了，自从被那个吴主任揭了老底后，他已经很怕听到别人说他在越南战场的事了。可是，现在听到这么漂亮的姑娘这么称赞他，他的心里还是重现了当初的豪情。他抬起头豪气冲天地说："这没什么，今生能上一回战场，就是我终生的荣幸。好男儿就是要胸怀祖国，报效祖国，时刻准备着为祖国奉献青春、奉献热血，包括自己的生命，将来有人敢来侵略我们的祖国，我还要随时准备上战场。"

"好，说得好，你的觉悟太高了，我们一定要好好向你学习。我们就是要胸怀祖国，报效祖国，我们都是祖国的一分子，时刻准备着为祖国流血流汗，贡献自己的青春和热血。"那姑娘爽朗地说道。

李辉豪感到她的每一句话、每一个字都说到了自己的心里，他仿佛又遇到了久别的知己，回到了上战场前的那种激昂的状态。她的话使自己感到无比温暖，又重新燃起了他心中的那股激情。面对着她伸出的热情的双手，他的心里不由得又有些心猿意马了，有了那种见到漂亮女人都会有的怪怪的感觉，就又忍不住想入非非，而眼前的这个姑娘更是使他看一眼就刻骨难忘，特别是她那双明亮的大眼睛更是摄人魂魄，他感到自己的魂又像在越南战场上那样被勾走了，竟然一时不知所措。

三

周阳开着劳斯莱斯在山路上转了几个弯,就慢慢地在路边停了下来,他回头对李辉豪说:"豪哥,我们先到山下面的二圣殿去进香,你跟我一起下去吧。"

李辉豪先朝山下看了看那坐落在山涧里的黄墙黑瓦的二圣殿。他知道这座二圣殿不大,却很有名,是供奉地藏王菩萨两个舅舅的庙。由于是在山脚下,下去的路很陡很滑,他也就从来没有去过,只是每次从山路上经过时,朝下张望过几次。在九华山,这样的庙宇实在是太多了,他过去哪有时间一一去朝拜呢? 他听了周阳的话,就不假思索地跟着下了车。他来时就已经答应了,这次上山全听周阳的安排。

从这里的山道下去的山坡很陡,没有现成的山路,都是密密的山林,由于下去的人多,也就走出了一条不成形的崎岖小路,有时要扶着旁边的树木才能下去。

周阳在前面熟悉地开路,不时地回身搀扶着他。对于李辉豪陪他下去朝拜二圣殿,他心里很高兴,过去是很少有人陪他下来的,都是在上面等着他一个人下来朝拜。

他不停地对李辉豪说:"山下有路过去,我已经习惯从这里下去,我每次都是从这里下去的。"

周阳带着李辉豪花了很长时间才穿过山坡上的密林,来到二圣殿前。

李辉豪已经好多年没有走过这样的山路了，早已累得气喘吁吁、一身大汗。他看到那条从二圣殿绕殿而过的龙溪，清澈得发亮，就首先来到溪边，用双手捧起清凉的溪水，把脸埋在溪水里，立即一股彻骨的凉爽从脸上传出，直入心底，使他顿时神清目明，他仿佛一下子清醒了许多。谁说人不需要理想、信仰？如果心中没有理想、信仰，新罗王子金乔觉怎么会远离王室，来到这隔世大山，连他两个舅舅特意来寻他，都不回国？没有心中的理想和信仰支撑，他们又怎么能够受尽清贫苦寒，最后修炼成佛呢？只是不同的时代，人们有着不同的理想和信仰，有着不同的追求。

李辉豪不停地捧起溪水，清洗着自己发烫的面孔。他知道这时的自己确实需要清静下来，需要让自己纷乱的心绪和人生都冷静下来，他现在才感到自己的人生实在是过得太纷乱了，而这一切的开始，就是在街道小厂遇到那个叫他回头的姑娘。也许从那时起，他的魂魄就已经不在自己的身上了，他的心神早就乱了。

这个摄走他魂魄的姑娘就是田玉玲，是刚刚下派到这个街道小厂的团支部书记兼会计。他当时搞不清楚，这个小厂怎么会有这么漂亮的姑娘？这么漂亮的姑娘又怎么会在这样的街道小厂呢？他后来找黄得水一打听，才知道她还是县里一位领导家的千金，她只是下来镀镀金体验生活，很快就会调上去。

从第一次见面时，李辉豪的魂就已经被她勾走了，他开始每天都往这个小厂跑，明说是看黄得水，实际上却是想看到田玉玲，一天见不到她，他的心里就会闷得慌。到了晚上，更是魂不守舍，夜夜都梦见她。原来她就是自己朝思暮想的姑娘啊，这一切仿佛都是前世的缘分。

田玉玲也是很想见他，只要他来了，自己不管有事没事，都要停下来，热情地接待他，有时把他请到办公室里，一谈就是半天，都不知道停下来似的,他们谈得最多的就是各自的理想、信仰和追求,越来越多共同的追求使他们这两颗年轻的火热的心在快速靠近。

李辉豪早已被田玉玲那甜美的声音、天生演讲家般的口才彻底征服了。在她的面前,他才知道自己的嘴有多笨,自己的知识有多么少,自己的觉悟有多么低。他每次只能痴痴地听着她情绪饱满的演说:"我们都是生在红旗下、长在红旗下的共和国新一代,是党教育了我们,培养了我们,党的恩情比海深、比娘亲,我们所有的共青团员,都要以党的标准来严格要求自己,做社会主义的新人,早日成为共产主义事业的接班人。

"我们就是要牢记毛主席的教导,始终把人民的利益放在心上,全心全意为人民服务,要树立大公无私、毫不利己的人生观和世界观,成为社会主义建设事业的急先锋。

"我们一定要不计个人得失,不管是在什么岗位上,都要做一个永不生锈的螺丝钉。在我们的心里不能有国营的、集体的、街道的区分,这都是建设社会主义的重要岗位,在哪里都一样,都是在为社会主义事业奋斗。不管党把我们安排在什么岗位,我们都要发光发热,是金子到哪里都能发光发热。越是艰苦的环境,越是辛苦的岗位,就越有挑战性,越能锻炼我们的意志,越能体现我们的价值。

"随着党的工作重心转移到经济工作上来,我们国家即将展开大规模的经济建设,迎来社会主义大发展的崭新时代,经济建设的战场将会成为国家的主战场。我们过去需要在战场上指挥千军万马冲锋陷阵的将军,现在更需要在经济建设的新战场上的将军统帅。你是战场上的英雄,是参加尖刀班的英雄,你就不应该一心只想着找个国营单位,去捧铁饭碗,消磨青春。真心希望你将来也能成为经济建设战场的新英雄,未来经济建设战场的将军统帅。"

李辉豪早已经被她说得热血沸腾了,他为自己过去的想法感到有些羞愧,低下了头,他的思想觉悟和田玉玲相比真是差得太远了。人家有那么好的条件,父亲还是县里的领导,她都能不计个人得失地到这个街道小厂,而自己就是上了一回战场,没有消灭一个敌人,就要和政府摆资格谈条件,这是多大的耻辱啊。他又想到了"湮灭"那个词,也许自己一遇到女人,就会自然地和她们发生心灵的碰撞,他的思想、他的过去就会在这种碰撞中被湮灭掉,他的命运就会发生巨大的质变吧。

在和田玉玲经过几次深入的交谈后,他的人生观和世界观有了巨大改变,田玉玲成功地改变了他的想法。他不再坚持要求去什么国营单位,而是主动要求分配到这个街道小厂。虽然他的决定,所有人都不能理解,但他坚持自己是对的。因为他知道,他已经离不开田玉玲,他愿意为她去做任何事情,他的这一生也许就是要为她而活,因为他们有着共同的理想信仰和心愿,只有和她在一起,他才能感到无比的快乐和激动,浑身充满了青春的豪情和旺盛的斗志。是她又使自己回到了从前的自己,重新燃起了青春的梦想。

当时,李辉豪决定来到这个街道小厂,只提了一个要求,就是要把他的小弟兄周阳也带进厂里,这个从小跟他后面长大的小弟兄,一直使他不放心,他三天两头在街头打架闹事,名声坏透了整个县城,没有任何单位敢要他。李辉豪觉得自己回来了就不能不管他,名声再坏,也是自己的兄弟,留在自己身边,他才能放心。

这样,李辉豪和周阳、黄得水又都聚到一个厂里了,他感到这就是天意,他们就是天生分不开的三兄弟,他干什么都不能离开他们,他又开始满怀豪情地要带领他们大干一场,他要带领他们一起向新的人生目标和远大理想发起冲锋。

李辉豪的这个决定,使大多数人都不能理解。首先王华芳就坚决反对他到这个街道小厂,说他早晚会分配到好工作,最差也会到国营农机厂，也比街道小厂强啊，为啥这么急呢？

王华芳跑来劝他："豪哥，你去哪里，也不能去那个小厂，别人会以为你真是在外面犯了什么错误，被下放到街道小厂了，你一辈子都翻不了身啊。"

李辉豪说："幺妹，你不用为我担心，这是我认真考虑后决定的，我就是要去小厂，那里才有我的位置，才能发挥我的价值。我从来就是个宁做鸡头、不做凤尾的人，我只想自己决定自己的命运，我一定会在小厂干出一番事业来的。"

王华芳急得泪水都要出来了："豪哥，你想干事业，就应该去我们大厂，我能找关系把你分进去，那个小厂怎么能和我们大厂相比呢？干一百年也追不上我们大厂，是没有前途的，你不能把自己的前途葬送在那里，谁不想背靠大树好乘凉啊？"

李辉豪异常坚决地说："你不要再说了，没有谁能改变我的决定。我如果分到你们大厂，是要我去干保卫干事的，让我到你们大厂看大门，那还不是要了我的命啊？那对我来说就是耻辱。我就是要干自己的事，自己决定自己的未来。"

王华芳说不动他，就气呼呼地去找黄得水，把他大骂一顿："你这个瘦猴，那个小厂，你自己都不想待的地方，你还把豪哥忽悠去了，你这就是在害豪哥，你到底是安的什么心呀？"

黄得水看到王华芳着急上火的模样，心里暗暗高兴，因为他心里最清楚，李辉豪到他们小厂，不管他口头上说了多少豪言壮语，那都是骗人的，他其实就是冲着田玉玲去的，他是为了喜欢上的女人什么都敢干的人，是从来不顾后果的。这正是他心里热切希望的，因为他一直暗恋着王华芳，而王华芳心里一直爱着的是李辉豪，别人是插不进去的。现在李辉豪直奔着田玉玲而去，这就又使他看到了希望，他一直在为李辉豪和田玉玲创造接触的机会。

黄得水故意推卸责任说："这不关我的事，我还一直在劝豪哥不要来我们小厂呢，他是为了带小胖进来才来的。"

王华芳恨恨地说："你们两个就一心想害豪哥，你们干什么都想把他拖下水。"

黄得水说："这也好啊，我们三个在一个厂里，也好相互照顾。有我们在，以后这个小厂就是豪哥的天下了，谁也别想和我们豪哥过不去。"

王华芳仍然愤怒地说："你们以为搞工厂也像打架一样？你们除了会打架，还会干什么？你们这就是在成心害豪哥。"

王华芳仍气不过地去找周阳说："小胖，这都怪你，你长这么大了，还要三天两头打架闹事，让大家都放不下心。豪哥就是为了你才去那个小厂的。"

周阳说："我知道豪哥从小对我好，我就喜欢跟在豪哥后面，他到哪里我就到哪里。"

王华芳又说："那你就去我们厂做临时工，我帮你去找人，你也劝豪哥去我们厂里，现在都还来得及。"

周阳望着王华芳说："豪哥的事，你都劝不了，我哪里能说得动啊？我知道，他现在最听我们厂团支部书记田玉玲的话，他是听了她的话才来小厂的。"

王华芳这才知道他们小厂里有个团支部书记田玉玲，她恨恨地骂着黄得水："还是小胖你说真话。这个瘦猴，就是坏心眼，一肚子的坏水，到现在都不告诉我，他瘦得只剩这副臭骨头了，狗都不会啃。"

周阳又说："我也是听别人说的，你不能告诉豪哥是我告诉你的。"

王华芳又恨恨地骂着田玉玲："她是哪里出来的狐狸精？这么会迷惑人，我要去找她问问。"

周阳看着她的神情，有些害怕了，忙说："幺妹，你千万不要去找田书记，豪哥知道了一定会生气的。你心里想着豪哥，就早点去跟他直说，不能做让他不高兴的事。"

王华芳没有听周阳的劝，还是忍不住自己内心的焦虑。她一个人跑去把田玉玲堵在了下班的路上，气势汹汹地问道："你就是田玉玲吧？你为啥要害豪哥，要他到你们小厂去？"

田玉玲吃了一惊，问道："你是谁？你说的豪哥是不是李辉豪？"

王华芳不客气地回道："就是他！你到底给他灌了什么迷魂汤，让你一说话他就去了小厂？"

田玉玲笑道："你是他什么人呀？这是他自己的决定，你应该去问他呀！他是上过战场的大英雄，我受他教育都不够，还能给他灌迷魂汤呀？"

王华芳不知道怎么办了，她没想到田玉玲这么会说话，她只能急得眼里含着泪说："他是我们豪哥，他们都说他听你的，你应该劝他去国营大厂。"

田玉玲终于明白过来了，她笑道："你就是他的那个幺妹吧，我知道你一直对他很好，他的这个决定不是什么人能够劝住的，这是他内心的理想和信仰决定的。我觉得他的这个决定很好呀，他就是想干一番事业，你们都应该支持他呀，帮助他去实现自己的梦想。"

王华芳又急得说不出话来了。她语无伦次地说着："豪哥，他……他原来不是这样的，你、你怎么就让他改变了，你……你们……"

田玉玲亲热地抓住她的双手，笑道："我看得出你心里很爱他，你放心，你要有自信，没有人能抢走你的豪哥。我们只是同志，只是一个战壕里的战友，只是有着共同理想和信仰的共青团员。你如此地爱他，就应该大胆地去表达自己的爱，去帮助他去追求自己的事业，李辉豪将来一定会干出一番大的事业，因为他有理想、有追求、有魄力、有担当，是个难得的人才，我们都应该尽力支持他。"

王华芳听她这么一说，自己不好意思地红了脸，她又问道："那……那你为啥非要他来小厂？"

田玉玲握紧他的手说："是他自己要来的，不是我劝来的。因为这是他该来的地方，是他奋斗的新战场，是他实现梦想的地方。我只是希望他能够带领我们小厂，早日兴旺发达起来。"

王华芳看着田玉玲闪亮发光的眼睛，自己害羞地低下了头。她把田玉玲说的每一句话都记在了心里。

四

　　李辉豪在龙溪旁清洗完脸和手，镇定了一下自己的思绪，才稳步走进二圣殿。这时候，周阳已经进完香，正跪在圣像前的蒲团上默默地叩拜许愿。

　　李辉豪看到大殿中的二圣神像，头戴古新罗国的乌纱，身穿朝服，腰束玉带，足蹬粉底朝靴。李辉豪面对着二圣像不由得肃然起敬，他自然地想到这两位来自新罗国的大臣，他们当初奉旨来到大唐，千里迢迢追到九华山，他们的使命绝不是要在这里修炼成佛，而是要追金乔觉王子回国，可是造化弄人，他们最终没能完成自己的使命，而是在此筑室修炼，被后人立庙塑像，受万世敬仰。

　　李辉豪不由得感叹道："自己的命运不也是如此？自己当初主动要求到那个街道小厂，也是怀有远大理想和目标的，自己从来就没有想过要成为什么私营企业主、当今富豪的。当理想和现实发生逆转时，自己被迫放弃了当初的使命和初衷，可是自己将来又会有什么下场呢？当自己将来溘然离世时，自己将会留下什么？会被后人耻笑唾弃吗？"

　　李辉豪一到前进机械厂报到，就被任命为管理生产的副厂长，还同时是厂团支部的组织委员，这都是田玉玲为他争取来的。

　　李辉豪对这个任命非常满意，他就是喜欢在田玉玲的领导下工作，他把团支部组织委员这个职务看得比副厂长还重要，一有时间就去找田玉玲商量团支部的工作，畅谈高尚的理想和情操。他自己心里很清楚，自己不管在口头上说了多少伟大的誓言和冠冕堂皇的豪情壮语，自己决定到这个小厂，就是因为田玉玲，就是为她而来的。

这个厂里，原来只有一个厂长、一个会计加一个供销员，会计就是田玉玲，厂长是个五十多岁的老头，叫刘光明，他还是街道办的副主任，只是挂了厂长这个职务，什么事都懒得管，那个供销员刘海洋是他的侄子，他的事情实际上都交给了他侄子刘海洋管，他是在有意培养刘海洋接班。刘光明和田玉玲的父亲是世交，是他把田玉玲要过来的，他知道田玉玲只是到基层镀两年金，是不会长久待下去的；另外他心里早已看上了田玉玲，一心想撮合她和刘海洋成一对，就把大小事务都交给了这两个年轻人，给他们创造更多接触的机会。

李辉豪一去，由于田玉玲的鼎力支持，他实际上就成了当家人，这使他有了一种久违的自豪感。他从小到大，就是希望自己做主，不愿听人管教，不愿受人管教，宁做鸡头不做凤尾。他一到厂里，就一心扑在工作上，厂里厂外忙开了，连家都不愿回了，干脆把铺盖带到办公室里，没日没夜地工作着，累了就打开铺盖睡一觉。

他越干越来劲，浑身都有使不完的力气，当然，只有他自己心里清楚，他这样苦干，一个原因是为了证明自己的能力和价值，证明街道把这个小厂交给他是对的，他一定有能力把这个小厂一步步做大；更重要的原因，他还是在做给田玉玲看，让她看到自己的潜能，让她亲眼看到自己怎样一步步成为率领千军万马的商场将军，成为一个伟大的企业家。他每天想着这些，浑身就有着使不完的力量。

由于他的到来，这个街道小厂很快就红火了起来，几台旧机床日夜不停地忙活起来。这一方面是由于他身先士卒，什么都冲在最前面，就是上下货,他都是一人顶几个,他什么机床都不会开,但他一心扑在上面,没多长时间,所有的机床都被他摸透了,他就成了万事通,割、焊、切、刨、铣,样样都是能手,就是厂里的电工都由他自己兼做了。而且,他走到哪里,他的两个小兄弟周阳和黄得水都形影不离地紧跟在他身边,他们自然地带动了全厂的一股学技术、学本领的热潮,使小小的工厂处处充满了新生的气息。

李辉豪能获得这么神速的进步,一方面是因为自己的聪明好学、刻苦勤奋,另一方面还是因为得到了王华芳的倾力帮助。王华芳听了田玉玲的话,就无条件地支持他了。后来听他说,他想先学学技术,更是全力帮助他了,不但把自己厂里最好的师傅请过来,手把手地教他,有时还把他带到自己的大农机厂里,打开机器让他学手艺,有时还要在一旁笑话他:"看你一来就舍不得走了,是机器开着不要你出电费吧? 你还一口一个大道理,说什么大公无私,不沾国家的一针一线。我看你就是损公肥私,花公家的钱,学自己的技术。"

李辉豪也不听她说什么,只顾自己学着,他的心里充满了豪情,你们这几台机器算啥? 你们这几栋厂房算啥? 我很快就会拥有更多的厂房、更多的机器,什么国营的大集体的,我很快就要把你们全都超越。

李辉豪在各方面突飞猛进,心里最高兴的还是田玉玲,从她看到李辉豪的第一眼起,她就认定李辉豪一定会是个好厂长。他不只是身材魁梧、英俊潇洒、年轻有朝气、能放下身段、吃苦耐劳、事事冲在最前面,更重要的是他身上还有着一股永不服输的骨气、一种永不甘人下的傲气、一种事事为先的勇气。她们这样的小厂就需要有个这样的好厂长,她是经过多番努力才把他要到这个小厂,并让他当上副厂长的。虽然她本来也不想来这个小厂,但她到来后,就喜欢上了这个小厂,她就感到了自己的一份责任,作为这个小厂的一分子,她也是真心希望这个小厂能够在一个好厂长的带领下,猛冲猛上地大干一场,能够早日发展壮大起来。

李辉豪的工作干得风生水起,心里最不高兴的还是供销员刘海洋。李辉豪没来时,这个小厂实际上就是他的天下。李辉豪一来,就全变了,特别是每次看到李辉豪和田玉玲在一起时谈笑风生、亲密无间的样子,看到田玉玲那亲切的眼神,他心里就感到特别生气。

刘海洋也是长得一表人才、英俊潇洒,由于在外跑业务,为人精明能干,很有人缘,打扮得也很洋气新潮,过去一直就是厂里的焦点。他平时在厂里的时间不多,大多数时间都是待在大厂那边,他和那边的关系熟,也就要了一套大厂的厂服,经常穿着在厂里显摆一下。他是小厂里唯一一个穿着大厂厂服的人,一直就有一种高人一等的感觉,所以全厂的人都公开叫他"假洋鬼子"。他听了也不生气,一回来就和大家搅和在一起,打成一片。可是李辉豪来后,他感到自己回厂时,再也不像以前那样受人关注了,他看到许多人都在围着李辉豪转,特别是黄得水和周阳那一帮人,眼里根本就没有他似的。

这个小厂之所以能够成立生存,其实靠的就是他和他叔刘光明在国营农机厂的一点人脉关系,没有他们的关系,这个小厂根本就不存在了,哪里能轮到你李辉豪跑来吆五喝六的?你李辉豪是哪根葱?是从哪里冒出来的浑蛋王八?一来就把整个厂当成了自己家似的?眼里根本就没有我刘海洋,只有田玉玲,你也太不知天高地厚,分不清东西南北了吧?

刘海洋心里有了火,又不敢当着田玉玲的面表露出来,就开始在下面散布李辉豪的坏话,说他根本就不是什么大英雄,而是个大软蛋,是个逃兵,见到几个越南女人就吓得尿裤子,一枪没发就吓昏了,在部队一没立功二没受奖三没提干四没入党,三年没干完就被部队退回来了。

好事不出门,坏事传千里,厂里的人开始没事就聚在一起传说着李辉豪的这个丑事,而且是越传越邪乎,故事也是越编越有趣了。

这事很快就传到了黄得水和周阳的耳朵里，他们首先气急败坏地把传播消息的人大骂一顿："你们谁敢瞎传我们豪哥的谣言，老子就撕碎他的狗嘴。"

然后，他们又把刘海洋堵在了回家的路上。刘海洋也不把他们放在眼里："你们算什么东西？敢堵我的路，别人怕你们，我还不把你们放在眼里！"

黄得水首先逼问道："厂里说我们豪哥的那些坏话，是不是你说的？"

刘海洋不以为然地说："我说的不是事实吗？他李辉豪就是个软蛋，就是个逃兵，你们还跟着他后面鬼混。"

周阳不由分说地冲上来，对着刘海洋的脸就是一拳："你小子欠揍，敢说我们豪哥的坏话？"

刘海洋捂住脸叫道："你们敢打我？你们这些街头小混混，痞性不改，我要开除你们。"

黄得水也冲上来给他一拳："你还敢开除我们？你算什么东西？我们要不是看在豪哥的面子上，早就不干呢，你以为你有什么了不起！"

刘海洋挨了打，也不服输，继续大叫着和他们对打起来："李辉豪和你们一样，都是街头流氓小痞子，老子绝不会和你们同伍，一定要把你们都赶出厂去。"

刘海洋嘴硬，可是他瘦弱的身体根本就不是他们两个的对手。他越不服软，他们就越打得厉害，直打得他头破血流、满嘴血污，门牙都被打断了几颗。打到最后，刘海洋被他们打倒在地上，被他们每人踩住一只脚，还是不服软地用嘴还击，他吐出含着血沫的碎牙，骂道："你们这几个小痞子，就是厂里的祸害，就凭你们还想搞好企业？白日做梦吧，李辉豪也就只能带出你们这样的垃圾，你们以为中国还是在靠拳头打天下的时代，还想搞黑社会，你们早就过时了，老子这世与你们誓不两立，有你们无我。"

黄得水和周阳发泄完内心的怒火，也没打服他。最后只能继续威胁道："如果你以后再暗地里说我们豪哥的坏话，我们下次就要了你的狗命。不要以为你有后台，就把厂当成你家的，你做梦吧，有我们豪哥在，你小子什么都不是。"

刘海洋被暴打的事，震怒了厂长刘光明，他特意来到厂里召开全厂大会，在会上厉声说道："你们有些人胆大妄为无法无天，把我们这个厂变成了小痞子天下了，我们一定要严肃处理，把打人者全部开除出去。"

李辉豪当时一心想着学技术练本领，根本就不知道他们打人的事，当他知道他们是为自己打架时，立即主动承担了全部责任，他一边代表黄得水和周阳赔礼道歉，一边要求再给他们一个改错的机会。

黄得水却死不认错，当面就和刘光明厂长对着干了起来，他跳起来，指着他的鼻子骂道："你算什么狗屁厂长？你一个月才来几趟？你除了会往家里捞东西，你还会做什么？你就把这个厂当成自家的了，想捞什么就捞什么。你以为这么大的小厂有什么了不起的，老子早就不想干了，老子早就不想为你这样的狗厂长干活了。"

刘光明当场气得脸都白了，对于这些街头长大的小混混工人，他是一点办法都没有，这也是他不常来厂里的一个重要原因，总是被他们搞得灰头土脸、脸面全无。

最后还是田玉玲站起来说："大家都不要生气了，还是就事论事吧！这事的责任都怪我，是我的工作没做好，我以后一定要加强团支部的工作，做好青年工人的思想工作，加强团结，不再发生这种打架斗殴的事情了。"

事后，田玉玲叫李辉豪一起去医院看望刘海洋，在路上，他们第一次发生了争执。

田玉玲十分不满地说："你怎么能这样做呢？还叫你兄弟打人。"

李辉豪不以为然地说:"我真的不知道呀,刘海洋是个什么东西?就是仗着他叔的架势,我要揍他,还要找人帮忙?三个他也不是我的对手,你们也真是小题大做了,年轻人个个血气方刚,哪有不打架的?"

田玉玲更不满地说:"你怎么就知道拳头狠?以拳头打天下的时代早就过去了。你看你那两个兄弟,被你带成啥样了?看人的眼睛都是横的,除了你的话,谁的话他们都不听。"

李辉豪有点自豪地说:"我们从小就是生死兄弟,自然就是心连心,什么时候打江山,都得有几个靠得住的兄弟。兄弟齐心,其利断金。"

田玉玲忍不住用眼睛瞪着他:"你以为现在搞企业办工厂,就靠过去的江湖义气,你一定要学会现代化企业管理。"

李辉豪听了她的话,表面上不停地点头,心里却不屑地在说:"我还要靠你教啊,我还不知道商场如战场?打仗亲兄弟,上阵父子兵,没有几个靠得住的兄弟,还如何上战场。"

刘海洋满头裹着纱带,只露出两只眼睛和鼻子、嘴巴,一见到他们,就怒火冲天地说:"李辉豪,你算什么东西?你敢叫小痞子打我?我们的账以后慢慢再算,我一辈子都不会原谅你。"

田玉玲劝说道:"你一个大男子汉,吃点亏就放在心里过不去了?都是一个厂里的人,早晚都要见面,有什么话讲不开,有什么仇过不去的?"

李辉豪也感到他们把他打得太狠了,就说:"他们打你,我真的不知道,我们俩之间没有闹过不愉快,更没有什么仇啊,我为啥要他们打你呢?这都是误会呀,他们都是厂里的工人,哪里是小痞子?我一定要他们向你赔礼道歉。"

田玉玲又劝说:"你早就是一个优秀的共青团员了,是我们团支部的宣传委员,你为啥还要跟他们计较呢?我们共青团员的责任就是团结帮助落后的青年,帮助他们不断进步。我们一定要记住这次教训,是我们对他们的了解太少了，发生这事我们也是有责任的，是我们团支部的工作没做好。"

刘海洋听了田玉玲的话，这才平静下来说："我也不是生他们气，他李辉豪也是个老团员了，还是上过战场的人，怎么就喜欢和小痞子混在一起呢？这不符合一个共青团员的标准。他们一定要深刻检查。"

李辉豪忙说："这事我有责任，我一定做深刻检查，我接受你们的批评教育，可他们都是和我从小一起长大的兄弟。我再说一遍，他们不是什么社会小痞子，他们现在都是我们厂里的工人，你不能总用过去的眼光看待他们。"

田玉玲接着说："李辉豪说得对，你以后不能这样称呼自己的同事了。我们都是团支部的骨干，我们就以这次事件为教训，好好研究一下下一步团支部的工作，我们不能只是一心抓生产，更要抓年轻人的思想工作，我们厂里小青年多，他们才是厂里的未来和希望呀。"

李辉豪立即说："对，我支持你的意见，没有谁是不可以教育好的。我们团支部就是要团结大多数，帮助落后青年变先进，我提议我们不但要宽恕黄得水和周阳，还应该把他们也招进团里来，加强教育，我们这个街道小厂就是要给这些没有前途的青年带来希望，我们的团支部就是要帮助教育他们进步。"

田玉玲接着说："让黄得水入团，我没意见，他也是个很有工作能力的青年，周阳还不够条件。我们就是要真心实意地帮助这些落后青年。但是，黄得水要真心认错、深刻检查，把检讨书贴到厂里大门口，还要亲自来陪护刘海洋，这也是给他们一个改正错误的机会。"

李辉豪立即说："我保证他们都能做到，我自己也要来陪护刘海洋。我们都是在一口锅里吃饭的，大家以后都是同事加兄弟。这就像过去的梁山好汉不打不相识，越打越亲密，最后都是好兄弟。"

田玉玲立马说："你不要再来你的那套江湖义气了，这是我们团支部的正常工作，也是我们神圣的职责。我们就是要团结一切可以团结的青年，带领他们一起进步，我们一定要化干戈为玉帛，团结一致投入经济战场上去。"

刘海洋看到他俩一唱一和的，心里是又气又酸又没有办法：这怎么还把黄得水招进团里来了？这个小厂真要变成你李辉豪的天下了吗？这一个战场上的胆小鬼带两个街头小痞子，能干成什么呢？你以为搞企业也是靠拳头能够打开的吗？

李辉豪没有食言，他立即把黄得水和周阳叫来，让他们当面向刘海洋赔礼道歉，并把他们的检讨书贴在工厂大门口，还亲自带着他们陪护刘海洋，直到他伤好上班。

田玉玲看了，心里很满意，对李辉豪的好感不断加深，觉得他不但有办法，还有大将风度。这也更增强了她进一步搞好团支部工作的决心，她一直有决心要把团支部建设成一个坚强的战斗堡垒。

田玉玲性格活泼开朗、大方得体，她组织的各项工作也都有条不紊地开展起来，她不断地组织起各种文体活动，调动起所有青年的满腔热情，厂里的工作和文化气氛空前地高涨起来，各种歌咏会、拔河、棋牌比赛、劳动比赛、技术展示和表演接连不断，精彩纷呈，特别是她亲自办的那面黑板报更是精彩不断，每个星期都要更新一次，所有青年都被她逼着要写稿。当然写这样的稿子最拿手的还是李辉豪，他在部队就专门练过，什么决心书、挑战书、志愿书，什么励志名言、激情小诗，那都是手到擒来，所以他的作品总是被她放在头条。

那段时间，李辉豪心里最激动最快乐的时刻，就是看到田玉玲在黑板报前誊写他的新作。她那一丝不苟的、高高站在凳子上的靓影深入他的内心，无时无刻不让他怦然心动。看到她有时还在顶风冒雨地出黑板报，内心感到无比心痛,于是,他亲自带人连夜加班,为那黑板报赶做了一个精致的顶棚,并把它装饰成了全厂最美丽最耀眼的一个窗口,田玉玲看了连连称赞。

　　田玉玲并不满足已经取得的这些成绩,她又开始和大家商量,要在五四青年节时,组织全厂团员和青年来一次郊游。

五

李辉豪和周阳从二圣殿出来，又从原路爬到山路上，上了车，再转过几道陡坡，就已经到了半山腰上，他们此时都有着一种脱离尘世、渐入仙境的感觉。

每次走在这条山路上，李辉豪的心情总是无法平静下来。是的，这不是一条普通的山路，这是一条令他终生难忘、留下无数美好记忆的山路。

山上的景色越来越美，山下起了一层厚厚的云雾，浓得像一汪乳汁，把整个山涧都填满了，而且不飘不散，风也吹不动。这一片云海就好像是一条分界线，把山上山下分割成两个完全不同的世界。

李辉豪常想，为什么自古以来，那些得道大师都喜欢名山大川？都喜欢把寺庙建在高山云海之上？因为他们都是看透红尘的圣人，他们能透过云海看透下面尘俗的世界，而身处尘世中的人永远都看不清自己所处的世界，甚至都看不清自己。

李辉豪就是个一直没有看清自己的人，有时，他自己也不明白，为什么九华山在自己的心里有那么重要的地位，成为自己心里最重要的一座圣洁的山？自己那时频繁地到九华山来寻找心灵的安慰，而自己却一直没有成为完全的佛教徒，自己到底是出于对佛的崇拜和虔诚，还是在追忆那逝去的青春，还是在留念那渐渐远去的一切美好的记忆？

是的，弹指一挥间，几十年最美好的岁月，就这样在不经意间过去了，带走了他所有青春时的激情和梦想,带走了他所有的理想和信仰,带走了他曾经拥有的一切美好。这几十年,他已经拥有了足够的财富和成就,他是商海中扬帆远航的佼佼者,他是成功的、优秀的企业家。可是,他为啥还会感到自己的心灵越来越空荡,越来越不安呢?为啥心里还留下了那么多的遗憾和酸楚呢?只能一次次地到九华山来朝拜,可是这圣洁的神山还能带给他心灵上的安慰吗?

他永远也不会忘记第一次到九华山时的情景,现在想起来,都难抑心中的激动。

那是三十多年前的五四青年节,田玉玲提出组织一次郊游活动,获得了包括他在内的所有人的支持,可是在选择去哪里时,大家却发生了不小的分歧。

当时,李辉豪提出还是找个有烈士陵园的地方去旅游,这个意见立即遭到了大多数人的反对。大家都说:"年年去烈士陵园,太没意思了。不如回家睡觉。"

刘海洋就在一旁鼓动:"我们要不就去九华山,来一次远程郊游,大家都骑自行车去,一边锻炼一边旅行。"

他的建议一经提出,立即得到许多人的拥护。也有人批评道:"你的思想不对,我们是团支部组织活动,怎么能去九华山?那是搞封建迷信的地方。"

那人的话一出口就遭到大家七嘴八舌的反驳:"谁去搞封建迷信?我们只是去看风景。"

"九华山为啥不能去?那难道不是祖国的大好河山?"

"九华山是离我们最近的名山,一次没去过太遗憾了,我们以后还要去黄山,去庐山。"

"九华山早已经恢复庙会了,报纸上说每年都有好多人去游览参观,连外国人都来了,现在在已经是国家重点风景区。我们就要去九华山。"

田玉玲听了大家的意见,看到多数人情绪高昂,最后只得说:"既然大家都想去九华山,我们就少数服从多数,去九华山。大家都要记住我们只去游山看风景,我们是共产主义青年团,这次是团组织的活动,大家都要守纪律听指挥,不准拜庙拜菩萨,不准搞封建迷信活动。"

大家纷纷保证道:"好,我们只游山不拜庙,我们都是共产主义接班人,我们只信仰马列主义毛泽东思想,谁会去搞封建迷信呢?"

李辉豪见大家都决定了,也就不再表示反对,他对田玉玲说:"这面团旗也带上吧,我们要永远在团旗的指引下奋勇前进。"

他说着,就把鲜红的团旗认认真真地仔细叠好放进背包中。

那天早晨,晨曦微露,他们提前在小厂门口集合,他们二十几个青年骑着二十几辆自行车,高举团旗,整齐列队,个个情绪高昂,就好像要踏上新征途的战士。

田玉玲安排刘海洋带着红旗在前面带路,小胖周阳自告奋勇地站出来说:"我也在前面,我的力气大。他红旗举不动了,我帮他举红旗。"

刘海洋把团旗插在自行车头说道:"这是团支部交给我的最神圣的任务,我保证团旗一定一路飘扬着到九华山,不用你帮忙。"

黄得水也凑过去说:"那我俩就做你的护旗手,陪着你在前面开路。"

李辉豪说:"很好,你们在前面不能骑得太快,要多照顾后面的人,特别是上山时要多注意山高路陡和旁边的悬崖,安全第一,我留在最后面断后。"

等大家都聚齐了,为了鼓劲,临出发时,田玉玲提出要大家齐声高唱一遍《我们是共产主义接班人》。

黄得水首先叫了起来:"田书记,这是少先队员唱的歌,我们都是青年了,是大人了,怎么还唱小孩子的歌呀?换一首青年歌曲吧。"

田玉玲极其认真地说:"我们都是从少先队员过来的,这首歌好啊,我们大家都会唱。我们不仅是共青团员,也曾是少先队员,我们更要永远记住,我们要做共产主义的接班人,走在奔向共产主义的大道上,这就是我们儿时确定的理想和信仰,我们就是永远的少先队员,在任何时候,都要把党的教诲,把建设共产主义的责任牢记在心上。"

于是,在她的带领下,嘹亮的歌声刺破了清晨的宁静:"我们是共产主义接班人,继承革命先辈的光荣传统,爱祖国,爱人民,鲜艳的红领巾飘扬在前胸。不怕困难,不怕敌人,顽强学习,坚决斗争,向着胜利,勇敢前进,向着胜利,勇敢前进,前进!向着胜利,勇敢前进,我们是共产主义接班人。我们是共产主义接班人,沿着革命先辈的光荣路程,爱祖国,爱人民,少先队员是我们骄傲的名称。时刻准备,建立功勋,要把敌人,消灭干净,为了理想,勇敢前进,为了理想,勇敢前进,前进!为了理想,勇敢前进,我们是共产主义接班人。"

在他们齐声唱完这首震撼人心的歌曲后,他们二十多辆自行车一起摇起铃铛,欢呼着、高叫着,踏着雨露,迎着天边露出的晨光,一路带着欢歌笑语向九华山进发了。

刘海洋一直骑在最前面给大家带路,黄得水和周阳一左一右地护着他,绑在车头的鲜红的团旗一路飘扬着,指引着大家。

李辉豪紧跟在田玉玲后面一步不离,他不只要照顾田玉玲,还要照顾所有掉队的人。

后来,好多年他一直都在回味这个一生最难忘的、奇妙的早晨,那一路的说笑声,那一路的歌声,那一路的铃铛声,那潮湿的雨露,那渐渐发白的天空,无不洋溢着他们青春的激情和欢乐。即使有人不慎摔倒,他们发出的惊叫声都是那么甜蜜,那么令人回味。几十年过去了,他再也没能找到过那天早晨的那个感觉了。

他清晰地记得，那天早晨，他们是骑了三个多小时的自行车，才到达这里，那天还下了很大的雾，浓浓的雾罩住了周围的一切，使他们一进入九华山地界，就感觉到已身处仙山雾海之中了。

他们大家虽然大多年轻气盛，没人喊累，但骑了几个小时的车，还是感到有点累了，大家骑着的车都有些东倒西歪，不再那么整齐了。队伍早已经散开了，前头的早就看不到影了，只能听见他们不时地在朝后面呼喊几声，有时隐隐约约的叫声都听不见了。

他和田玉玲一直跟在队伍的最后面，照顾落在后面的人。他们一边骑着车，一边不停地交谈着。

李辉豪不知道自己哪来的这么多话题，总是说不完。这是他一生中最美妙、最甜蜜的一次旅行。

他一路过来都是不紧不慢地跟在田玉玲后面追着，他看到她骑车的身影如醉如痴，仿佛她的车子是骑在自己的心里。他期待这美妙的时刻期待得太久了。他要求分配到这个小厂，就是因为她。可是这段时间，他的工作虽然干得红红火火，但是他们之间的感情却没有任何进展，这不是他不努力，而是田玉玲始终是那么凛然不可侵犯，不给他任何表露心思的机会。和她在一起时，一开口不是理想信仰这些大道理，就是在演讲在做报告，她关心的都是工作呀、未来呀、理想呀、信仰呀，似乎从来没有自己，更不能谈任何私情。

他那时还不知道，其实田玉玲早就知道他的一片心意，心里同样也是喜欢他的，只是因为王华芳的存在，才故意回避着他。

李辉豪这次与其说是来游山，不如说就是为了随她而来；与其说是要照顾全队，不如说就是专门为了照顾她而在后面。因为他知道，田玉玲口号叫得最响，体力却是最差的，一开始就落在最后面，他把她带的所有旅行品都加到自己的车上,她空车也骑不过人家。

从见到田玉玲的第一天起,她就已经完全占据了他的心田。他还从没遇到过这么温柔善良、美丽动人的姑娘,这就是一见钟情吗?她的一言一行、一举一动都已深刻在他的心里,特别是她那清脆甜美的笑声、精彩的演说,常使他心猿意马,他从没想过世上有这么美的声音,他一直没敢去直视她的眼睛,但他时刻感到那双迷人的大眼睛一直在他心里一闪一闪的,摄人魂魄。是的,田玉玲就是他心里的理想伴侣,就是他日夜思念的爱人,她充满朝气、充满理想和信仰,能和她一起骑车行走在路上,就已经是自己最大的幸福,他甚至希望能够这样永不停息地骑行下去。

他一路紧跟在她后面,不时感到一阵阵的心慌,看到她的自行车一晃一拐的,他仿佛感到那就是摇晃在自己的心上,自己的心也跟着一颤一抖的,生怕她摔下来。

那天山上的雾时浓时淡,有时一阵阵的浓雾袭来,使人看不见对面。他已看不清她的脸了,他只能看清她那红色的上衣像红色的旗帜在不停地飘动着,时隐时现。他越发紧张地跟着她,生怕一眨眼,她就突然消失似的。终于,在一个急转弯处,他看到她连人带车一起向路旁栽下去,他一声惊叫,奋不顾身地猛扑上去,在她即将消失在浓雾中的时候,一把抓住了她的柔软的小手。他一手抓住路边的一棵小树,一手使出浑身的劲把她拉了上来。

他们趴在路边朝下面看去,白茫茫的全是浓雾,什么也看不见,她的自行车早已消失得无影无踪了,没听到一点回音。她惊魂不安地说:"这下面就是悬崖呀,谢谢你救了我。"

"有我在,你不用怕。下面不知道有多深,自行车回来再找吧!你坐我车,我推你上山。"李辉豪也是心有余悸地说。

他们在那棵小树旁留下记号后,一起向前面走去。李辉豪完全忘记了刚才发生的一切,他终于等到了和她如此亲近的机会,他想这趟九华山终于没有白来了。他沉浸在极度的幸福和快乐中,他推着自行车一步一步往前走,和后座上的田玉玲说着说不完的话,他一点也不感到累,只希望那雾能再大点再浓点,能把他俩紧紧地裹在一起。

直到他俩下山,找到那棵小树时,他才感到了什么叫真正的后怕。原来那是个看不到底的万丈悬崖,如果不是路边的那棵小树,他俩早就葬身崖下,像那辆自行车一样消失得无影无踪。当时,他们在那呆坐了很久很久,最后,他忍不住地偷偷向那棵小树磕了一个头:"你是我们真正的救命恩人啊。"

那还是他在九华山磕的第一个头,他永生难忘,也使他和九华山从此结下了终生难解之缘。

后来好多年,田玉玲一直都在问他这个问题:"如果当时你看清了那是万丈悬崖,你还敢那样救我吗?"

他总是非常自豪地说:"就是明知道要摔下去粉身碎骨,我也会毫不犹豫地陪你而去。"

李辉豪永远记住了那个早晨、那片浓雾、那棵小树,这是他生命的转折。后来好多年,他还是觉得,是九华山有神灵有仙气,是九华山的神灵保佑了他,不然为啥一切会那么巧,田玉玲偏偏就在那里摔倒,那里偏偏就有那棵救命的小树,偏偏又有那么大的雾,笼罩了一切,而他偏偏又那么巧地一手抓住小树,一手抓住她的小手,还给了他那么大的力气,一把把她拉了上来,一切都太巧了,一切都不可思议。而他这神奇的一抓,不但抓住了她的手,还抓住了她的心,抓住了他渴望已久的爱情,更抓住了他美好的前程、辉煌的事业、旺盛的财源。

六

周阳开着劳斯莱斯转了几个山坡后，又轻轻地停下车。他不用说话，李辉豪就知道第一大名寺甘露寺到了。

李辉豪立即整了整衣服，又打开车门下了车。位于上山中途的甘露寺，是他们上山的必经之路，也是上山路上的第一座大庙。这座千年古庙，依山势错落而建，殿宇恢宏，寺内雕梁画栋、辉煌凝重、曲径回廊、深邃宁静。

李辉豪这些年不仅对世界各大宗教做过广泛的研究，更对全国的古庙名刹做过深入的研究。这座甘露寺，在他的心里有着特别重要的地位，不只是因为这里已经成为全国重要的寺院，开办了九华山佛学院，在不断地为海内外培育佛教僧才，最重要的原因是，这里是他今生见到的第一座气势恢宏的大庙，给他留下了深刻的影响，他始终没有忘记当时第一次见到它时内心的那种震撼。

那天，当李辉豪和田玉玲惊魂不定地追上大家的队伍时，他才知道，他们都停在前面，大家又争吵了起来。

他首先听到刘海洋的声音："我们这是团支部组织的活动，出发时就有规定，不能进庙拜菩萨。大家都要自觉遵守纪律。"

小胖周阳在说："你们都是团员，就我不是，你们不进去，我进去。到九华山来不看庙那看啥？我还没有见到过这么大的庙，就像皇宫呀。"

刘海洋语气严肃地说："你不是团员，参加团的活动，也要听从统一安排，不能独自行动。"

周阳不听他的话，就说："那你们团员就别进去吧，你们就把我开除出队伍吧。"他说完，谁也不看就独自进庙去了。

刘海洋气愤地说道："这个周阳，我们就不该带他来，这样无组织无纪律的，永远不配进入我们团的队伍。"

黄得水不以为然地说："我们不就来玩吗？只要大家玩得高兴，哪里不能去？哪有那么多规矩？"

刘海洋又说："这么没组织没纪律的，这不是小问题，这是原则性的大问题。我们来时田书记就决定好了的。"

黄得水一直看不惯刘海洋，见他那神气活现的样子，就故意反驳道："田书记说不准拜菩萨，也没有说不准进庙，这庙就在眼前，你不想看也不行啊，要不你把眼睛蒙起来吧。"

刘海洋急红了眼："黄得水，你怎么总是跟我唱反调？你已经是个共青团员了，要带头遵守团的纪律。"

黄得水从不把他放在眼里，说："就是团的活动，也要少数服从多数，大家说进不进庙，我们举手表决。"

几乎所有的人都在举手说："我们就进去看看，也不磕头拜菩萨。"

这样一来，刘海洋就再也挡不住他们了，许多人就跟着周阳后面进去了。

李辉豪和田玉玲赶到时，他们已经有一大半人进庙去了。

刘海洋看到他们，懊丧地说："田书记，他们不听指挥，违反纪律，我没拦住他们，我有责任。"

李辉豪没等田玉玲说话，就说："既然他们进去了，我们就都进去看看，真没想到，世上还有这么大的庙，不进去看看多可惜呀。"

田玉玲显然还没从刚才的惊恐中清醒过来，看着大家进去，也没有说话。

李辉豪一踏进大殿，就被那大殿内弥漫的气氛给镇住了，那高大的菩萨塑像使他不得不仰目凝视、屏声静气。他仿佛感到正有一股巨大的、无形的力量把他团团包围，使他思想凝固、气息中断、血液停流。

在大家的又一片惊叫声中，只见周阳已经不顾劝阻地跪拜在菩萨像前，他双手合十，前额碰地，嘴里念念有词。

有人在一旁笑道："你又违反纪律了，你就是不想进步了，这个泥菩萨还能保佑你？"

也有人说道："你看他那个认真样，如果给他请个菩萨回家让他天天拜，他也许真的就能落后变先进了，以后不打架不闹事了。"

周阳抬起头，不屑地看了他们一眼。

后面的一些小青年看到他磕头的认真样，一起嬉笑着："没想到他一个什么都不信的人，还信菩萨呢。"

又有几个人忍不住也跟着磕了几个头，大家又是一片惊叫声。

李辉豪看到他们在磕头，自己的双腿一直在发软，他努力控制着自己，才没有跪下去。他是怕被外面的田玉玲看见了批评他，可是他的心早已跪下去了。

这时，外面响起了急促的集合哨声，大家赶紧拥了出来整齐列队。

田玉玲阴沉着脸，神情严肃地点完人数后说道："我们这是共青团队伍，是共产主义青年先锋队，是未来共产主义的接班人，怎么这么没组织没纪律呢？你们心中的理想信仰都到哪里去了？这才是你们见到的第一座庙，以后下不为例。"

大家面面相觑，没有人敢说话了。只有小胖周阳站出来说道："你们都是团员,就我不是,我不跟你们一起了。"

田玉玲立即训斥道:"你不是团员,也是积极向团支部靠拢的进步青年,你也要用共青团员的标准严格要求自己。"

小胖周阳仍然不以为然地公然顶撞道:"那我就下了山后,再向团组织靠拢吧。"

他说完就不听劝阻地要独自离去,使田玉玲一时感到无比无奈和愤怒。

李辉豪厉声叫道:"小胖,你给我站住,谁也不许搞独立行动,我们刚上山,怎么就能这么不听指挥了? 我们都是一起上山的,必须一起下山,前面到处都是悬崖,我们现在分成五人一组,相互照应,到九华街再集合。"

周阳听了李辉豪的喊叫,只得乖乖地站住了,但他还是和整个队伍离得很远。

大家按照李辉豪的吩咐,又高举着团旗,一起朝前面继续前进。

李辉豪看到大家都朝前走了,见田玉玲还在那里生气,就过来劝她:"都是小青年,一跑就散了,还怎么管得住呢? 随他们去吧,出来玩只要能平平安安的,大家玩得开心就好。"

田玉玲第一次朝着李辉豪瞪着眼发火了:"李辉豪,你不要和稀泥。这说明你的思想意识也存在严重问题,这不是小事,这是关系到立场的原则性的严肃问题,是关系到理想信仰的大问题,这个问题还没搞清楚,你怎么就叫他们都走了?"

李辉豪一点也不在乎她说什么,只觉得她发火生气的样子也是那么动人、那么可爱、那么甜蜜。

前面的山路都是很陡的急转弯,李辉豪说:"你别再想着他们了,他们都跑没影了,你车都没了,也走不动了,还想着管他们,你还是坐在我的后座上，我带着你追上去吧。"

田玉玲也没客气，就坐到他的后座上，经过刚才的那段惊险，他们之间的距离已经一下子拉近了。

田玉玲仍在喋喋不休地说着："这真不是个小问题，看来我们的思想教育还存在严重的问题，都是八十年代的新青年了，怎么还能有这么多人相信菩萨呢？他们的理想信仰都在哪里呢？我们到九华山来是选错了地方了，这次是我犯了思想麻痹的大错误，我一定要认真检讨。"

李辉豪劝说道："你就别想那么多了，各人有各人的信仰，九华山的菩萨庙都有一千多年了，能传到今天，就说明有它存在的价值。你看周阳，我从来没有看到过他这么听话、这么诚心过。"

田玉玲生气地朝他叫道："那就是他缺乏文化、缺少素质、没有教育好的表现，你还帮他说话，说明你也没有教育好，你的思想也有问题。"

李辉豪看到她又不高兴，不敢再说下去，连声附和道："是，是，田书记，以后我一定天天向你学习，提高思想觉悟，处处做好表率。"

山路越来越陡，李辉豪骑不上去了，只得下车推着她爬山，已经累得浑身冒汗，气喘吁吁，只顾看着眼前的山路，一点也听不见她在后座上还在说什么了。但是，他心里充满了甜蜜和幸福，他等待这一刻，已经等得太久了。

七

李辉豪跟在周阳后面,首先走进了甘露寺的大雄宝殿,面对着那几尊高大的佛像静穆肃立。

这么多年来,周阳烧香拜佛,早已经形成了自己固定习惯的动作,标准规范,一丝不苟。李辉豪跟着周阳一起,先对着佛像双手合十,闭目凝神片刻。

这时,李辉豪暂时忘记心里的一切烦恼和杂念,他已经完全像一个脱离了尘世的圣人,他的思想、他的血液仿佛一起凝固了。此时,他的心里也没有了任何祈求和欲望,只有一片虔诚。

由于周阳一直是尊贵的老施主,寺院住持早已等候在一旁,帮他敲着木鱼迎接他。周阳每鞠一个躬,叩拜一次,寺院住持都要准确敲响一声木鱼。

李辉豪跟着周阳叩拜完毕,也跟着周阳拿出一包精心包好的、厚厚的香火钱,递到寺院住持的手里说:"请大师收下香火钱。"

住持忙打躬道:"谢施主施舍,请到斋堂用斋饭。"

李辉豪这次上山前,就听周阳的安排,特意准备好了到各个寺庙都要捐赠的香火钱,而且为了表达诚意,都是自己亲自包装,连周阳都不知道里面包了多少。李辉豪平时精打细算,生活简朴,对财务管理很严,但是这次在捐赠香火钱时,却是特别大方。

李辉豪和周阳跟在住持后面来到后面的斋堂，桌子上早已放好两碗稀饭和几根咸萝卜条。

周阳今天起得很早，又跑了这么多路，看着热气腾腾的稀饭，感到真的饿了。他每次上山吃的都是斋饭，把吃斋饭和烧香拜佛看得一样重要。他知道寺庙吃斋饭的习惯，要先念一遍佛经。

李辉豪也和周阳一样端坐在那里，纹丝不动，聚精会神地聆听寺院住持念诵道："粥有十利，饶益行人，果报无边，究竟常乐……"等他念诵完了，才端起碗喝粥，旁边一个僧人不断地给他们加粥。

周阳连喝了三碗也没喝饱，他看到李辉豪也喝了两碗，而且喝得十分小心，生怕有一点剩下。周阳心里感到非常高兴，他感到豪哥这次上山变化真的很大，简直和过去判若两人了，这和他平时在酒席宴会上的豪爽风度完全不同，这说明豪哥这次真的是诚心诚意来朝山拜佛了。

李辉豪吃完斋饭，从甘露寺出来后，他先来到甘露寺前面的栏杆前。这时云雾已经散去了，他居高临下，把前面的山川尽收眼底，一览无余，下面的平川山路和层次错落的白墙黑瓦的房屋都能看得清清楚楚。他点着一支香烟，凭栏眺望，凝目沉思。

每次经过这里，他都要在这里驻足停留，观看风景，每次都是欲罢不能，流连忘返。这里的景色美不胜收，如同仙境了。

甘露寺就像是点缀在万绿丛中的一座仙宫，寺前是古木成荫、秀竹成林、流水淙淙、山色空蒙，寺后是群山环绕、巨木森森、翠竹如涛、碧波万顷、云雾缭绕。这里更是空气清新、云聚云散、变化无常、气象万千，时而山下阳光明媚，山上云腾雾涌；时而山下电闪雷鸣、风雨交加，山上却是艳阳高照、天晴气爽。

李辉豪直到抽完了一支香烟，才回到车子里。周阳又发动车顺着盘山公路朝山上开去。

李辉豪每次行驶在这段路上，心里总会想起那段内心的甜蜜，几十年过去了，这种甜蜜一直在伴随着他，从没消失。因为这就是爱的甜蜜，他的爱情之花就是在这段路上绽放的。

那天，他就是从这里一直推着田玉玲往前爬山，她也许是心里还在生气，也许是有意考验他，不管前面的山路有多陡有多险，她都像是个调皮的小孩，坐在后座上，双手抱着前座，就是不下来，看到他累得实在推不动了，就趴在自行车上咯咯地笑道："是你要推我的，我真的走不动了，你不是本事大得很，大铁锤都能抡得飞起来？推个人还推不动啊？"

李辉豪一听，就不服输了，立即又有了无穷的力量："都说你们是千金小姐，有千金重啊。我不怕，你就是有万斤重，你就是座山，我也能把你推到山上去。"

田玉玲继续笑道："你逞大英雄啊！那我就给你一个机会，你就推我上去吧，我就享享福了。"

李辉豪喘着气，不停地说："只要你愿意，我就永远推着你，推你一辈子，让你享一辈子福。"

田玉玲看着弯腰推车的李辉豪，心里也是充满了甜蜜，她自然早就知道他的心意，她不表露，一是在不断地考察他；二是顾忌着王华芳，想回避着他，但她知道他时刻就像一团燃烧的火在吸引着自己，使自己回避不了。

她故意激他说："你就靠这个破自行车就想推我一辈子呀？你不累我还累呢，不要只说好听的，我要看实际的，不要只逞匹夫之勇。你要真有本事，就把我们小厂搞上去，我现在最爱的就是有本事的企业家，等你买了辆轿车，再带我上山，一边享福一边瞧风景。"

李辉豪转头对她说："你放心，你别看我们工厂还小，我一定能带领它发展起来,只要你能接受我,我一定能让你坐上世界上最好的轿车。"

田玉玲红着脸说:"那你就慢慢做梦吧,等你梦想成真了再说,你现在还是安心地做车夫吧。"

李辉豪已经控制不住内心的激动,他动情地说:"田玉玲,我真的很爱你,我也需要你的爱,我需要你的帮助,需要你给我力量,需要你给我插上腾飞的翅膀,希望你早点接受我的爱,早点帮助我腾飞。"

田玉玲扭着头说:"我一直就在帮你呀,能早日让我们的工厂腾飞起来,也是我们大家共同的梦想。我们有志有为的青年,应该把所有精力都用在工作上,不要过早地谈个人感情,影响了工作。"

李辉豪只顾不停地回头听着田玉玲说话,忘了看眼前的路,一时不慎就把田玉玲连人带车一起摔倒在路面上,随着田玉玲啊哟一声惊叫,李辉豪已经乘势伸手把她抱到怀里,一边关切地问道:"有没有哪里摔伤?"一边把她紧抱住不放。

他那时把她从悬崖下拉上来时,就有机会抱住她了,那会儿他还不敢,心里后悔了好长时间,这会儿抱住了她,心里充满了无限的幸福,再也舍不得放手了。

田玉玲在他怀里挣扎了几下,没挣开,只得嗔怒地说:"你这个坏家伙,你是不是预谋很久了? 就想摔倒我。"

李辉豪看到她不再反抗,心里立即乐开了花,他再也无法控制内心压抑已久的爱恋,激情像火山一样地爆发了。他紧抱住她,发疯似的亲吻起来。

田玉玲显然已经完全接受了他,也是轻轻地搂住他,温柔地接受他一遍遍的热吻。

李辉豪那时已经忘记了世上的一切,包括所有的使命和信仰,他的心里只剩下怀里的田玉玲了。

好久，他才清醒过来，筋疲力尽地躺在地上，仰望着天空和山峰，一遍遍在心里念叨着：这里真是带给我幸福的地方，让我得到了追求已久的爱情。

这时，一直高傲的田玉玲已经像一只小鸟依偎在他的怀里，仍在娇羞地说："我第一次见你，就知道你是个坏家伙，你一脑子的坏水，就是想害我，现在你的阴谋终于得逞了，你满意了吧？你别忘了，下次你一定要开着高级轿车带我来这里，故地重游，这是块永远值得我们留恋的地方。"

李辉豪又热吻着她说："这里已经是我们心中的福地，我永远不会忘记的。"

田玉玲欣然地说："你还没坏够啊！还想坏？你不想走了啊？丢下他们都不管了？看你把我身上、脸上都弄脏了，你还让我怎么见人啊？快带我找个地方洗洗。"

李辉豪十分惋惜地说道："唉，真希望现在这世上只有我们两个人啊。"

田玉玲站起来严肃地说："你这又是极端个人主义的表现，我们共青团员就是要时刻把全天下的人民装在心里，心里不能只有自己。"

李辉豪现在看到她的这个认真模样，心里是又爱又疼又好笑，他想：你开口闭口，把全天下的人民装在心里，可我们算什么？我们只是社会最底层的人，是世界上最平凡的人，全天下的人民，谁的心里能有我们呢？谁能知道我们的存在？

李辉豪不敢把自己的真实想法表露出来，只好附和着说："我尊敬的田书记，我以后一定谨记你的教诲，以后我的思想都由你决定，所有的事情都由你做主，一切行动听你指挥，你指向哪里我就打向哪里。"

田玉玲对着他耳朵笑道："你就是个口蜜腹剑的坏家伙，嘴上说得好听，脑子里都是坏点子，你对别人使坏，以后别想对我使坏，你敢骗我，我就把你耳朵咬下来。"

李辉豪笑道："从现在起，我的一切都是你的了，你想要咬哪只耳朵都行，随时给你。"

田玉玲开心地敲着他的脑袋说："我什么都不要，只要你这个里面跟我想的一样，要和我有着同样的理想和信仰。"

李辉豪带着她往前走去，很快就听见了飞流湍急、声若雷鸣的水声，他们顺声而去。只见在两座青翠的山峰之间，一条瀑布冲开峭壁，从峡谷口涌出，若离弦之箭，万翎齐发，急湍而下，撞击到池壁垒架的磐石上，激流上扬，如吐珠漱玉，转而飞流直下，再跌入下面的深潭，激流倒旋，雪浪般翻滚，势如龙腾，声震山谷。

李辉豪一见到这气势非凡的大瀑布，不由得激情大发，仰头高声朗诵道："飞流直下三千尺，疑是银河落九天。"

田玉玲在一旁笑道："你平时就是不爱读书，这是李白写庐山瀑布的诗，你也拿到这里来了。你没看到石头上刻着龙池吗？这就是龙池瀑布，那石头上还刻着许多诗呢，你去读给我听，你可不要读错出丑啊。"

李辉豪跑到石壁旁，对着石头上的诗大声读道："龙池无雨密云笼，百尺飞泉泻涧中。浪激雪花倾石倒，奔岩直与大江通。"

他读完后，忍不住又跑过来，一手搂住田玉玲，一手高举指天，豪情大发："真是好诗啊，奔岩直与大江通。这是龙池，是龙潜伏的地方，我就是这池中之龙，我一定会和这奔流的激流一样，直通大江大海，直通天际，我向青山发誓，从现在起我就要开始带着我的爱人一起腾飞。"

田玉玲用眼睛瞟着他笑道："人家到这里都是诗性大发，作出好诗。你来了只会乱发神经。"

李辉豪盯着田玉玲，信心饱满地说："不，我不是在发神经，我一定要大干一场，带着你，带着我们的工厂一起腾飞，闯出一片崭新的世界。"

田玉玲看着他一本正经的样子，说："好吧，不要只会说不会做，我看你到底能干出个什么样子来，不要让我们失望。"

李辉豪看到龙池旁边又有一座小庙，就要拉着田玉玲过去看看。

田玉玲说："你怎么一见庙就有兴趣啊？也许你的前生就是个和尚。"

李辉豪说："能住在龙池边的人一定就是圣人，去请他讲讲龙池的故事。"

等到庙前，田玉玲看到上面刻着"龙池庵"三个字时，就狠狠地踢了李辉豪一脚："这么多好地方，你不带我去，偏带我来尼姑庵。"

这一脚踢得太重了，踢得李辉豪忍不住惊叫一声，弯下腰去查看抚摸，他看到小腿上都被她踢青了一大块，刚想叫一声："你怎么这么凶啊，想踢断我的腿呀？"田玉玲没有理他，已经转身走了。李辉豪顾不得腿痛，赶紧跟在后面去追。

八

　　周阳把劳斯莱斯开了一段不长的路,就又把车停下了。李辉豪又跟着下了车,和周阳从岔路口沿石级栏杆而下,来到了龙池庵。

　　他和周阳一起先走进去进香礼拜出来。这座尼姑庵也不是很大,却是他每次必来的一座庙,因为他心里很敬重这座庙里民国年间的住持僧华德,她喜植梅画梅,一生与梅相伴,得道升仙,圆寂后三年开缸,肉身不腐,被装金供奉,龙池庵就因为她而名声大震,成为天下名庵,后来又被扩建到现在的规模。

　　李辉豪每次来到这里,都自然想起了田玉玲,都会感到那时被她踢伤的地方还在隐隐作痛,都会回味着那种痛却快乐着的美妙感觉。

　　李辉豪又在龙池庵外面,点着一支香烟,耳边听着不远处龙池瀑布传来的水流声,又开始进入了自己的沉思。他有时在心里想把田玉玲和华德僧相比,又不敢去比,她们是两个完全不同的人,一个生活在过去,一个生活在当代,一个得道成仙,一个锒铛入狱;她们也是两个完全不同世界里的人,一个是圣僧,一个是凡人,怎么有相比之处呢? 也许田玉玲唯一和她相同的,就是她也是个有着执着追求的人,和自己的理想信仰一生相伴,从不放弃。对于这个和他做了几十年夫妻的女人,他也真是越来越搞不透了。

　　李辉豪现在已经理不清他和田玉玲之间的那种剪不断理还乱的复杂

关系了，田玉玲不只是他的爱人、他的妻子、他的助手，还是他的同事、他的领导、他的知己，同时还是他的恩人、他的救星，更是令他一生伤心欲绝、刻骨铭心而又始终放不下离不开的终身伴侣。

李辉豪命运的彻底改变，就是始于那次九华山之行，始于他得到了田玉玲的那份爱。因为得到了她的爱，他的人生开始进入了全新的阶段。

田玉玲的父亲田向南是位南下老革命，官位不高，只是县计委的一位副主任，可是在县里资格老、人脉广。

李辉豪和田玉玲在九华山上的感情升华为恋人后，回去做的第一件事就是拜见这位未来的老丈人。当他搀扶着精疲力竭的田玉玲出现在她家门口时，上过战场、阅历很深的田向南就已经明白了他们之间的关系。

田向南是个开明的人，他没有表现出任何的不满，他也深知，他的女儿田玉玲从小就不是个听话的顺从的孩子，一向特立独行、自以为是、天不怕地不怕，她自己决定的事是谁也不能反对的。更何况，她没打一声招呼，就直接把人带回家来，就是要逼他们全家接受这个现实。

田向南不是不喜欢李辉豪，他也喜欢他身上的那股年轻人的朝气，可是他在心里为他俩的前途在担心，两个人都在那个没有出息的街道小厂，能有什么前途和作为呢？将来的生活都会有问题的。他开始有些后悔了，他当初把田玉玲安排到那个街道小厂，是因为那是个有十几个残疾人的福利工厂，可以给她积累一点政治资本，也是想给她一些锻炼，好在下面磨掉她身上的那点傲气和心里的那点倔强，等有机会，再给她找好的工作，可是没想到，她这么快就给自己带回来一个女婿。

李辉豪第一次上门还是有点儿拘束。田玉玲看到他这个傻样，捂住嘴在一旁笑道："你在山上不是厉害得很吗？你的那股豪气狠劲都到哪里去了啊？快跟我爸说说你心里的远大理想和宏伟目标吧。"

李辉豪受到田玉玲的鼓励，就壮起了胆子，直接开口叫道："爸，请你放心，我们的未来一定是光明的。我们工厂现在虽然很小，但是我们一定能够发展壮大的，我们一定能够从丑小鸭变成白天鹅。"

　　田向南这才开口说道："年轻人有志向是好的，可不要只会说大话。"

　　李辉豪一张开口，就开始滔滔不绝了，他这也是有向这个未来的岳父大人展露自己才华的意图，他动情地说："爸，看一个企业的未来，不是看它大小，也不是看它的过去，而是要看它有无生命力，有无竞争力。我们的工厂现在很小，这是我们的劣势，也是我们的优势，我们没有任何历史负担和包袱，我们全厂有十几个残疾人，其余大部分都是二十岁左右的年轻人，充满了朝气和活力，就像是一个个冲锋的战士，前面没有任何阵地是我们攻不下来的，没有什么样的市场风浪是我们闯不过去的。而那些国营企业、大集体企业，它们看上去家大业大，其实不少是明日黄花，根本经不起任何市场的考验，任何一点小小的风浪都能把它们吹垮吹倒。"

　　李辉豪的一番谈论，立即使田向南对他刮目相看，他没想到一个小小的街道工厂，还能有这样的人才。对于县里那些国营的大集体的企业情况，他确实很清楚。

　　他鼓励道："你说得很好，继续说说，你们这样的小厂，以后如何去生存。"

　　李辉豪一说开口，就自信满满了："我们中国已经进入改革开放的新时代，一些旧的东西、阻碍社会发展的东西，都会被逐步改掉，那些国营的大集体的企业都是首当其冲，必须接受市场经济的冲击，因为这么多年来，这些企业受国家保障，旱涝保收，无论好坏，都是国家的宠儿，靠计划吃饭，许多工人都是冲着国营企业是金饭碗、大集体企业是铁饭碗而去的，他们千方百计地通过各种关系挤进去，养尊处优，无所事事，毫无竞争意识，吃大锅饭的思想比农村更加严重，使一个个国营的、大集体的企业都成了养老院和救济所，使这些企业个个负担沉重、债台高筑、不堪重负，都靠国家银行的贷款过日子。国家就是要对这样的企业开刀，因为企业是国家经济建设的主力军，它们要以创造经济效益为目的，不能永远只靠国家输血过日子，成为国家的包袱，成为银行的无底洞。而我们厂虽然还是街道小厂，可我们没负担没包袱，我们有的只是干劲，我们可以轻装上阵、大展宏图，未来的市场就是我们的天下。"

李辉豪看到田玉玲在一旁不断地给他抛媚眼，也就越说越来劲，他的这套说辞已经不知练过多少遍了，早就是熟烂于心，而且许多还是和田玉玲一起探讨过的，这是他们的真实想法，也是为了向各级领导、客户以及本厂的工人讲述，以争取大家对他们的理解和支持，大会小会，开口就说。而田玉玲心里最欣赏他的就是他这样的演说，她就是喜欢听他大吹特吹的样子，他在慷慨激昂地讲述时，就像是一个运筹帷幄、指挥千军万马的大将军。

田向南非常喜欢他的这套说辞，他已经从心里喜欢上这个年轻人了。第一次对女儿的选择表示赞赏，觉得她这次选对了，这个青年有思想、有胆识、有勇气、有干劲，将来一定会有所作为，干出一番事业，自己现在应该尽力帮扶他一把。

田向南说："你们有这种豪情壮志和工作热情是不错的，可是搞好企业，光有这些还远远不够，还得有资金、技术、人才，最主要的是要有好的项目，有了好的项目就会有好的发展前途。"

田玉玲在一旁说："爸，你们县里这些年把好的项目和资金都给那些国营的、大集体的企业了，结果都是有去无回呀，也应该支持一下我们这样的街道企业呀。"

田向南说："县里就是那几家国营的大集体的企业，不支持它们支持谁呀？他们效益不好，毕竟养活了不少人啊。现在上面有新政策了，要大力支持乡镇和街道企业的发展,就看你们能不能抓住这个机会发展起来。"

李辉豪立即满怀信心地说:"爸,你放心,只要给我们一个机会,我们一定给你带来一个辉煌的未来,我们的信条是:给我一粒种子,还你一片森林;给我一片土地,还你一个金色的秋天。"

田向南又说:"现在是发展你们这些中小企业的好时机,上面的政策是有了,社会各方面也很重视,能不能发展起来,还是要靠你们自己去找项目找市场,未来企业的出路都要靠市场,不是靠政府了,我们也不知道市场在哪里。"

由于田向南的背后支持,李辉豪很快就被正式任命为那家街道小厂的厂长,他也很快争取到第一笔扶持资金,辉煌的人生之路正式铺起。美好爱情的收获和事业的腾飞更使他踌躇满志,他整天就像一匹不知疲倦的烈马,骑着自行车到处飞跑,到处去寻找他的市场、技术和人才。当然他去得最多的地方就是幺妹王华芳所在的那个国营农机厂。

李辉豪和田玉玲的关系突飞猛进,受到打击最大的还是王华芳,后来使她后悔一辈子的事,就是那次她没有跟他们一起去九华山,她不是他们厂里的,但他们邀请了她同行,因为他们四个从小到哪都是一起的,她是因为工作忙,没有走开。

她悔恨不已地想道:"如果自己跟他们去了九华山,豪哥首先想到照顾的一定是自己,就不会给田玉玲机会了。"心里也开始怨恨起田玉玲来:"就是这个狐狸精,嘴上说得好听,不抢我的豪哥,最后还不是暗地里下手了?你抢走了我的豪哥,但是抢不走我对他的一片真心,我看你能为他做什么,我一定会比你做得更好,因为他就是我心里永远不变的豪哥。"

当她第一次看到他俩手拉手出现在她的面前时,她隐藏不住内心的慌乱和失落。可是她已经只能接受这个现实,祝福他们幸福一生。她回家后，就趴在床上抱头痛哭。一连几天都是神情恍惚，连班都不去上了。可是，不管是爱还是恨，她都无法把李辉豪从心里赶出去，她无法忘记从小在心里产生的那种远超过对兄长的爱的感情，即使他不再选择自己，她也甘愿为他去做任何事情。

王华芳知道李辉豪最缺什么，他那小厂里几乎没有技术工人，除了一大堆人，其余几乎是一片空白，而自己厂里技术熟练的工人很多，都闲着没事干。于是，她充分利用自己在厂里人缘关系好的条件，为李辉豪去招揽技术工人，让他们白天在自己厂里上班，一下班就去李辉豪那里帮忙，特别是她厂里的那些销售员，几乎成了李辉豪的外编人员，一有业务就先往他厂里带，由他先做。特别是到了星期天，李辉豪的小厂里更是站满了大厂前来指导的人。

田玉玲知道王华芳的内心的怨恨，她也知道她做这一切，也有和自己赌气的想法，但她知道，王华芳是真心实意地要帮助李辉豪。

田玉玲并不在意她有时在公开场合对自己的冷嘲热讽，她的内心还是感到一些对她的歉意，自己是保证过不抢她的豪哥，可是爱情又是自私的，当这种炽热的爱情向自己猛扑过来时，她也是无法回避、无法拒绝的。

只有黄得水内心一直暗暗高兴，每次王华芳带人过来，他都是前后忙活，不停地献殷勤。可是王华芳已经越来越看他不顺眼了，她心里还一直怪着黄得水，过去向她瞒着李辉豪和田玉玲的事情，现在更是怨恨。都是因为他，豪哥才来这个小厂，才认识的田玉玲，没有他，就没有现在的一切。

王华芳是个心里藏不住秘密的人，她心里有气没地方出，就经常在李辉豪不在的时候，当众拿黄得水取笑，让他难堪。她常常指着一大堆铁零件说："你不是能得很，本事大得很吗？把这一堆零件搬到仓库去。"

黄得水知道她是要拿自己出气，看着那一大堆铁零件，吓得吐出舌头说："幺妹，这么多零件，就要我一个人搬呀？我是靠动脑子干活的人，不是靠出力气的搬运工，叫大家一起帮帮忙吧。"

王华芳不理他，故意板着脸说："我们是在指导技术，不是帮你做搬运工的，你看你那个样子，再不劳动劳动，就要飞上天了。"

黄得水没法，只得叫来周阳帮他，王华芳挡住道："小胖，你不许去帮他，你的事还没干完呢，给我去擦机床。"

周阳被王华芳叫住，不敢去帮他，只得回头去擦机床。于是，大家经常能看到黄得水一个人在满头大汗地搬运设备零件，有时一车子的货物，都是他一个人在上下搬运。大家很快就发现了这个秘密，这个平时最怕干活的黄得水，平时开口闭口都是"君子动口不动手，现在不能只靠双手吃饭，要靠脑子吃饭"的人，王华芳一来，他比谁都干得多，比谁都老实，出的汗也是最多。

田玉玲看在眼里，自然明白了黄得水的一片心意，她悄悄地去问王华芳："你看黄得水对你真是一片苦心，你是不是考虑考虑？我看你俩很合适的。"

没承想，王华芳听了朝她一翻眼，不屑一顾地说："我和他？除非太阳从西边出来了。你看他那一脸的屁样，我现在一见到就想抽他两下。"

田玉玲一时只能哑然无语了，她也不敢再说下去，她知道自己说多了，就会被王华芳记恨更多，更增加她内心的痛苦，她只能希望王华芳能尽快从这片痛苦中走出来。

对于王华芳所做的一切，李辉豪心里都很清楚，他知道她内心的感受，他也知道她是在拿黄得水出气。但是，他已经别无选择地爱上了田玉玲，他也不知道该如何去安慰王华芳，他有时也想不再接受她的帮助，可是又怕这会使她更痛苦，而且，他还不能缺少她的帮助。他只能把她对自己所做的一切都深深地记在心里。

李辉豪心里清楚，自己能够短时间里飞速发展起来，全是借着那个大厂积累下来的技术、人才、市场和经验，没有那个国营农机厂的全方位帮扶，就不会有他的崛起，而这一切，都是王华芳背后支持的结果，那时她自己的工资和奖金都用来帮他请人吃饭喝酒了，而且从来不求回报。没有她，就不会有自己的借力发展，自己其实就是在摘他们的桃子。

他一直都感到，他欠着他们厂许多，后来在那家国营农机厂倒闭后，他尽力收留了他们一大批下岗工人来弥补内心的愧疚。可是，他因此欠下了对王华芳一生都还不清的情和债，却一直无法去偿还，因为有一些情和债是不能用金钱来偿还的。

他一直希望王华芳能有一个好的归宿，他相信好人应该有好报，可是，他没想到，后来的王华芳却一直走在苦难的旅途中。

他不明白，上天为什么总是对她不公，总是让好人忍受更多的苦难，而自己一直作为旁观者，只能目睹她的苦难和不幸，却无法给予她任何帮助，只能不断地增加她内心的伤痛和不安。

九

想到幺妹王华芳,李辉豪心情郁闷地点着了一支烟,深吸一口,慢慢吐出一缕缕烟,他眼望着那一缕缕烟出神发呆。

周阳看到他还没有走的意思,也就没有催他,他知道这支烟没有抽完,他是不会动身的。周阳就自己绕着龙池庵又转了一圈,他对着庵里庵外的一切都很感兴趣,他觉得这九华山的草草木木,这里的每一块石头都是充满灵性的。

这些年来李辉豪都没有搞清,如果当初没有田玉玲的出现,他是否会和王华芳在一起,他知道她一直就是这个世上对他最好的女人,是一心一意爱着他的,他也不知道选择田玉玲到底是对了还是错了,但他知道,如果说田玉玲是支持他腾飞的一双翅膀,那么王华芳也是支持他腾飞的隐形翅膀。李辉豪知道,自己这辈子最亏欠的人就是王华芳,自己这辈子也无法还清欠她的债了。

李辉豪想着田玉玲和王华芳这两个在自己生命和事业里都很重要的女人,心里不由得隐隐作痛。自己虽然也算是个卓有成就的成功人士,拥有十多亿资产,却一点也帮不到她们,她们现在一个沦为阶下囚,一个陷落在更加悲哀的痛苦的深渊里。

李辉豪狠狠地吸了几口烟,直对着龙池庵发愣,想还是过去的圣僧英明啊,早早脱离了尘世,在这风景如画、胜如仙境的地方吃斋念佛、植梅赏梅，这是何等超然洒脱。也许只有她们才悟出了人生的真谛，所以受到后人的敬仰和膜拜；而自己这样的凡人，永远陷在世俗里，看不清自己的前世今生，也看不清周围的世界。

李辉豪抽完这支烟，离开龙池庵，又和周阳上车前行，不久就到了佛国仙街九华街，迎面而来的就是一座高耸的古门坊，这是古九华山的正大门，是正式进入仙界的标志，与迎仙桥相连。这座古门门坊全是大理石雕刻，仿清代徽派建筑风格，前后两面横额都镌刻着康熙皇帝的御书"九华圣境"四个大字。

周阳没有停车，直接开车从门坊下驶了过去。李辉豪在车里仰视了一下门坊，心情变得更加庄重，这座古门坊几十年来一直就耸立在他的心里，对它的庄重典雅，以及每一处雕刻、每一个细节都是熟记于心，因为他已经不知道多少次来抚摸过它，细细地研究过它多少次了。

他更是无法忘记第一次来到这座石坊下的情景。

那天，他带着坐在后座上的田玉玲，一路观赏着变幻不定的山景。他们一边爬山，一边完全沉浸在那种浓浓的甜蜜的爱意里了，一路缠绵着有说不完的心头话，竟一时忘记了他们的使命。

当他们最终不知花了多少时间，才爬到这座九华街山门时，才知道那群青年已经聚在那里等他们很久了，他们已经发生了不小的争执。

发生争吵的又是刘海洋和黄得水，黄得水一路上已经对刘海洋非常生气，他和周阳奉命当护旗手，可是刘海洋一直没有给他们任何机会，他一直把鲜红的团旗插在自己的自行车前，像宝贝似的不给任何人，冲在最前面，引领大家前进。

黄得水只能跟在他后面，那时，他最想的就是能接过团旗，也在前面风光一下，他几次试探着问刘海洋："你骑了这么多路了，累不累呀？把团旗给我举一会儿。"

刘海洋却毫不在乎地说:"我不累,这是团组织交给我的光荣任务,我一定要完成好,让团旗高高飘扬在队伍的最前面。"

周阳却不在乎这个,他人跟在队伍里面,心里却一直在找庙,只要看到路旁有庙宇或庵堂,他都要去叩拜,就是路边刻着佛像的石头,他也要去拜,谁也挡不住他,都把他当成了稀有动物,一看到他在真心叩拜,全都看热闹似的嬉笑道:"这个小胖,谁都管不了,原来九华山的菩萨还能管住他,这九华山的菩萨真灵,什么人都能管得住。"

周阳一进九华街,一下看到那么多寺庙,眼睛都直了,他没跟任何人打招呼,就一个人先到各个寺庙拜佛去了。

刘海洋对大家说:"周阳还不是共青团员,他也是不想进步了,你们都不要跟他学,我们就在这里等田书记他们上来集合了再出发。"

大家这时才发现,所有人都到齐了,就缺李辉豪和田玉玲两个了。这是少有的,平时他俩都是在最前面的。大家仿佛都开始察觉到,他俩之间似乎发生什么故事了。

黄得水精明,在甘露寺时,他看到李辉豪和田玉玲落在最后面,就感觉到他们之间一定有事了,只是那时大家都在关注周阳拜菩萨的事,没有太在意。

黄得水心里却像明镜似的,他后来一直追着刘海洋跑在最前面,就是要带大家拉开距离,为李辉豪和田玉玲创造条件。现在看到他们迟迟没有上来,心里很得意,他知道刘海洋也是一直在追田玉玲,他觉得之所以应该向大家公布这个秘密,主要还是因为想当众刺激一下刘海洋,让他难堪。他心里一直都在怨恨刘海洋霸着团旗不放,在前面出尽了风头。

他站起来开口说道:"我看大家别等他们了,他们两个到现在还没上来,一定是故意留在后面谈恋爱了,故意要避开我们,我们就给他们这个好机会吧！这么大的云雾，他们躲在后面干什么，都没人看得见。"

刘海洋果然被刺激了一下，立即反驳道："你不要胡说，他们一个是团支部书记，一个是副厂长，留在后面是为了照顾大家。我们共青团员都是吃苦在前，享乐在后。"

这时，大家全都笑了："我们都在这里，他们在照顾谁呀？他们是自己在照顾自己吧，真的是在后面谈恋爱吧，我们该问他们要喜糖吃了。"

黄得水看到刘海洋那个着急心慌的模样，心里就更高兴了，就故意拿话激他："团支部书记配厂长最合适，他们本就是天生一对呀。我们全厂除了豪哥，还有谁能配得上田书记呀？就是还有人在旁不识数，还在做白日梦，梦里想屁吃啊。全厂的人谁不知道他俩早就好上了，就你不知道呀！豪哥就是为了追田书记才进的我们厂，田书记也早就是豪哥的人了，现在他们正在云山雾海里谈情说爱，多好的机会呀，哪还顾得上我们？我们大家都应该祝福他们。"

大家听了，全都会心地笑了，个个都开始称赞他们就是天生的一对。

黄得水这样说，也是出于自己的私心，他在心里比谁都希望李辉豪和田玉玲能早点好上，早点确定恋爱关系，因为他心里一直恋着从小一起长大的幺妹王华芳，而他知道，幺妹心里只有李辉豪，李辉豪的婚姻不确定下来，她就不会接受自己的追求。

黄得水的这句话一下就说到了刘海洋心里的痛处，刘海洋听到大家会意的笑声，感觉到这次又上李辉豪的当了，这个家伙就是会搞阴谋诡计，自己在前面举红旗带路，他留在后面找机会和田玉玲亲近，自己真傻，又被他当枪使了，自己怎么就没有想到呢？田玉玲体质最弱，一定是落在最后面，自己应该留在后面照顾她，不该冲在最前面啊。

刘海洋不愿去想象了，他整个心绪都乱了，立即对大家说："你们不要乱说，也许是他们遇到了什么事吧！他们丢了一辆自行车，就是比我们慢,我回去看看,你们就在这儿等我们。"

黄得水看他那样子,就故意嘲讽道:"已经太迟了,田书记已经没有你的份了,你还是知趣点,别去打搅他们了,别去当电灯泡了。自从我们豪哥一进厂后,田玉玲书记就属于他的了,就没有别人份了,你也别白日做梦了,还想和他去争?你还是收起你的那份心,趁早撒手吧。"

刘海洋感到受了好大的侮辱,他控制不住自己的情绪了,恼羞成怒地反击道:"李辉豪算什么东西?一个战场上的胆小鬼,一个一窍不通的傻大个,他凭什么配得上田玉玲?田玉玲怎么会看得上他?你们不要以为他有你们这两个狐朋狗友,我们厂就是你们的天下了,什么都想得到。"

年轻人个个血气方刚,两句话不投机,就要动手了。黄得水朝刘海洋冲过来道:"你说谁是狐朋狗友了?你敢跟我们豪哥争,首先过我这一关,你别以为你有个当厂长的叔叔,还是个团支部宣传委员就了不起,在老子眼里,你狗屁都不是。"

刘海洋也不服气:"你们不就是街头小混混,你以为你们三个一伙的,我就怕你们?你们一起上,我都不在乎。李辉豪就是个战场上的逃兵、胆小鬼,他不配当副厂长,更不配和田书记谈恋爱,那不是要鲜花插在牛粪上了?"

黄得水也骂道:"你才是牛粪呢!田玉玲跟谁也不会跟你,看看你这个熊样,哪个女的跟你,哪个倒一辈子的霉。"

大家一起挡在中间,把他俩死死拉住,才没让他俩打起来,大家都劝道:"好不容易出来玩一趟,你们吵啥呀?田玉玲跟谁谈恋爱,关你们什么事呀?你们没爬累呀,还有好多山要爬呢。"

黄得水仍不放过刘海洋,还在大叫:"刘海洋,老子进厂时,就没把你放在眼里,你别想再仗着刘光明的势子,到处吃五喝六的。属于你的时代早就结束了,你不服,就出来和我单挑,像你这样的三个一起上,我都不在乎。"

刘海洋也不服输,也隔着人群骂道:"你这个瘦猴,算什么东西?老子从来没把你看在眼里,永远也不会和你这种人同流合污,你不就是架着李辉豪的势子,我们厂就是在我手里发展起来的,你们算什么?他李辉豪算什么?你们就是小偷,专偷别人的成果。"

黄得水一步不退:"你和你叔刘光明才是小偷,专门把厂里东西往家里偷。我们厂是你干起来的?你以为这个厂有多大呀,不是豪哥来,就要倒门框子了。"

两人越吵越厉害,又相互用手指互指着冲过来要动手了,大家拉都拉不开地纠缠在一起。就在他俩争执不下时,李辉豪和田玉玲赶上来了。

田玉玲首先狠狠地批评了刘海洋:"刘海洋,你是我们团支部的骨干,是宣传委员,怎么能带头闹事、不守纪律呢?我们都在同一个战斗堡垒,一定要注意团结。"

刘海洋不服地说:"他在乱造你们谣,在乱说你们的坏话。"

黄得水干脆挑明了道:"我造什么谣了?我就说了你们在后面谈恋爱,哪个年轻人不谈恋爱?我们大家都说了,你们天生就是一对。"

黄得水一说,大家一起都跟着笑了起来。

田玉玲顿时羞红着脸,对着黄得水说:"我们的事谁要你管了?你就喜欢在背后乱说。你逗英雄都逗到九华山来了,你怎么这么无组织无纪律,到哪里都想逗狠劲?你必须向刘海洋同志认错道歉,做深刻检查。"

黄得水看到李辉豪也一直在给他使眼色,只得走上前去向刘海洋赔礼道歉,他们只是在大家的一片鼓掌声中,象征性地握了握手。

刘海洋看到李辉豪和田玉玲同时出现时,已经敏感地意识到他们之间好像发生了什么,他只感到自己的心里充满了委屈和酸痛。他强忍着眼里的泪水,有些赌气地把团旗交到田玉玲手里说:"我一路带来,已经累了。"

李辉豪立即接过团旗说:"是的,你一路辛苦了,现在该我们举了。"

黄得水看到机会,一把抢过去说:"豪哥,这个光荣的使命还是交给我吧,你还是安心在后面照顾田书记,早点请我们吃喜糖吧。"

黄得水高举着团旗,使劲地在空中挥舞了几下,然后高声呼喊道:"同志们,我们是共产主义青年先锋队,让我们永远跟着鲜红的团旗前进,前进。"

大家又一起情绪饱满地跟着鲜红的团旗出发了。

十

　　周阳将劳斯莱斯缓缓地开到祇园寺上客堂宾馆停车场停稳,帮李辉豪打开车门。周阳和李辉豪最钟爱的就是这家酒店,每次上山都是住在这里。

　　李辉豪和周阳一起走进大厅,在周阳去办理登记手续时,李辉豪又在仔细观赏着这座熟悉的宾馆,他们习惯住在这里,一是因为念旧,二是因为这是全国重点寺院、位于九华山四大丛林之首的祇园禅寺隶属的宾馆,凝聚着更多的佛缘,内部装饰比较朴素,凸显出更多的佛教文化气息,餐饮全素,很符合他们的心意,而且住在这里,有利于聆听不时传来的祈福的钟声,体验佛教文化的博大精深。

　　周阳开了一间豪华套间,就先把一些行李送进房间。他们没有停下休息,就立即出了酒店,朝百岁宫索道而去。按照周阳的安排,他们第一天就是上前山烧香拜佛,晚上回来休息,明天一早去后山天台,如果李辉豪感觉好,就再多住几天,去花台景区、天柱峰景区、狮子峰景区、莲花峰景区、转身洞景区、南阳湾景区,把九华山所有景区和九十九峰都游览一遍。

　　李辉豪感到现在的条件早就和那时不可同日而语,现在他出门坐的是豪华轿车,住的是豪华宾馆,上山乘的是快速索道,可是他就是找不到过去的那种激情、那种感觉、那种永远令他留恋的东西。过去虽然出门骑的是自行车,上山靠的是双腿,晚上睡的是山头树林,可是为什么那时的自己就会感到充实,感到精力旺盛,感到热血沸腾,不感到一点累呢? 而现在随着年龄和财富的不断增加,自己的内心却是越来越空虚,越来越像风一样轻飘,难道自己只是在留恋早已逝去的青春岁月? 只是在留恋那一起逝去的更多美好的东西?

他常常想,每个人的心里都会有高尚美好的理想和信仰,只是这些理想和信仰与现实生活相碰时,就会产生一种巨大的湮灭,就会使人迷失方向、忘记自我。

李辉豪越想越感到迷茫,越想越感到空虚,他只感到自己又像一阵风似的随着缆车只花了十多分钟时间,就飞快地飘到插霄峰摩天岭上,而那时的他们爬到这里确实花费了很长时间。

李辉豪站在通向百岁宫的石板路上,这段很短的旧石板路,还是他们过去上山时走过的一段,这里也是他很留恋的一块地方,因为这里的风景独好,正好可以将整个九华街尽收眼底,更能眺望对面的莽莽群山,他每次经过这里都要驻足很久,他常能看到厚厚的云海从对面连绵不断的山峦上像白色地毯覆盖过来,把整个九华街覆盖在云海之下,然后一轮白日高悬天空,照耀着无边无际的云海。

他留恋这里,不只是这里变幻不定的景色,更重要的是这里朝下就能看见那条弯曲的上山的山路,这条古山道,他已经好多年没有爬过了,但是每次看到它,他都会想起他们第一次跟着团旗,往上攀爬的情景。

黄得水抢过团旗后,就一直高举着冲在最前面,他等待这个机会,已经等得太久了,他一直就想着能把刘海洋压下去,他突然感觉到有了无穷的力气,他每爬到一个山坡,都要在上面摇摆着团旗,骄傲地向后面的青年喊几句:"共青团员们,我们的团旗在这里,向着团旗前进。"

大家听到他的呼喊，立即就忘了沿途的烦恼，就会精神倍增地朝他而去。有人体力跟不上，就在下面朝他喊："你这个瘦猴，一到山上你就真的成精了，你就不能跑慢一点？"

只有刘海洋越来越没有了精神，他无精打采地留在最后面，因为他再也得不到任何和田玉玲亲近的机会了。

田玉玲已经和李辉豪像久恋的爱人，公开地手牵着手，有说有笑地走在一起，完全无视他的存在。

刘海洋没想到一个早晨就会发生这么大的变化，怎么连自己想表现一下的机会都没有了呢？你李辉豪真是太阴了，让我在前面扛团旗带路，你在后面偷着得手了，我和田玉玲认识比你早，感情比你深，她应该是属于我的，你这个战场上的胆小鬼逃兵，谈恋爱却是高手，没想到这么容易就被你得手了啊。让你占了先机，我不会再上当了，我更不会放弃，我会把你当成一生的敌人对待，在各方面战胜你，我从此决不会再和你同路同行了。

刘海洋心里也曾和李辉豪一样有过美好的理想，他一直就把这个小厂当成自己的事业和理想，几次他叔刘光明要把他调到国营农机厂去，他都不愿走，这个小厂虽然小得微不足道，但都是他一步步干出来的，每一个空间都留有他的汗水和梦想。后来田玉玲来了，他又有了更多的梦想，他渴望着能和田玉玲一起带着这个小厂兴旺发达起来。

他做梦都没想到，怎么就突然来了这个李辉豪，不但夺走了本该属于他的一切，还夺走了他最重要的心上人。这个李辉豪根本不是自己的同志和朋友，而是不知从哪里冒出来的浑蛋。他到厂里来什么都没干，就来摘走了自己多年奋斗的成果。

他现在才开始感到什么叫后悔，他根本就不该接受田玉玲的提议，把李辉豪要过来，那时自己只是事事顺着田玉玲的心意，是为了让他高兴，也是为了让她有兴趣留在这个小厂,自己能够天天和她在一起。没想到,不慎犯下了这个大错误,引狼入室,搞到现在鸡飞蛋打、一无所获,自己还是太年轻了,太没有经验,自己的心肠太软了。自己必须要记住这次教训,以后想干成大事,必须先练成一副铁石心肠,绝不可再有妇人之仁,自古都是无毒不丈夫,男人心肠太软,最后受伤害的都是自己。

刘海洋内心的痛苦和愤怒像烈火一样一阵阵剧烈地燃烧起来,一路烧灼着折磨着他那颗年轻的心。他在内心发狠地说道:田玉玲啊,你一向精明过人,怎么就这么糊涂地被李辉豪骗了呢?你应该清醒啊,你怎么就看不清他就是个傻大个?他的肚子里什么货都没有,他从来没有搞过企业,他懂得什么叫管理?他懂得怎么办好企业吗?他不就是力气大,会在厂里抢大锤吗?现在都是什么时代了?你怎么还会爱上一个只会抢大锤的人?你一定会后悔的,这是你最错误的决定,我一定会让你知道,你的选择是错误的,我一定要让你知道,谁才是你该爱的人,谁才是有能力搞好企业的人,谁才是未来的真正的企业家。

李辉豪和田玉玲完全沉浸在爱的喜悦中,心里的那层纸一经捅破,也就毫无顾忌了。他们一边亲密无间地说着话,一边观赏着山景美色,仿佛整个世界都是他们的了,全然不顾刘海洋的感受。他们不知道,他们每一句轻声笑语、每一个亲昵的动作都像锋利的刀剑一样刺痛着刘海洋那颗伤痛的心。

一直爬到了百岁宫前,他们才看到刘海洋气势汹汹地从后面追上来,在通过他们面前时,以异常复杂的目光看了他们一眼,一句话没说,就直接走进百岁宫去了。

李辉豪和田玉玲心里都知道他那冰冷的目光里的复杂含义,他这样做的目的也是在向他们示威,他从此不再和他们亲密无间、志同道合了,你们不让进庙拜菩萨,我偏要进去。

所有的青年团员都在百岁宫外面的小广场集合休息，大家都在惊叹那变幻不定的云海美景，都在歌颂着祖国大好河山的美丽，有的青年在大声朗诵赞美祖国的激情诗句。

只有小胖周阳已经先到百岁宫里朝拜了一圈出来，大家都当没看见似的，都觉得这个落后青年已经不可救药了，没有人关注他，也没有人再去说他。他悄悄地走到李辉豪面前，异常神秘地告诉他："豪哥，百岁宫里真有肉身菩萨，我亲眼看见了，你快进去拜拜吧。"

李辉豪听了他的话，心里一动，真想进去看看，可是看到田玉玲就在身边，就不敢去想了。

田玉玲看到周阳，就说道："周阳，你怎么就是不听教育，总是一个人行动，拖我们大家的后腿？"

周阳说道："不是我一个人在拜菩萨，我刚才看见了，刘海洋也在里面拜菩萨了，他还是宣传委员呢。"

周阳说完，就又独自先走了。不一会儿，刘海洋也从百岁宫出来，他没和他们再说一句话，只是经过田玉玲身边时，用一种无限痛惜和怅然的目光看了她一眼，就急匆匆地追着周阳去了。

田玉玲在后面连叫他几声，他头都没回地就走了。大家都看出来了，刘海洋是肚子里憋了好大的气走的，这个一向积极的宣传委员，一直都是最听她的话的。现在撇下他们独自先走，明显在向她示威，不再听她指挥，是要和他们分道扬镳了。

黄得水看到刘海洋离去的背影，愤愤地对大家说："你们都看清了他的本质了吧，他一直就不是个东西，他永远不回来也没什么了不起，地球离了谁都会转，我们厂里离了他，照样能发展壮大。"

田玉玲看到大家都在看着她，先感到有些尴尬，但她善于做青年工作，很有经验，立即转移了大家的注意力。她说："大家一路爬山，都有些累了，我们就在这里休息一会再出发，利用这段时间我们再来唱一首歌，鼓鼓劲，我们要让我们的歌声和我们的脚印、我们的激情、我们的汗水，一起留在这九华山山巅。"

"好!"黄得水立即积极地高呼着，首先高举着团旗站到正中间说，"田书记，我们是不是还唱《我们是共产主义接班人》?"

大家又立即聚到团旗下。田玉玲说:"这首歌当然要唱，我们先唱一首《歌唱祖国》，你们都看到了，我们伟大祖国的河山多么壮美啊。"

于是，她在队伍前挥动双臂，带领大家一起高声唱起:"五星红旗迎风飘扬，胜利歌声多么嘹亮。歌唱我们亲爱的祖国，从今走向繁荣富强。歌唱我们亲爱的祖国，从今走向繁荣富强。越过高山，越过平原，跨过奔腾的黄河长江。宽广美丽的大地，是我们亲爱的家乡，英雄的人民站起来了! 我们团结友爱坚强如钢。"

他们唱完这首歌，又兴致勃勃地接连唱了《团结就是力量》《再过二十年我们来相会》《共青团员之歌》《光荣啊，中国青年团》等几首歌，有些人不会唱，也神情肃穆地跟着大家的节拍一起拍起了手。

他们整齐嘹亮的歌声高昂激越，在山峰之巅骤然响起，无数的山鸟被惊得向空中飞去，一些小猴惊得在树林间穿梭跳跃。他们那一阵阵气势、一阵阵歌声随着风追着云，从山巅之上向四周飘去，洒满了所有的山涧。

所有的行人都被他们激昂的歌声和充满朝气的青春激情所吸引，一起投来关注的敬意的目光。

李辉豪想起过去，他感到自己的双眼早已潮湿了，他仿佛又回到了从前，回到了那个队伍里，他仿佛又听到那遥远的歌声，正从远方的山顶朝他飘来。

十一

　　李辉豪和周阳走在通向百岁宫的石板路上,眼睛一直在望着山下的九华街,在寻找那条隐没在密林中的上山的古道。

　　周阳跟在他后面,不停地说:"豪哥,前面就是飞来观音。这里的观音最灵,就是管婚姻家庭的,你一定要好好拜拜,这里的抽签也最灵,抽一支就知道凶吉,不好的,还可以帮你改教。"

　　李辉豪自然知道飞来观音峰,那是很特别的一座观音庵,观音像是刻在一块巨石之上,很多人都说,那块石头就是从天外飞来的,是观音菩萨的化身。

　　李辉豪和周阳走到飞来观音峰时,这里聚集了许多香客。

　　周阳挤在前面给李辉豪排队,李辉豪到九华山来过多次,可是从来都没有抽过签,他是觉得自己一直顺风顺水,家庭美满,怕抽了下签,会给自己心里留下阴影。

　　等过了好几个人,才轮到他们,李辉豪在周阳的指点下,对着观音石像跪下,连拜三下,旁边的和尚也跟着撞响了三次钟。李辉豪接着捧起签桶,双手紧握着,不停地摇晃着,嘴里不停地默念道:"观世音菩萨,请帮我救救田玉玲吧,她不是坏人,她是被人陷害的,她的错都是我的责任,都是我没有照顾好她,要惩罚就来惩罚我吧,都是我的罪过。"

　　在李辉豪不停的摇晃下,众多的竹签中终于蹦出了一支,和尚拿到手里对号找出签条，大声念道："大吉，大吉，请施主随缘。"

李辉豪和周阳出了观音庵，还在不停地反复看着签条，有些遗憾地说："怎么就是大吉呢？还没有给我改教呢。"

周阳笑道："豪哥，这就全对了，这么好的签别人求都求不来，哪还要改教？这说明，你已经转运了。其实田玉玲一进去，你就转运了。没有了她，你就会万事如意、家庭美满。"

李辉豪听了周阳的话，一言不发，他不知道怎么跟周阳说了。

他们很快就来到了百岁宫前，李辉豪在他们过去列队唱歌的小广场前站住了。百岁宫名列九华山四大丛林，全国重点寺院，声名远扬，这里的香火确实非常旺盛。

李辉豪走到这里，就想起那次集体歌唱的情景，那时他们在这里一起唱《再过二十年我们来相会》这首歌时的情景，现在已经三十多年过去了，他很遗憾和失落，他们这些人早已各奔东西，已经不可能再来此相会了，他们再也找不到过去的那种情谊和感觉。接着他又想起了那次刘海洋从他们身边匆匆而去的情景。

李辉豪后来一直就认为，刘海洋应该就是在那次百岁宫前开始和他们彻底决裂的。从那以后，他不再参加他们组织的任何活动，也不再有过亲切的交谈，他只知道刘海洋开始明里暗里和他们对着干了，一直干到现在。他也一直觉得是自己对他有着一些歉意，如果不是自己突然插进来，也许他早就和田玉玲站在一起了，最起码那个街道小厂本就该是他的天下。

刘海洋下山后，好久都打不起精神来，他不来上班了，李辉豪和田玉玲知道他的心事，又不好去请他，最后让黄得水和周阳代表他们去看望他，想请他回来上班。

他们回来后，黄得水气呼呼地说："刘海洋看不上我们这个街道小厂了，他发誓要调去大厂，最后一定要把我们这个小厂彻底干倒。他真不是个东西，还没调走，就要对我们反咬一口，当初就是还没把他揍够呀，还想和我们作对。"

周阳在一旁说："他回不回来都是缘分，是他和我们厂的缘分尽了。他还回来干啥呢？凡事都有缘分，随他去吧。"

李辉豪当时也没在意，年轻人在气头上，谁不会说几句大话狠话？自己夺了他的心上人，抢了本该属于他的位置，还能不让他说说气话？李辉豪准备过几天，等他气消了，再和田玉玲一起去请他回来，毕竟他一直是这个小厂重要的一员，是做过许多贡献的有功之人。他当时没想到的是，刘海洋是个记仇的人，而且这个仇记了一辈子，从来就没有能原谅他。

刘海洋一直是在厂里担任供销员，对外面情况熟，人也灵活，路子广，特别是和大厂关系铁，早就不分彼此了，不久就在他叔叔刘光明的帮助下，调到王华芳所在的那个国营农机厂去了，仍在供销科。他进去做的第一件事情，就是组织一批青年工人闹事，他们围住厂部请愿，要求立即加快改革步伐，要求立即断了给李辉豪他们的销售渠道，他们说，自己厂里的活都不够做，哪还要他们那个小厂加工？他们技术不够，质量太差，影响了大厂的声誉和形象。而且他们还同时向厂里领导反映，有许多工人是吃里爬外，在自己厂里不好好干活，专门到外面小厂去帮人干私活赚外快，哪里还像是个国营企业的工人？就是这些身在曹营心在汉的害群之马，才害得他们大厂的状况和待遇一年不如一年了。

刘海洋正好抓住了大家的心理，这些年大厂外面好看，内部的情况却是越来越糟了。刘海洋一提出来，立即获得许多年轻人的支持和拥护，他们好像一下子就找到了大厂效益不佳的根源，跟在刘海洋后面闹事的人也是越来越多了。就是呀，我们自己的效益都不好，为啥还要帮助他们小厂？

由于他们的一再坚持和请愿，他们厂里最终特意下发了个明文规定，不准再有人到外面干私活，也不再交活给小厂去做。

王华芳知道了，急不可待地找到刘海洋大吵一顿："你刚从那个厂里过来，怎么能这么狠毒无情？你的心太狠了，一点不解人情。他们那些业务不都是你在那边当供销员拉过去的？你现在一转身就不算数了，你怎么翻脸比翻书还快？你还是不是男子汉？我们这样的国营企业就是要支持下面的小企业发展，带动大家共同发展，他们也是街道的，又不是他们私人的。"

刘海洋看到王华芳的那个着急样，心里就更来气了，他知道王华芳心里还一直恋着李辉豪，他现在是一想到李辉豪，就七窍生烟，他也就不顾场合地跟她红着脸叫道："只要李辉豪在那里干一天厂长，我就叫他们尽快关门熄火，树倒猢狲散，我和他不共戴天势不两立。他李辉豪会干什么企业？他只会坐享其成，他那里的那点儿基础还都是我留下的，现在还要全靠我们这边支持，我们这边栽树，他在那边摘桃子，他干的就是挖社会主义的墙脚、损公济私的事情。他这个战场上的胆小鬼，有什么能耐？有本事他自己去闯一条路，他就是会搞阴谋诡计，过河拆桥。你对他这么好，处处帮助他，可他心里有过你吗？你还要帮他说话。"

王华芳被他说到了内心的痛处，气得冲过去，一把揪住他的衣服不放："你才是个只会搞阴谋诡计的坏家伙，你没本事当面跟他们干，专门跑到这里来出坏主意干坏事，怪不得田玉玲瞧不上你不跟你，都是你这个没用的家伙，只会背后干坏事。"

刘海洋被她当众拉住了衣服，又不能反抗，只能红着脸反问道："我好男不与女斗，他李辉豪有本事叫他来，他李辉豪就不是个好东西，你对他那么好，他怎么心里没有你？他才是忘恩负义的家伙，这山望着那山高。

有了田玉玲就不要你了。"

王华芳气得泪水都出来了："是我不好，我不配豪哥。可我决不会像你这样做小人，老在背后算计人，这算是什么本事？你有本事就去当面把田玉玲抢回来。"

他们两个是越吵越厉害，谁也拉不开了，最后厂里领导知道了，把王华芳叫去狠狠地批评了一顿，问她到底是哪个厂的，站在哪个立场说话，把王华芳气得生病住院了。那些过去常去帮助李辉豪的人也都受到了批评，一时都不敢再去闹事了。

王华芳住院了，李辉豪立即带着黄得水和周阳一起赶到医院去看他，正巧碰到刘海洋也带着几个青年工人看望王华芳。两伙人在医院门口差点又干了起来。

黄得水一见面就冲刘海洋怒吼道："刘海洋，你是个什么东西？翻脸不认人，你小子还敢欺负我们么妹？你是不是皮又痒了，就你还有脸来看她？你给我滚远点。"

刘海洋也毫不示弱："你以为现在还是在小厂里，你们仗着人多逞狠呀？老子从来没有把你放在眼里，你黄得水算啥东西呀？跟我后面拎包，我都不带你玩。"

黄得水直接朝他冲过去："就你这个家伙，我还跟你玩？老子早就想把你赶走了，你小子不服，是吧？你有本事过来跟我单挑，你肚子里有气，就尽管朝我来，以后你再敢欺负我们么妹一次，老子遇到你一次揍你一次。"

刘海洋那边来的人多，全都挡在中间，才没让他们打起来。李辉豪也在劝说："我们都是来看么妹的，都别吵了，我们过去毕竟都是在一个厂里的。"

刘海洋仍在一旁愤愤不平地说："李辉豪，你别冒充好人，看看你带出来的都是什么人呀,就你还想当企业家,做梦去吧。我最后悔的是竟和你共过事,这是我今生最大的耻辱,我发誓,今生今世,永远不再和你有任何合作,我们誓不两立,不共戴天。"

李辉豪说:"你对我有意见可以,可你不能对我们小厂绝情。你也是我们小厂培养出来的,受过大家的帮助,我们还是同一个团支部的,在同一面团旗下宣过誓,高举着同一面团旗前进。你虽然不在我们厂了,但我们伟大的目标都是一致的。"

刘海洋冷笑道:"都是什么时代了?你还用这些大道理骗人,你的这些话只能去骗骗田玉玲这样充满幻想的人了。现在已经进入市场经济,你还是先考虑你们那个小厂怎么在市场大潮中生存吧。你们不靠我们救济,马上就要关门大吉了吧。"

李辉豪说:"刘海洋,你也是个老团员,是个预备党员了,怎么能有这种想法?我们不管是搞市场经济,还是计划经济,我们都还是社会主义,我们的远大目标都是去实现共产主义。这个是永远也不会改变的。"

刘海洋又冷笑道:"李辉豪,你除了会耍阴谋诡计,会唬那些单纯的女青年外,真是什么都不懂。都什么时代了?你还是只会喊喊这些空洞无用的口号,市场如战场,是要靠真刀真枪地去干,不是喊喊口号就行的,你知道为什么要改革开放吗?就是因为你这样脑筋僵化的人太多了。"

李辉豪没想到刘海洋的思想变化这么大,他们已经找不到共同语言了。刘海洋继续说道:"只会喊口号、说大话的人,都是只会等靠山,要靠上面支持。现在不是我们不支持你们了,是我们也要走向市场,我们已经没有义务再帮助你们了,你们也不要再为难王华芳了,她到底还是我们大厂的人。李辉豪,你一个大男人,能不能有点骨气?不要一天到晚想着靠女人帮忙,你离开女人就不行吗?"

李辉豪听了他的话,感到脸上是火辣辣地痛,但他挺直了腰杆对刘海洋说："没有你们大厂的支持，我们小厂也一定会生存发展下去，在滔滔商海中，不一定小船就跑不过大船，最经不住风浪考验的往往就是大船，最先能跑到彼岸的，也不一定就是你们大船。"

李辉豪话虽这么说，但他还是第一次感到了真正的危机，没有了国营农机厂给的业务和支持，他们就像是断了奶的孩子。但他正处在和田玉玲的热恋之中，有了爱情的帮助，年轻气盛的李辉豪根本就没把这些困难放在眼里。年轻人就是充满了朝气，他们变压力为动力，组织全场工人开展起轰轰烈烈的"比赶超"学习运动和劳动竞赛，使小厂里的工作热情比过去更加高涨。

李辉豪心里清楚，光靠这些活动是救不活工厂的，关键得有业务，让大家都有活干，才能使大家的工作热情保持下去。他整天带着田玉玲到处飞跑，不分早晚，几乎跑遍县里的每一个部门和单位，请求各方面的支持和帮助。

他总是自己给自己鼓气，信誓旦旦地对田玉玲说："你别看他们大厂仗着是国营的，养尊处优。我看它们就是纸老虎，经不住任何市场的考验，我不出三年就能打败他们。"

田玉玲笑道："你别瞎吹了，他们厂那么大，我们什么时候才能追上去呀？我们一直都是依靠他们才活下来的。"

李辉豪仍十分自信地说："眼前的这点困难难不倒我们，我们的道路是曲折的，前景是光明的。他们貌似很大，可这就是他们的劣势呀，他们那几百个退休工人就是丢不掉的包袱，他们现在就像是个养老院了，他们就是靠国家养着才能活到今天，他们早就得了败血症，只有靠国家不断输血才能坚持下去，可是国家哪里有那么多血输给它们？企业是要创造财富、制造血液，怎么能靠国家养呢？所以国家现在要发展市场经济，他们最后都要和我们一样走向市场。他们逼我们先走入市场，我们应该好好感谢他们呀,等到他们再找市场的时候,整个市场都是我们的了,你就看看我是怎样来个蛇吞大象的好戏,怎么一口一口把他们吃到肚子里去的。"

田玉玲心里最喜欢听他说这些大话,他的每一句话都像是在她心里投进了一粒小石子,使她春心荡漾,但她嘴上却在说:"你就吹吧,你还要蛇吞大象呢,你就不怕现在就被大象一脚踩死,你还是想想怎么过了眼前这一关吧。"

李辉豪立即豪气冲天地说:"就刘海洋肚子里的那点花花肠子,还想逼死我?没门。他一抬屁股要放什么屁,我都清清楚楚。他谈恋爱不是我的对手,搞企业就更不是我的对手。"

田玉玲按车铃道:"大话好说,大事难做,有本事做出来给我看吧,现在先要让我们厂转起来。"

李辉豪也跟着按车铃:"没有过不去的火焰山,刘海洋他难不倒我,天生我材必有用,现在就是最适合我发展的好时机,你看着我怎么一步步地去创造奇迹吧,我就是为创造奇迹而生的。"

田玉玲双脚紧蹬着车轮,高举起双手,大声叫道:"李辉豪,我相信你一定能带领我们小厂早日腾飞起来,我不会看错你,我要永远做你腾飞的翅膀,助你腾飞,带领大家早日飞向共产主义。"

李辉豪也跟着他高举着双手,做出飞翔的姿态,快蹬着自行车冲到她的前面高呼着:"我一定会带领你们一起腾飞,去实现我们心中的远大理想,一定带领你们早日飞向共产主义的远大目标,前进,前进,向着远大目标前进,共产主义的远大目标就是要一步一步地干出来。"

李辉豪只顾高呼口号,忘了注意路面,早已双手脱把的自行车一头撞在一块大石头上,把他整个人撞飞了起来,然后迎面重重地撞到地上。

田玉玲慌忙惊叫着把他扶起来,只见他是被撞得满脸血污,鼻子也撞歪了,好像就被一层皮连着,要掉下来似的,一口雪白整齐的门牙全都不见了。

田玉玲抱住他吓得哭了:"你怎么能不看路呢? 怎么能不扶把手呢? 什么事还没干,就撞成了这样。"

李辉豪吐出一口碎牙,仍是豪情万丈地说:"石头能撞飞我的一口白牙,却撞不飞我心中的远大理想,我们的目标一定能实现,共产主义理想一定能早日实现!"

田玉玲满眼含泪地把他扶上自行车,推着他直接向医院而去。李辉豪一路上还在不停地说话。田玉玲一边流着泪,一边心痛地埋怨道:"你真是头脑急坏了,骑车不看路,你的嘴都摔成这样了,你就不能少说几句大话? 什么路都要一步步地走,不是一步就能走到的。"

到了医院才知道,他不只是几颗白牙摔碎了,而且整个鼻梁骨粉碎性骨折。

当黄得水和周阳得到消息,带着王华芳一起赶到医院看望他时,他刚做完手术出来,满头包裹着纱布,只有一张嘴在出气。

王华芳首先吓哭了,她对着田玉玲说:"都怪你,是你把他害成这样的,为啥不摔你呀?"

黄得水更是在一旁气得暴跳如雷:"都是刘海洋逼的,这小子翻脸不认人,把我们逼得没路走了,才把豪哥逼成这样。小胖,我们再去把那小子狠狠地揍一顿,出出这口气。"

周阳却说:"我以后不再打架了。"

黄得水火了:"小胖,你怎么去一趟九华山回来,人都变了? 没事就跟在刘海洋后面跑,他算啥呀? 豪哥才是我们老大,他这样做,就是逼我们老大,把豪哥都逼成这样了,我们还不去找他小子算账?"

王华芳说:"你遇事就知道打架,打架就能解决问题吗? 你们放心,以后谁也别想逼我们豪哥了,我会有办法的。"

王华芳最后盯着田玉玲,气势汹汹地说:"你记住了,豪哥这一跤就是为你摔的,差点命都没了,牙没了,还破了相,他也是因为你才去了那个没出息的小厂,你以后一定要对他好,如果你以后不对他好,我们都不会饶了你,他永远是我们的老大哥。"

田玉玲知道王华芳心里一直是爱着李辉豪的,知道她心里比谁都难受,也就点着头,一句话没说。

十二

　　周阳先借着烛台上的烛火点着了两支红烛，再小心地把点着的红烛插到案台上，然后才从香袋里拿出一盒三支的粗香，在自己的烛火上点着，到百岁宫门前朝四面八方都拜了三拜，才把三支粗香插到香炉里。他一系列标准的动作做完了，才发现李辉豪仍站在那里没动，忙过来说："豪哥，百岁宫的香一定要烧，很灵的，就在这里烧百岁健康香，保佑你从此无病无灾，健康百岁。"

　　周阳说着就帮他从香袋里找出百岁健康香和一对红烛。李辉豪在周阳的帮助下照他刚才的样子点着了三支香，只是在插入香炉里的时候，里面的香火太猛，烧灼了他的手，他没有插稳，三根香全倒在了里面。

　　周阳看到了，连忙说："没事的，豪哥，只要你心意到了，菩萨就知道了。三根香都是往庙里面倒的，菩萨已经知道你的心意了。"

　　李辉豪接着就跟在周阳后面进了百岁宫大殿。周阳一见正面供着的释迦、文殊、普贤三尊巨大的佛像，立即跪倒在佛像前，趴在地上好久没有起身。

　　李辉豪没有打搅他，看到跪拜佛像的人太多，他想下跪，也一时找不到位置，就围着佛像转了一圈，对三尊佛像和两侧墙壁上伸出的佛龛里供奉着的"二十四诸天"塑像，都鞠躬拜了拜，再从大殿侧门转入了后殿。这里就是肉身殿堂，供奉着九华山现在能够见到的最早的肉身菩萨——

明代海玉和尚，字号无暇和尚的装金真身，后被崇祯皇帝敕封的应身和尚。

这里的人比前面的更多，前拥后挤，都很难挤到供奉着肉身菩萨的玻璃神龛前。李辉豪只能在人群中高举双手紧握一起，朝神龛拜了三拜，就向里面的和尚敬献了一包香火钱。他没有等周阳一起，就先挤了出来，又回到大殿门前的小广场，来到上山的古山道口，坐在旁边的石条凳上，一边看着下面的古山道和四边的景色，一边等着周阳出来。

李辉豪不知道今天为啥会有这么多人，他也想不起今天对无暇和尚是不是什么特别的日子。他一直不习惯挤在人群之中，出来了又有些流连忘返，他现在从外面看去，整个百岁宫就像是一座建于危崖峭壁之上的通天拔地的古城堡。他想不出，当年的无暇和尚游遍名山，为啥最终跋山涉水，来到这危崖峭壁之地苦修。他也想不出，是一种什么精神力量，能使他不食烟火熟食，终年以野果山草充饥，还能每隔二十天，刺破舌尖和手指一次，用舌血和指血，前后花费二十八年的时间，抄完一部洋洋八十一卷的《血经》，至今被传为国宝，成为千古奇迹。

李辉豪面对着这千年古寺和络绎不绝的香客，一时心潮难平，想到无暇和尚的那种精神和毅力，自己这些年所受的那点磨难和痛苦又能算得了什么呢？而这些前来朝拜的众多香客，他们是祈求无暇和尚的保佑，还是和自己一样在寻找心灵的归宿？

李辉豪到后来才知道，当时王华芳在他病床前就忍痛做出了一个巨大决定。她要尽力帮助他，为了让他安心养伤，必须先让他们小厂动起来。自从她上次住院时，她就知道刘海洋总是找机会跑来看她，一直在向她献殷勤，想获得她的原谅，她因为心里反感他，一直不愿理他，总是冷冰冰地把他拒之千里之外。现在为了李辉豪和这个小厂，她必须放下架子，去求刘海洋了,让他不要在后面搞鬼了。通过这些日子,她也感到其实刘海洋这个人也不坏,她心里也清楚刘海洋心里的痛苦,她和他一样都失去了心上人,他只是心里堵了一口气。王华芳知道,除了自己,他们是没有人会低头去求他的,而刘海洋心里这股气消不了,就会一直跟他们对抗到底。

王华芳回到厂里,直接找到了刘海洋,眼泪汪汪地恳求道:"你也是个男子汉,能不能肚量大一点? 不要再跟他们小厂过不去了,你就一点不考虑过去的感情? 我知道,你不是坏人,你就是心里憋着一口气,过去我跟你吵,是我错了,你就原谅我吧。豪哥急得摔成那样了,你的气也出了,算我求你了,你就放他们一马,给他们一点活路吧。"

刘海洋看到王华芳此时楚楚动人的样子,不由得心里一动。王华芳虽然有时火气上来,有些不顾场合地不给他面子,样子很凶狠,但她到底还是个性格温柔的心软的女人,而且看上去也和田玉玲一样漂亮,是厂里许多人追求的目标,所以在厂里的人缘很好,对别人的事情都比对自己的热心,很讨大家的喜欢。自己上次为了李辉豪和她发生了一点小冲突,就为此在厂里得罪了许多人,大家都是在指责他太过分了,他也一直想和她和好。

刘海洋不知出于什么心理,突然发现自己早就喜欢上了她,看到她楚楚可怜的样子,他的心也一下子软了,他说:"我也没有真心想跟他们过不去,怎么说,那个小厂还是在我手里办起来的,我的功劳最大。只是他们三个一直把我当外人看,从来没有把我看成一伙的,总是合起伙来对付我,有他们这么欺负人的吗?"

王华芳说道:"我和他们都是从小一起长大的,他们自然要亲密一些,只要你不把自己当成外人,我们就不会把你当成外人。我代表他们向你赔礼道歉了,过去的事都让它过去吧。"

刘海洋见王华芳这么一说,想到心里的伤心事,也是眼睛红红地说:"我也想忘记过去,可是有些事怎么能忘记呢? 都是李辉豪,他一回来,全都乱套了,他本来应该分到大厂的,偏偏要去小厂,使我们俩换了个位置。"

　　王华芳知道他心里的痛苦,就劝道:"有些事也不能全怪豪哥,都是老天安排好了的,这就是缘分啊,强求不得,我们都要认命。"

　　刘海洋突然鼓起勇气说:"王华芳,其实我一进厂,就喜欢上了你,你只是个急性子,其实你的心很善良。你做我的女朋友吧,这样他就不会再把我当成外人了,就会把我当成自己人了,我们就都能成为好朋友了。"

　　王华芳立即害羞地低下头,红着脸说:"不,不,我还没有想过交男朋友,我们不合适的,我们一见面就吵。"

　　刘海洋胆子更大了,他有点急不可待地拉住她的手说:"我知道,你过去心里一直有李辉豪,现在他已经和田玉玲确定关系了,你还能有什么放不下的呢? 你放心,我是真心的,我一定会一辈子对你好的。"

　　王华芳低下头停了一会,又抬起红彤彤的脸问道:"你……你心里真的能忘记田玉玲吗?"

　　刘海洋感到心里像被针扎了一样,他紧盯着王华芳的眼睛说:"过去的就让它过去吧,为了我们大家都能忘记过去,为了我们大家未来都好,你就做我的女朋友吧! 我以后心里永远只有你一个,他们过他们的,我们过我们的。"

　　王华芳声音颤抖着说:"有些人和事是不能忘记的,我只希望你以后不要骗我,我只希望我们以后也能像他们一样幸福。"

　　刘海洋看到王华芳那个娇羞可人的神态,分明知道她已经在心里接受了他的追求,他趁机就把王华芳搂在了怀里,他这时已经不知道该说什么了,他已经感到自己的神志有些模糊了。在这一刻,他又想到田玉玲,他仿佛感到搂在怀里的就是田玉玲,他知道自己跟王华芳说了假话,他一刻也不会忘记田玉玲,他甚至感到了自己的一丝卑鄙自私,自己是真的已经爱上了王华芳,还是因为她就是爱着李辉豪的幺妹?自己是一时的心血来潮,还是出于内心的那点肮脏的报复心理?

刘海洋已经理不清自己的思绪,因为他感到自己已经不能自制。他感到他那颗受伤的心急需要安慰。而此时的王华芳就是安慰他心灵的最好的良药。

刘海洋没有想到王华芳会这么容易地就接受了他的追求,他感觉也许她失落的心也和自己一样需要安慰吧。随着他们关系的快速发展,刘海洋越发感到王华芳的心地善良、温柔可爱,绝对是个百里挑一的能安家过日子的好女人,他开始感到一些幸运,上帝阴错阳差地没有让他得到田玉玲,却给他送来了一个同样美貌的王华芳,这到底是对自己的补偿还是奖励呢?他甚至开始在心里有些埋怨自己了,自己怎么有了王华芳,还是忘记不了田玉玲呢?自己为啥每次在和王华芳激情之后,都要想到那个心里从来没有自己的田玉玲?到底是自己作践呢,还是田玉玲身上有着什么魔法,迷住了自己?

王华芳已经完全接受了刘海洋,她觉得这就是上天对自己的恩赐,田玉玲夺走了她的豪哥,又给她送来了刘海洋,她已经知足了,她每天都沉浸在无比的幸福之中。她依偎在刘海洋怀里,无比温柔甜蜜地说着:"豪哥从小就对我们好,他就是我们永远的豪哥,还有小胖和瘦猴,我们都是比亲人还亲的人,你们以后都是最好的兄弟,都是一家人了,你们以后不要再做任何给别人看笑话的事了。"

王华芳不知道,她说着这些时,刘海洋的内心像火一样在烧灼着。刘海洋抱紧她,用舌头去堵住她的嘴。刘海洋最怕在和王华芳亲热的时候,听到李辉豪的名字。这使他十分懊恼,他知道自己这辈子是怎么也躲不开李辉豪了,他们就是这辈子的冤家对头。

当李辉豪住了半个多月的院,回到厂里时,他们的小厂已经恢复生产了。田玉玲兴高采烈地告诉他,经过各级部门的协调,国营农机厂又和他们恢复了全部业务。

李辉豪心里感到很纳闷,这怎么可能呢?他们的改变怎么这么快?那刘海洋就不捣蛋了?很快地,他就得到一个惊人的消息:王华芳和刘海洋恋爱了。

他感到很奇怪,王华芳不是一直为自己厂里的事和刘海洋吵闹得很厉害,怎么就突然好了呢?这个转变也太快了吧。他立即去找王华芳了解情况。

王华芳微笑着说:"豪哥,你和田玉玲好这么长时间了,我也该谈恋爱了呀。"

李辉豪焦急地说:"幺妹,我不是反对你谈恋爱,我是觉得太突然了,你们前段时间闹得那么僵,怎么一下就好了呢?"

王华芳有些羞涩地说:"他一来就在追求我,你是为了田玉玲才去的小厂,他也是为我才调到我们厂里来的,我开始不答应,才和他闹僵了。经过这段时间的了解和考察,我觉得他人挺好的,没有你们说的那么坏。"

李辉豪又说:"这事你一定要慎重,刘海洋你还不了解,他是个很复杂的人,他肚子里的点子多,报复心强。你们不合适的。"

王华芳非常自信地说:"豪哥,我现在比你了解他,你抢了他的心上人,他当然对你有意见了。你放心,你以后可以和田玉玲好好过日子,我也可以和他好好过日子了。我们都会很幸福的。"

李辉豪总感觉王华芳的决定怪怪的,事已至此,他也没法劝她了,他心里还是有些不放心地说:"幺妹,你的终身大事,一定要想清楚了,千万不要因为别的原因,不能因为要帮助我们而和刘海洋勉强在一起呀,这会害了你一辈子的。"

　　王华芳最后笑着说:"豪哥,你别说了,这是我自己决定的,我决不后悔,我现在只有一个愿望,希望我们四个能同时举行婚礼。以后,我们就都是最好的朋友。"

十三

周阳在百岁宫里拜完佛,出来后,才发现李辉豪正一个人坐在石条凳上出神,赶紧跑过来,有点不好意思地说:"豪哥,里面的人太多了,我磕完头起来,就一直在找你。"

李辉豪说:"里面人多,我怕挤,就先出来了。这里的景色真好呀。"

周阳说:"豪哥,要看景色,还是到上面的五百罗汉堂,那里才是最高点。"

周阳说着,就带着李辉豪从百岁宫前的一条岔道来到了百岁宫五百罗汉堂。这里仍然是属于百岁宫的,是座刚建不久的现代两层宫殿式殿堂,飞檐翘角,高大宏伟,富丽堂皇,在殿堂前还有一块很大的广场。由于地处山巅之上,地势开阔,可以将四周的山色奇景尽收眼底。从这里朝四周远望,九华山连绵起伏,奇峰林立,深沟峡谷,云遮雾绕,变幻不定,一座座庙宇殿堂点缀在远近山顶和绿林丛中,一条条山路和索道像飘浮在山林中的彩带,从山顶直通山底。这里不仅能居高临下,看清前山九华街的全貌,还可远远瞭望后山天台峰、花台峰、天柱峰、莲花峰等九华诸峰的高大雄伟。

李辉豪一走入这广阔的广场,立即感到神清气爽、清新无比,如果不是因为这里游人、香客很多,他真想面对着周围的群山大吼几声,吐出心中积压了多年的郁闷。

李辉豪对王华芳和刘海洋的恋爱,虽然心里有着许多的顾虑,可是看到他们木已成舟,也就没法再说了。但他心里一直认为,王华芳这么快选择了刘海洋,一定有原因,她是为了帮助他,他从此感到对王华芳欠下得更多了。

对于王华芳和刘海洋出人意料的恋爱,心里最懊丧的还是黄得水,他好不容易从刘海洋手里夺过团旗,也当上了团支部宣传委员,特别是当李辉豪和田玉玲确定了关系,自己的一切条件全都具备了,正要向王华芳最后表白自己心意的时候,没想到李辉豪摔了一跤,她就成了刘海洋的人了。

黄得水怎么也接受不了这个现实,他十分懊恼地对李辉豪说:"豪哥,幺妹不会真心爱上刘海洋的,她一定是看你摔得太惨了,她就是想帮你,才去和他恋爱的。你怎么早不摔迟不摔,偏偏这个时候摔呢?我们都是从小一起长大的,她心里有什么想法,我最清楚,她是个头脑很简单的人,她和刘海洋在一起,绝不会有好结果。你一定要去劝劝她,她从小最听你的话。"

李辉豪说:"我已经劝过她了,这是她自己的事,她已经长大了,我们谁也劝不了了,一切顺其自然吧!有我们在,刘海洋也不敢欺负她。"

黄得水又去找周阳说:"小胖,刘海洋这是故意要报复豪哥,才去追求幺妹的,他是不会真心对她好的。他俩根本不合适。"

周阳却说:"我看他俩很好啊!你心里喜欢幺妹,你不早说,人家好上了,你再说有什么用呢?这就是天意,豪哥抢了田玉玲,又把幺妹送给刘海洋,这就是有得有失,你还是顺从天意吧。"

黄得水气得不知道怎么说了,只能无助地叫道:"你们……你们怎么去了一趟九华山回来都变了呢?我们都是从小一起长大的兄弟,你们都不帮我了,看着别人抢走我的幺妹。"

从九华山回来,变化最大的就是小胖,他的胸前一直挂着一个从九华山请回的玉佛像,还不时地把佛像捧在手心里,虔诚地拜着。特别是,他还和刘海洋越走越近了,一有时间就去找他,喜欢和他一起出去玩了。

黄得水感到自己被边缘化了,他想不通了,自己越来越进步,怎么会越来越孤单了呢?他找到田玉玲汇报思想工作时说:"田书记,我们团支部这次到九华山后,很多人的思想都出现了问题。我们一定要高度重视。"

田玉玲笑道:"黄得水,你的这个想法是错误的,我们要看大多数,不能看少数落后青年,我们团组织是共产主义的青年先锋队,就是要团结帮助教育所有的落后青年。周阳本来就是我们在团结帮助教育的落后青年呀,不能因为他一个人的落后行为,就怀疑我们的成绩和信仰。我们一定要坚信,在任何时候,我们共产主义的远大理想都是神圣不可动摇的。现在我们所有的热血青年都在积极地向团组织靠拢。大家正在朝气蓬勃、热情高昂地建设我们的新工厂。"

田玉玲再美的语言已经没法减轻黄得水内心的痛苦。他原本高涨的工作热情一落千丈,对团支部的工作也失去了往日的热情。

黄得水得不到大家的帮助,只得自己去找王华芳,他直直地望着王华芳说:"幺妹,我知道你心里一直不喜欢刘海洋,你和他在一起,完全是为了豪哥,你不该这样对待自己。"

王华芳笑了笑说:"我不只是为了豪哥,也是为了大家好,我是真心喜欢上了刘海洋。"

黄得水急了:"幺妹,刘海洋真的不是好人,他不会真心对你好的。我知道他心里只有田玉玲,你跟了他,你会吃亏的。他这样做,只是为了报复豪哥。"

王华芳不以为然地说:"那是过去,他现在对我很好,我们现在都是国营单位的正式职工,我们一定会很幸福的,你们不要为我担心了。都是我自己决定的,没有谁逼我,我也不是小孩了,不会这么容易就被人骗。"

黄得水仍不愿放弃地说:"幺妹,你知道,我们和刘海洋都是对头,你选谁都不该选刘海洋。你就不考虑我们的感受?"

王华芳听他这么说,心里就又来了气,露出内心的不满说:"说到底,我还得感谢你呀! 不是你,豪哥怎么会去小厂? 不是你,刘海洋怎么会到我身边啊? 我们都得感谢你,是你一手成全了我们两桩婚姻,我们都该谢你这个大媒人。"

黄得水听她这么一说,只得低下头,无话可说了。他突然感到自己变得空前孤独,所有的痛苦只能一个人默默地忍受,他只能懊恼地拍打着自己的脑袋,后悔自己为啥这么傻,为啥没早向王华芳表白心意,处处落在了别人的后面。

善于理解年轻人心理的田玉玲,一直就有一个心愿,想找个机会让这两个厂里的年轻人来一次大联欢,促进大家之间的友谊。根据她的一再要求,也是为了满足王华芳的心愿,最后李辉豪和田玉玲,以及刘海洋和王华芳的婚礼同时举行。她把他们小厂的车间装饰成了一个大礼堂,一切都是按照她的要求布置的,一个特大的"囍"字放在中间,这还是李辉豪亲自带领工人用钢铁焊接而成的,有两米多高,全被红绸包裹着,还挂满了彩灯,红光闪闪,成为会场的中心,空中挂着两条彩色横幅:"让友谊之树常青,让爱情之花彻底绽放。"

大小两个工厂的一百多个年轻人一起来见证了他们别具一格的婚礼。他们四个戴着大红花,被大家簇拥在中间,脸上洋溢着幸福的笑容。

李辉豪心里更是乐开了花,这是他一生最幸福的时刻。他感到田玉玲是那么漂亮、光彩照人,王华芳也是那么娇羞动人。

田玉玲首先代表他们发言:"欢迎这么多青年朋友来参加我们的婚

礼,也欢迎刘海洋和王华芳来我们厂里举行婚礼。刘海洋也是从我们小厂走出去的,他永远和我们是一家人,我们小厂永远是他的娘家。其实,我们大家都是一家人,不管是大厂还是小厂,不管是国营的还是集体的,我们都是社会主义大家庭的一分子,我们都在为共同的目标而奋斗。希望我们今天的婚礼,能为你们更多的青年朋友架起友谊的桥梁,架起爱的桥梁,让我们的纯洁的青春友谊永存,让我们之间永远充满爱意。"

李辉豪甜美地看着田玉玲在发表演说,他最爱的就是她的这种风度,她就是个天生的演讲家,在任何时候,越是人多的地方,她越是会讲话,滔滔不绝,出口成章,从来不用准备演讲稿,这一点连他自己都是自叹不如。

站在一旁的刘海洋,心里有说不出的滋味,如果不是看在田玉玲亲自找他,不是看在大家都热切期望的份上,他是不会来这里举行这个婚礼的。他当初逃跑似的离开这个小厂,曾经发誓再也不回来了。可是,他还是没做到,再多的气和恨,一遇到田玉玲那双会说话的大眼睛,也就没了。虽然她对自己无情无义,可是每次想到她,见到她,自己的心里还是不免有些激动。他甘愿来给田玉玲做陪衬,甘愿来做一次照亮她的灯泡。因为,他知道,不管在什么场合,田玉玲都是最引人注目的,都是大家关注的焦点。他乐意为她去做任何事情,只是看到李辉豪站在一旁心花怒放的样子,心里还是一直无法平静下来。你李辉豪算什么东西? 站在那里的应该是我,怎么被你占了便宜?

特别是他看到王华芳在一旁,总是不停地在拿眼睛朝李辉豪瞧着,心里也就更加生气了。王华芳不是长得不漂亮,她是他们大厂数一数二的美女,和田玉玲站在一起,没有任何地方比不上她的,个头还要比田玉玲高一点点,只是怎么看,她的身上就是缺乏一种田玉玲特有的内在气质和风度。

刘海洋追求王华芳,既是因为她的漂亮,也是因为自己失落的情感需要归宿。和王华芳相处的这段时间,他也感觉到了她的温柔可爱、心地善良,开始真心地喜欢她了,开始为自己曾有的那点报复心理感到可耻。他常自嘲,自己和李辉豪有过节,为啥还要转怒到一个弱女子的身上,这不是说明自己太无能了吗?

他仿佛已经忘记了过去的痛苦,已经从那段痛苦的失恋中走出来了。可是,现在看到田玉玲,他才知道,他只是自我麻痹了,那份深埋在心底的痛苦根本没有过去,而且也永远不会过去。这时的他,再看到王华芳幸福地望着李辉豪的模样,心里就感觉到怪怪的了。他也仿佛感觉到,王华芳的那个样子,仿佛就是在和李辉豪结婚,而不是和他。他也知道,王华芳心里深处一直最恋的那个人还是李辉豪。

刘海洋看着田玉玲在不断地说话,心绪早已乱了,他恨恨地想道:李辉豪,你这个逃兵,你怎么就没被炸死呢? 你就不该出现,你会遭到报应的。

偏偏这时,心里充满怨气的黄得水又在下面起哄胡叫:"搞错了,应该把两个新娘换一个位置。"

大家也都跟着起哄:"对,对,换新娘,换新娘。"

小胖周阳更是跑过去,把王华芳直接推到李辉豪身边叫道:"快给他们照张相留作纪念。"

大家忙着给他俩不停地拍照,搞得他俩像新婚夫妻似的,也有人把刘海洋和田玉玲往一起推。

刘海洋也想着要和田玉玲拍一张照,作为永久的纪念,没想到黄得水直冲过来,一把把他拉到一旁,借着酒气严厉地对他说:"你小子肚子里的花花肠子我都清楚,我看到你一直都在看着田玉玲,就没好好看过王华芳,你别搞错了,她才是你婆的老婆,你娶了她,如果不好好待她,我们都不会饶了你。"

刘海洋肚子里本来就都是气,也就毫不客气地回道:"王华芳是我老婆,我怎么对待我老婆,要你管什么? 你算哪根葱呀?"

黄得水一听就火了,揪住他,就想揍他:"她是我们的幺妹,你不对她好,我们就要揍你,你小子就是欠揍,你心里没她,你就不该娶她。"

周阳及时过来抱住黄得水,把他推到一旁说:"你真是喝多了,他们结婚,你发啥火呀? 别让大家看笑话。"

婚礼结束后,李辉豪和田玉玲进了洞房,早已急不可待的李辉豪一把抱住田玉玲,就要使劲地亲她,没承想田玉玲一把推开了他说:"今天是我们新婚的日子,也是我们一生最重要的日子,我还要告诉你一个更大的喜讯。"

李辉豪不解地问:"今天还有什么比入洞房更重要的喜讯?"

田玉玲拿出一本鲜红的党证,异常激动地说:"告诉你,我已经是个光荣的共产党员了,这就是我今天得到的最好的礼物。"

李辉豪接过她的党员证,也很激动地说:"祝贺你终于'转正'了,我一定好好地向你学习,早日'转正'。"

田玉玲难以控制自己的情绪说:"我今天真的太激动了,在今天这个特别的日子里,我好想重读一次我的誓词。"

李辉豪立即说:"那我们就对着党员证先宣誓一次,我也是个预备党员了,我们都会面对党旗宣誓的。"

他说完就以神圣的神情站到田玉玲身边,和田玉玲一起高举起右手,对着党员证庄严宣誓道:"我志愿加入中国共产党,拥护党的纲领,遵守党的章程,履行党员义务,执行党的决定,严守党的纪律,保守党的秘密,对党忠诚,积极工作,为共产主义奋斗终生,随时准备为党和人民牺牲一切,永不叛党。"

宣誓完,李辉豪又由衷地面对着田玉玲说:"我的尊贵的田书记,你永远是我学习的榜样,你在外面是我的书记,以后在家里也是我的书记,我也向你宣誓,永远对你忠诚,永远听你的话,永远跟你走。"

田玉玲一下扑在他的怀里,指着他的胸口说:"我不听你嘴上怎么说,我要听你这里面怎么说的。"

这美妙温馨的洞房之夜,后来一直成为他们最美最值得回味的一夜,这使李辉豪感到,自己生来就是田玉玲的马前卒,是她的精神奴隶。因为她考虑问题特别细致周到,和她在一起,每一刻都是那么新鲜那么快乐,永远值得怀念。

十四

　　周阳看到李辉豪一直在凝望着远处的群山，也没急于进五百罗汉堂里去，就陪在他的身边。他不理解为啥李辉豪到哪里都喜欢看景色，怎么能对看景色比看庙还有兴趣呢？这九华山到处是景，就是住一个月也看不完呀。

　　这山巅之上的景色真是变化无常，只见在前山九华街方向还是晴空万里、一览无余，在前山和后山之间，突然飘来一层浓浓的白雾，快速迅猛，像开闸的河水，像奔腾的羊群，很快就填满了宽阔的山涧，只留下对面那几座耸立在云海之上的高峰。

　　李辉豪看到这一片瞬间奔腾而来的云海，内心也随着那云海在一起翻腾着，他又看到了那一片同样汹涌的商海，那是一片比眼前的云海更加宽阔、更加凶险无常的大海，而自己一直就像是一叶小舟在波涛汹涌的商海中漂浮。

　　由于刘海洋在婚礼上感到不快，他们原先约定的婚后蜜月旅行的计划夭折了。李辉豪只得和田玉玲两个人一起外出旅行。

　　李辉豪记住了教训，他不能再把自己工厂的命运寄托在别人身上，他一边利用和田玉玲到上海、杭州、苏州等地旅行的机会，一边顺便跑去做市场调研，搞得田玉玲不停地笑话他："你真是个工作狂，连蜜月旅行的机会都不放过。"

李辉豪说："笨鸟先飞，我们不能等不能靠，我们必须尽快隔断与农机厂的脐带，我们要立足、生存、发展，只有靠自己，世上从来没有救世主。"

田玉玲响亮地说道："我相信你，我也永远支持你。你是草原上奔腾的骏马，我就是你身边无边的小草；你是蓝天下翱翔的雄鹰，我就是天上追逐你的云彩；你是大海里远航的扬帆，我就是鼓动你前进的风。"

田玉玲的话使李辉豪更加激情勃发："我就是滔滔商海里不沉的远帆，我就是市场上勇往直前的将军。"

李辉豪和田玉玲从江浙沪跑了一圈回来，就做出了一个大胆的决定，将他们的街道小厂"前进机械厂"改成"前进自行车配件厂"，开始生产自行车配件。从此他们走上了自主发展的道路。

这个一直不起眼的小厂终于在他的带领下日渐红火起来，有着做不完的业务，常常是夜里灯火通明加班到天亮。

事业和爱情的同时收获，使李辉豪成了世界上最幸福的人，他感到自己的小日子过得就像蜜一样甜，在他每天哼着"幸福的日子像花儿一样"的小调声中，他和田玉玲又迎来了他们的爱子聪聪的诞生。

小厂里所有的人也跟着扬眉吐气了，工资、福利月月在提高。没有谁再提出要调走，反而想进厂的工人在后面排成了长队。

黄得水更是出足了心中的恶气，他到处宣扬："过去人人都说国营单位好，风水轮流转，农机厂几个月都没发出工资了，我们厂的兴旺发达就是他们倒闭的开始。"

黄得水说的也是李辉豪的心里话，随着他的业务越做越大，他的厂房面积早已不够用了。而国营农机厂有大量的厂房设备闲置在那里。他一直就想去租用一些过来，可是由于刘海洋带头反对，一直没有成功，他也不想再为这事去影响刘海洋和王华芳的关系了。

李辉豪知道他们婚后过得一直不是很和睦，常常吵架闹矛盾。现在他们厂的效益也是越来越差，烦心的事也很多，再加上黄得水心里一直还有怨气，常去给他们添油加醋，李辉豪也就很少去打搅他们，他也是真心希望他们能幸福美满地生活下去。

刘海洋看着李辉豪的小厂越办越红火，心里是越想越气，自己怎么这么倒霉呢？到哪里，哪里就不行了。自己好不容易调到国营农机厂，原想着能背靠大树好乘凉，特别是和王华芳结婚后，他心里一直就有着一种天生的优越感，不管怎样，我们都是国营单位的双职工，这在当时可是人人羡慕的好工作，怎么也比你们街道小厂强许多倍呀。

可是，人算不如天算，现在的情况却在急剧变化，他们国营农机厂是县里那时为了支持农业现代化建的配套工厂，突然一夜之间，农村都在分田单干，又回到牛耕锄耙的小农时代，没有人再提农业机械化，都在想着甩包袱，而国营农机厂就成了最大的包袱，整天没有事干，还得养着上千号工人，整个就成了一个无底洞了，看不到任何希望，连发工资都成了问题，这使他一贯的优越感一下子荡然无存，而且随着孩子的出生，生活压力是越来越重。

刘海洋的脾气已经越来越差，遇到不开心的事，就要和王华芳吵闹，偏偏他们一有吵闹，黄得水就插进来搅和。这又使刘海洋感到，这都是李辉豪在后面支持的原因，他是吃了碗里的还要霸着锅里的，怀里抱着田玉玲，心里还在惦记着王华芳。

由于内心的怨恨，对于李辉豪的发展，刘海洋一直持否定的态度，认为他不过是钻国家政策的空子，他们那群没技术没经验的工人能干什么？还能超过我们这样有着几十年经验和技术积累的国营大厂？搞企业不是农村种地，把田地分给他们，只要不是痴子傻子，都会种，搞企业是要有资金、有技术、有管理经验的人才，谁生来就能搞企业，那不是笑话吗？他李辉豪一天都没受过正规培训,就能成为企业家,那我们的职工培训学校和管理学院都该关门了。

可是,不管刘海洋多么瞧不起李辉豪,李辉豪的业务还是在越做越大,这是不以他的意志为转移的。不到两年的时间,他不仅生产自行车配件,还生产出自己的"前进牌"自行车,又在继续开发自己的"前进牌"三轮车,事业是越来越大,一举成了全县的明星企业家。而刘海洋的国营农机厂是每况愈下,再也看不到一点生机,他和一些年轻人也在努力地想恢复生产,可是到哪里都是碰壁,县里各部门的领导一听说是国营农机厂的,个个都是摇头,对他们避而远之,把他们当作瘟神似的。

刘海洋感到,整个世界的人都疯了,怎么能放着这么大的国营工厂不支持,都去支持李辉豪的街道小厂呢? 这不都是在瞎搞,在捡芝麻丢西瓜? 这到底是搞活市场经济还是在拆社会主义的墙脚? 这到底是在发展呢,还是在倒退? 他看到李辉豪生产出第一批自行车,组织全厂工人,骑着自行车,插着红旗,一路敲锣打鼓,浩浩荡荡去县委县政府报喜,全城轰动的场景时,不停地摇着头对大家说:"他们这些人真是疯了,真是太轻狂了,到现在生产出几辆破自行车,有什么了不起? 还值得这么炫耀? 我们厂十年前就能生产冒烟的拖拉机了,他们还能跟我们比吗? 这是大倒退。"

刘海洋看不惯,就到处给李辉豪使绊,他说:"他李辉豪就是靠挖我们的墙脚发展起来的,他就是小偷,他什么玩意都没有,他的技术、人才、市场、管理都是偷我们的,他们就是踩着我们的身体发展起来的。我们不能被他踩在脚下,他想租我们厂房,借鸡下蛋,永远没门,他的目的不是想租我们厂房,他是想整个吞并我们,我们一定要生产自救,重新发展起来。"

王华芳每次知道了他在外面说李辉豪的坏话,都免不了要和他吵起来:"我们的厂房都空着没人打扫,为啥就不能租给他们? 这是对我们双方都好的事。你心里恨豪哥，可你不能把个人恩怨带到工作中来。你看看人家小厂，个个工人都当成自家，想着找事干，哪像我们大厂，说话的人比干活的人多，个个都是爷。"

刘海洋充满怨恨地说："我们厂出问题，就是你们这些吃家饭拉野屎的人太多了，你们为啥心里都向着他？他李辉豪是什么东西？不就是能给你们这些人一点小恩小惠，就把你们的心都拉过去了，你们就甘心让他踩着我们的身体去发展？我绝不同意，我们也是有志气有骨气的青年，哪里比他少一个眼睛少一个鼻子了？我们比他基础好，比他有技术有经验，为啥要当他的垫脚石？"

王华芳不服地说："你们有志气有骨气，就应该想办法和他们一样发展起来。专门挡别人的路，算什么本事呀？"

刘海洋又忍不住发火了："你真是皇帝不急太监急，怎么一遇到李辉豪的事，就特别热心？"

王华芳也生气了："你就是公报私仇，你们有本事，也想办法把我们厂搞上去。你为啥一提到豪哥就来气？不就是他抢了你的田玉玲吗？你不是和豪哥过不去，你是心里放不下田玉玲，你放不下她，为啥还要和我结婚？"

刘海洋被戳到心里的痛处，就又开始大发雷霆了："是我放不下田玉玲，还是你放不下李辉豪？为啥每次提到他，你就这么激动，你就总是向着他？"

于是，两人的话越说越多，免不了又是一场大吵大闹，他们总是把公事和私事搅在一起，把家里闹得鸡飞狗跳动荡不安的。于是，一段时间里，他们家就成了国营农机厂的一个晴雨表。

这时的黄得水就会及时赶来，火上加油："你刘海洋算什么东西？敢欺负我们幺妹，你的皮又痒了？我们就是要踩着你们国营农机厂发展起来,我们发展的目的就是要干倒你们,现在的时候变了,你们国营的有什么了不起? 也没有谁多长了一个眼睛鼻子,不照样是工资发不出来吗?"

刘海洋气得直翻白眼:"你算什么东西? 我家里的事要你插嘴? 你们还想搞小团伙? 他李辉豪手也太长了,不但想占领我们大厂,还把手伸到我家里来了。"

黄得水故意气他说:"对,我们就是小团伙,你敢对幺妹不好,我们都不会放过你。你刘海洋真不是什么东西,怪不得田玉玲不选择你,你是拿幺妹给你填空的呀。"

刘海洋更是气得不可自制:"他李辉豪有本事,叫他自己来,怎么要你这个东西出面? 老子从来还没把你放在眼里。你告诉李辉豪,只要我在厂里一天,他就永远别想插进一只脚来,我们绝不会租一间房给你们,我们与你们势不两立。你们才干了几天,就以为天下是你们的了? 你们这个小厂还早着呢,就你们还想蛇吞大象,还不撑死你们!"

黄得水也不退步:"我们就是要蛇吞大象,就是要把你们吞并了,你不服就干看着吧! 我们进来后,第一个就要把你这样的叛徒开除出去。你就是个银样镴枪头,没用的家伙,到哪里都没用的。"

由于刘海洋等人的坚决反对,李辉豪借鸡下蛋的想法,一直无法实现,他只能一边征地扩建新厂房,一边等待新机会。他知道农机厂坚持不了多长时间了,他吞并它的心也从没有动摇过。

刘海洋不愿意坐以待毙,他不相信,他们这个有着几十年历史的一千多人的国营大厂,会搞不过半路出家的李辉豪。他们所有技术、市场、人才这些东西,都是从我们这里剽窃过去的,没有我们这边的力量支持,他们连一台机床都不会修,有我们在,怎么能轮到他们出头了?

他召集一群年轻人组织起来,要求开展自救。他觉得,他们干不过李辉豪,不是他有什么特殊的本事,而是自己的包袱太重,他们只要深化改革,丢掉包袱,就一定能把李辉豪的气势打下去。

刘海洋他们踌躇满志,干的第一件大事就是精简工人,让一半的工人下岗,而王华芳就在第一批下岗工人之中。下岗名单一公布,全厂就像炸开了锅似的,到处都是吵闹的人群,到处都闹得鸡飞狗跳。

王华芳也在家里和刘海洋干了起来,她气愤地把做好的一桌饭菜全部掀翻了,盘碟碗筷和着饭菜撒了一地。她泪水汪汪地说:"我好心好意在家给你烧吃烧喝的,你倒好,在外面要我下岗。我进厂比你还早,你们有什么资格要我下岗?"

刘海洋无奈地说:"我们厂里就是人多了,才需要深化改革,去掉包袱,我们家必须要有一个下岗的,我也是没有办法的呀。"

王华芳不服地说:"就是每家必须一个下岗,我们家也应该是你下岗,我是厂里的老员工,哪有老公要自己老婆下岗? 你还算是男人吗? 你们这是极端不负责任的行为,你们这些不负责任的人,有什么本事能把厂搞活? 你们这些没用的要老婆下岗的男人,能有什么出息?"

刘海洋耐心地劝说:"现在不是摆资格的时候,谁有能力带领我们厂走出困境,就该谁上岗,我们就不信,干不过李辉豪这个半路出家的。"

王华芳仍然不服道:"你们这算什么本事? 厂里一千五百多人,你们让一半的人下岗,那么多厂房设备都归你们少数人了,我们几十年的积累都归你们少数人所有,那还有谁搞不好的? 就是把厂交给我们,我们也照样能搞得好。"

刘海洋急了,朝她吼道:"你是我老婆,为啥我干什么事,你都不支持? 哪有老婆在后面拆台的?"

王华芳毫不退步地说:"这不是我俩的事,你们有什么资格要我下岗? 谁给你们这么大的权力,要我们这么多人下岗? 你们考虑过我们下岗工人的感受吗? 你们这是在借着改革的名义,唱着搞活工厂的口号,在装自己的腰包,满足自己的私利,你们这就是借着改革的名义,侵占国家财产。你们实际都是自私自利的家伙,我们下岗工人决不答应。"

刘海洋火了:"你这样拆我的台,就是在帮李辉豪,我们是自私自利的家伙?他李辉豪和田玉玲才是呢!他们都快把那个小厂搞成夫妻店了。他们满嘴喊的是共产主义口号,实际干的都是拆社会主义的墙脚,不是他们那样的小厂搞乱了市场,搞乱了人心,我们会走到这一步?"

王华芳不依不饶地说:"我们谈我们的事,你为啥总扯上他们?你的心眼真小,你就是没法和他们比,你们心里装的都是自己,他们心里装的是全厂工人,他们养了那么多残疾人,就没有考虑过让任何人下岗。"

不只是他家吵得厉害,厂里的几百个下岗工人也是闹翻了天,每天都聚在厂里闹事,不是堵路就是拉电闸,有的把厂里办公室都砸了,闹得刘海洋他们一天也没法工作。

黄得水看到了好机会,更是在一旁添油加火,他鼓动王华芳带领一批下岗工人起来承包,直接把刘海洋那帮人赶下台去。

李辉豪听说了,立即赶来阻止他们道:"你们这是胡闹,你们这些下岗工人能干什么?企业是什么人都能搞得转的?搞企业不是闹着玩的。让刘海洋他们去搞吧,他们都是企业骨干,也许还有一条出路。"

王华芳不服道:"豪哥,他处处和你作对,你还帮他说话,我们个个都比他资格老,他有什么权力要我们下岗?他是个只顾自己不顾别人的人。"

李辉豪说:"你还不知道搞企业的难处,他们这也是没有办法的事。你是他老婆,你应该理解他、帮助他,他现在最需要你的理解和支持。"

王华芳被他说得满眼泪水:"你让我理解他,可是谁能理解我们下岗工人心里的苦呢?我们现在走在大街上,都是最低等的人了,都抬不起头来了。"

黄得水在一旁说:"这个事,你们不能听豪哥的,豪哥也管不了你们厂里的事,要你们下岗的事,都是刘海洋搞起来的,你们就先要他下岗,你们一定要团结起来,保护自己的权利。"

　　李辉豪最终也没能阻止王华芳他们的行动。最后,王华芳这些下岗工人和一群退休老工人直接占领了厂里的办公大楼和车间,把刘海洋这帮人赶下了台。

　　刘海洋的一股子热情被一瓢冷水泼醒了,他感到和这群只会胡闹上访的工人干,是不会有前途的了。这个大厂真的没有一点希望了,早晚都会是李辉豪的天下。

　　果然不出所料,王华芳他们这帮人没出三个月就玩不下去,只能低头向李辉豪求救。

　　刘海洋再怎么不高兴,也无法阻止李辉豪的发展步伐,他还是眼看着李辉豪走进了国营农机厂,承租了大批厂房,扩大生产。

　　李辉豪特意找到刘海洋,希望他能留下来帮助他,共同发展,因为他本身就是从自己厂里出来的,大家本来就是一家人啊。可是,刘海洋不屑地说:"你是个根本不懂企业管理的人,就知道带着一群街头小混混瞎胡闹。只凭哥们儿义气就能搞好企业?我这辈子根本就不会和你合作,我们不是同路人。"

　　刘海洋没有留下,他最终丢下王华芳和孩子,带着一肚子的委屈和愤怒,自己一个人到南方打工去了。他连走时,还没忘记到县里有关部门把李辉豪狠狠地告了一状,说他和田玉玲在开夫妻店,快把这家集体的小厂变成他私人家的了。

　　李辉豪对刘海洋一个人的远去,心里感到非常遗憾。他的事业正处于高速发展时期,所有的好事都在朝他而来,县里各部门都把他的企业作为重点扶持单位,他们的厂也从街道转为了城关镇的企业,成了全县关注的乡镇企业,全县的乡镇都来向他学习乡镇企业的发展经验。

但是,刘海洋的告状还是发挥了作用,田玉玲很快就因为组织团组织工作成绩突出,被直接提拔到县团委任副书记,把他们亲密无间的夫妻组合拆散了。

喜讯传来,李辉豪激动得好几天不能安睡,他不知道是喜是忧。他心里虽然也希望田玉玲能一直留在厂里扶持自己,不舍得她离去,他们这段时期夫妻同心,配合得很好,各方面都发展得很好,可是他也知道这个愿望是不现实的,自己的企业毕竟还是集体的,是不能让他们搞成夫妻店的,而且田玉玲天生就是搞团的工作的,只有那样的岗位才能更好地发挥她出众的才华和领导才能。他在心里也是希望田玉玲能有更好的发展前途。

田玉玲调离的时候,全厂召开了欢送大会,田玉玲十分动情地说:"我们的厂虽然还很小,但是你们一定能够从丑小鸭变成白天鹅的。是你们培养了我、教育了我,我永远不会忘记你们,我永远是你们中的一员,我把自己的青春梦想,把自己的爱人,把自己一切美好的记忆都留在了这里,我会永远和你们一起成长。"

李辉豪听着田玉玲激情洋溢的演说,心里一直都不是个滋味,他仿佛感到,放田玉玲离厂远去,也许就是自己犯的巨大错误。

田玉玲的突然调离,使李辉豪好长时间都觉得自己的内心被挖空了似的,感到所有的工作一下子失去了过去的激情和味道,好长时间都打不起精神来了。

田玉玲每天晚上回来,都要伏在他的怀里安慰他:"我是你老婆,从身体到心都是永远属于你的,你还要一天到晚把我拴在裤腰带上。我相信,没有我在你身边,你一定能发展得更好,你已经走上了正确的发展道路。"

李辉豪十分爱怜地把她抱在怀里说:"我一直觉得我都在为你奋斗,

你就是我的理想和信仰,你就是我的追求。只要有你在我身边,我就会有无穷的力量。我就是想把你拴在腰上,今生今世,寸步不离。"

李辉豪当时没有想到的是,田玉玲这一去,使他们完全走在了两条不同的道路上,所有美好的过去和甜蜜,包括他们纯洁的爱情,都将在与残酷现实的碰撞中湮灭。

十五

　　周阳看到李辉豪一直凝望着那片云海不转眼,心里有点着急了,就对李辉豪说:"豪哥,九华山五百罗汉堂是中国四大佛教名山中的首创,也是我见过的最大最气派的一个。"

　　李辉豪听了周阳的话,才回过神来,他转身就朝五百罗汉堂走去,进入大堂,果然看到供奉着的五百罗汉塑像姿态各异、气势非凡、金光闪闪。李辉豪进过许多大寺庙,也见过许多高大的佛像。可是,当这五百个罗汉整体性地出现在他面前时,他的内心还是产生了一种久久的震撼。

　　李辉豪终于如愿以偿地实现了自己心目中的第一个目标——租用国营农机厂的大部分厂房设备。当他走进这个大厂时,他踌躇满志、意气风发:"谁说我们街道小厂没有出息? 谁说我不会搞企业? 属于我李辉豪的时代终于来了,我只相信一句话:有条件要上,没有条件创造条件也要上。我不仅能搞好街道小厂,还要救活这个国营大厂,带着他们一起前进。"

　　刘海洋外出打工后,黄得水就跑来跟李辉豪说:"这个刘海洋就不是个好东西,他怎么能丢下老婆、孩子一个人跑出去呢? 这也太不负责任了。"

　　李辉豪说:"这是他们夫妻的事,他们结婚几年了,孩子都有了,你也是成家立业了,你就不要再给他们添乱了,他出去也是想闯一番事业。"

黄得水说:"老大,你不能当了厂长,就忘了我们之间的情谊,王华芳是我们的幺妹,她遇到困难,我们不能不管。"

由于黄得水的一再坚持,也是为了照顾王华芳和她的孩子,李辉豪也就同意他把王华芳安排到厂里当了材料保管员。这样,他们四个伙伴又都在一个厂里工作了。

李辉豪又找回了过去带领他们一起玩耍时的感觉,心里憋着劲要带他们一起干出一番大的事业,他常想起刘海洋笑话他的一句话,说他就会搞家天下,把一个工厂搞得就像是自己的家族小集团似的。他始终不能听进刘海洋的话,他觉得市场如战场,没有几个得力可靠的兄弟,还怎么能打天下? 再说,搞企业不就是为了给大家找到一条出路,不然那还干什么呢? 我搞企业的目的就是要带领大家一起致富,共同发展。

李辉豪已经逐渐把黄得水和周阳都培养成了自己的得力助手,他对这几个儿时伙伴的过度偏爱,连田玉玲有时都感到过分。她不时地跟他说,搞企业要胸怀广阔,对所有的人都要一视同仁,不能总是重用这几个人,这样会把他们惯坏的,也不利于企业的长远发展。

在黄得水入党的问题上,他还和田玉玲发生了很大的争执,这成了他们最大的矛盾。田玉玲在调走前,一直兼任厂党支部的书记,她是全县第一个在街道小厂成立党支部的人,这也是她为厂里做的一大贡献。起初厂里党员很少,李辉豪一直想多发展几个党员,他认为工厂不同于行政单位,入党要求严,只要能干的积极分子,都可以入党。而田玉玲的原则性很强,她认为这厂里大部分人都不够入党条件。严格地讲,连李辉豪都不符合党员的要求,厂里成立党支部,是为了加强领导和管理,不能成为大家入党的方便之门,特别是对于黄得水,她认为他从各个方面,都远远不够入党条件。

直到田玉玲调走后,李辉豪当了厂里的党支部书记,他才大开方便之门,每年都要发展一大批党员。他认为,工厂不同于机关单位,能提出入党要求的都是想干事想进步的好同志,所以都要尽量吸收,这就是团结大多数,对工厂的发展大有好处。只是田玉玲看到他这样没有底线地大量发展党员时,常常在家里对他大发雷霆:"李辉豪,你怎么能为了你一个小厂里的工作,就这样降低共产党员的标准呢?在你手里,什么人都可以入党了,你看看你发展的那些党员,有谁有一点共产党员的样子?许多人连党费都不交,你发展党员不能没有底线,不能一点不讲党的原则性。我在你们厂里犯的最大错误,就是帮你们成立了党支部,让许多滥竽充数的人混入了党的队伍,严重影响了共产党员的形象和党的纯洁性。"

李辉豪总是笑眯眯地对她说:"我的田书记,你的批评教育,我都虚心接受。工厂的情况不同于别处,我这也是为了工作,具体情况具体对待嘛。你让我到哪里去找那么多有觉悟有准则的受过教育的好同志?他们能要求进步就不错了,我多了一套管理他们的办法。他们不交党费,我帮他们统一交啊。这才需要多少钱啊?"

田玉玲更气了:"李辉豪,你怎么变得这么自私自利了?我如果还在厂里,就第一个把你清除出党的队伍,你的身上越来越没有共产党员的气息了。"

李辉豪又笑道:"我的田书记,我保证在家里永远听你指挥受你领导,可是在厂里,我首先是厂长,然后才是书记,我首先要保证企业在市场中立足生存发展,一切围着效益转啊!工厂的情况就是和你们政府机关不同啊,能干事的就是好同志,不管是白猫还是黑猫,能够抓住老鼠就是好猫。"

田玉玲最后也只能无奈地叹息道:"真不知道你发展那么多党员干什么,也不知道你到底要把企业带到哪里去,现在连黄得水和周阳这样的人,都被你推荐入党了,那个黄得水一脸的贼头贼脑样,千方百计地占公家便宜,出差在外面还要寻花问柳,什么坏事他都想干。周阳更是胸口挂着个菩萨,他心里只有菩萨没有信仰,这些人怎么能进党的队伍?你把党的原则性、先进性都放哪里了?你不能把党支部变成你的私人俱乐部。"

这时的李辉豪心里又有些庆幸了,幸亏田玉玲调走了,管不到自己了,不然她整天待在身边,不停地教育着,凡事都较真,自己的工作还怎么开展啊?

李辉豪一直觉得田玉玲的担心太多了,她的要求太高了,人干任何事情都是要讲感情的,都要有个先来后到呀。他们从小跟我一起长大,知根知底,他们对我也是最贴心的,我不重用他们,能重用谁?而且,他们的本质我最清楚,我天天盯着他们,他们又怎么能变坏呢?我把他们吸收到党支部,就是为了更好地管理他们,给他们头上多戴一顶紧箍咒,他们想入党想进步有什么不好的?党支部不就是要帮助后进变先进,最后大家一起进步?规定了谁生来就该入党,谁不该入党?我们这个厂不管归谁管,不管是街道的还是镇上的,都是党的,所有的骨干分子都该入党,都是在为人民服务的呀。

田玉玲最看不惯的黄得水,确实变化最大,他负责在外跑业务,整个装饰打扮,都是越来越新潮,小分头、花衬衫、喇叭裤、蛤蟆镜,一手顶着小礼帽,一手夹着香烟,天天都在变花样,连说话的口音都变得南腔北调,他早已成了全厂工人议论的焦点,成为全厂青年崇拜模仿的偶像。他每次出差回来,总要带一些新鲜小玩意或各地土特产,而且一回来,就喜欢待在仓库里,和王华芳在一起。

李辉豪也看出了他的心思,担心他们之间会出事,就把黄得水叫到一边,严厉地警告他:"你以后不要总是去找幺妹了,你们都是有家庭的人了,你要对大家负责,这样下去影响不好。"

黄得水不以为然:"我去关心她怎么了?你不关心她,我还不能关心她？你们知道她现在心里有多苦吗？那刘海洋真不是东西，哪有这样把老婆孩子丢家里，自己出去打工快活的？"

李辉豪说："他也是个有事业心的人，他也是想出去闯一番事业，他有出路会去打工吗？你不能借机破坏他们的家庭，你不能害了幺妹一生的幸福。关心她的方式很多，不是你这样的，你这是在害她呀。"

黄得水喃喃地说："豪哥，你放心，我不会害了幺妹的，我就是从小喜欢她，我就是想关心她照顾她，不想看到她心里这么苦。"

李辉豪的担心没错，很快，关于黄得水和王华芳的各种绯闻就传遍了全厂的每一个角落，成为公开的秘密。连小胖周阳都看不下去了，他找到李辉豪，说："豪哥，瘦猴真是变得越来越不像话了，你再不管管他，他真要上天了。他每出一次差回来都要变一个样，他在外怎么鬼混怎么乱搞，也就算了，他在外面女人多，也就算了，现在他又对幺妹动心思，他这是在害幺妹呀！他就是花心，这叫幺妹以后怎么办呀？"

李辉豪听了，一时感到束手无策，他不是不知道黄得水出差在外喜欢干的那些事，人家在外面都开始叫他花心萝卜，而且，他还特别喜欢在下面吹嘘他见识的外面的花花世界和他的风流韵事。

李辉豪已经为这事多次警告过他教育过他，可是，他丝毫不收敛，已经到了有恃无恐的地步，他早已经习惯了把这些事当成自己炫耀的资本。

李辉豪有时也想调整他的工作，把他留在厂里，不让他出差了。可是，整个厂里他再也找不出一个比他优秀的销售员了。他虽然在外花心贪玩，但他的销售能力要抵半个销售队伍，李辉豪已经离不开他了。现在在李辉豪心里，能把产品大量地销售出去，才是第一位的。

李辉豪听了周阳的话，还是急不可待地把黄得水叫了过来。就在他的办公室里，李辉豪关上门，只有他们三个。

李辉豪真的发怒了，他气呼呼地扒掉上衣，怒气冲天地指着黄得水的鼻子骂道："你小子在外花心乱搞，老子管不了你，也就算了，你在外嫖娼被抓，都是老子去救你的。可是，你竟敢把这个歪心思花到幺妹的身上，你简直就不是人，你现在起给我远远地离开幺妹。不然，我们就不认你这个兄弟，我们揍死你。"

黄得水见李辉豪气成这样，吓得不敢出声了。周阳也在说："兔子不吃窝边草，你每次出差都在外面嫖娼，你在外面乱搞了那么多女人了，你还不放过幺妹，你还要害她，破坏她的家庭。"

黄得水停了半天才说："你们这是真的对幺妹好吗？你们真是饱汉不知饿汉饥呀，你们对她好都是假的，都只是挂在嘴上说说，我才是真心对他好，我从小就是最喜欢她的。"

李辉豪继续对他吼道："你从小就喜欢她，为啥不早说？现在都成家有孩子了，你还来这一套，你趁早给我收起这份贼心。"

黄海洋十分委屈地说道："那时，她不是心里喜欢你吗？你不要她，也不管她了，她成的那是什么家呀？那个不负责的刘海洋跑到外面一年都不回来一趟，把她晾在家里，你们知道她心里有多苦吗？她是个人，是个活生生的人，你们就这样看着她守一辈子活寡吗？"

李辉豪听了黄海洋的话，一时不知道该如何说了，他只能狠狠地把拳头砸在办公桌上，愤懑地吼道："那也不能像你这样不负责任地胡搞，你这样下去，你让幺妹以后怎么办呀！我不管你出于什么目的，你必须和她立即断绝这种关系。不然，我决不会饶了你。"

李辉豪心里知道黄得水表面不敢反抗他，但背后绝不会听他的，他担心这样下去会出事，他突然感觉到对刘海洋有许多的歉意，如果不是自己的出现，刘海洋不会到这个地步。如果他有出路，他怎么会一个人远去广州打工呢？他这也是走投无路啊。

李辉豪没能说服黄得水，他感到自己过去的那一套对黄得水已经没用了,他现在的翅膀比自己都要硬了,自己现在已经是有求于他,把他批评狠了,他真的撂挑子不干了,受损失的还是自己和企业。他为此苦恼了好多天,这种事他又不好当面去跟王华芳说。最后,他只得回到家里请田玉玲出面去劝王华芳,要她远离黄得水。

田玉玲一听就说道:"我早就说过黄得水这个人不能重用,他的腐化堕落,都是你惯的,你还一直把他当成宝贝。你应该立即给他严肃处理,首先开除他的党籍,把他下放到车间当工人。"

李辉豪有些无奈地说:"你以为我培养一个好的销售员容易吗?我到哪里去找人来顶替黄得水?我们企业还很小,还没有打出品牌,还是在靠销售员打天下呀。"

田玉玲严肃地说:"李辉豪,你一定要重视这个问题,绝不能生产上去了,思想滑坡了。违背了我们企业发展的初衷,这是个原则性的大问题。"

李辉豪无语地朝她笑了笑,他心里想道:"你怎么官当得越大,官腔也越大了?这么重大的原则性的问题,我一个小厂长就能解决的了?我现在首先考虑的就是如何在越来越激烈的市场竞争中生存下去。"但是,面对着田玉玲,他又不敢说出来。

到了晚上,田玉玲就一个人买了一些水果,特意去看望王华芳。王华芳带着孩子住在农机厂原来的宿舍里,房子很小,只有一间十几平米的平房,中间隔开了,分出卧室和客厅,客厅也是和厨房共用的。这一排宿舍都是这样的结构,由于好多年没有整修,已经很破旧了。

王华芳看到是田玉玲一个人来的,就知道她是来说什么的。她一见面就开始不停地诉苦,她说:"我真没有想到,我们国营农机厂会到今天这个状况,我们这个房子十几年没修了,遇到下雨,前后就是水牢,都进不来了。"

田玉玲说:"任何人和单位,都会遇到困难的,你们的困难都是暂时的,都会过去的。"

王华芳又说:"请你帮我们向县里领导反映反映,不能不管我们这些下岗工人,我们这些人现在都是活在地狱中啊,还有许多人毫无出路,比我们活得还惨。我还有豪哥他们照顾,我们农机厂也是为县里做出过贡献的呀,怎么能说不管就不管了呢?"

田玉玲说:"你们农机厂的情况,县里领导都知道,现在正处于经济转型期,全县下岗工人很多,我们会逐步安排的,你要坚信天无绝人之路,大家都会找到出路的。"

田玉玲又听她诉了一会儿苦,才切入正题地问道:"刘海洋有多少日子没有回家了?你为啥不愿和他一起出去打工呢?"

王华芳听她一问,就忍不住痛哭起来,一边哭一边说道:"我的命为啥这么苦?我当初就不应该嫁给他,他心里从来没有爱过我,他是故意把我冷落在家里的,他一年也不回家一次。我也是人,我也要像正常人一样生活呀。我们这些下岗工人还能顾什么脸面?能活下去就很不错了。"

田玉玲看到她伤心地哭成那样,也就不好深入地说下去了,她只能劝道:"你应该珍惜刘海洋,我了解他,他是一个有抱负的人,他是个比黄得水更负责任的男人,他也是一个非常优秀的男人,他一定会干出一番事业的。任何人都会遇到困难的,现在这时候,你应该多支持他,多理解他,多给他一些关心,留住他的心。"

田玉玲回家和李辉豪说了王华芳的情况,李辉豪觉得他不能坐视不管了,他决定带着周阳一起到广州去找刘海洋,想劝他要么回来发展,要么就把王华芳接到广州,一起打工,他心里还是放不下刘海洋,他比谁都希望他和王华芳能有幸福的生活,他一直觉得刘海洋还是个搞企业的难得的人才,也是个有责任心有事业心的人,他要比黄得水优秀许多倍,王华芳跟着他,自己心里才能放心。

刘海洋果然精明能干，多年的企业管理经验使他在很短时间内就已成为一家外资企业的车间主管，管着一个有几百人的大车间。

李辉豪和周阳见到他时，他正在惩戒一群工人，只见几十个穿着统一制服的工人，都像做错了事的犯人，整齐地在他面前站成一排，低着头大气不敢出。

刘海洋看到李辉豪过来，似乎有意要显摆一下威风，他突然厉声地对那些工人喝道："你们这是在外企打工，怎么也都笨得像猪一样？现在全都给我跪下反思，不愿跪的，立即给我滚蛋。"

那些工人立即乖乖地跪成一片。李辉豪见了，吓了一跳，这不是在体罚工人吗？怎么能这样对待工人呢？工人才是企业的主力军啊！他立即对刘海洋说："你不能这样对待工人，任何人都是有尊严的呀。"

刘海洋不屑地说："你真是少见多怪，这就是现代企业管理模式，我们要求的就是这种军事化管理，工人就是要绝对服从，哪像你们那些国营的集体的企业，一个个工人老得像瓢一样，人人都是爷，比领导还狠，还怎么去管理呀？没有管理哪里会有效益？这就是你们那些国营的集体的企业一个个倒闭的原因。我这里需要的不是人，他们都是工作的机器，他们一个人的效率要比你们高出几十倍。这就是我们外企与你们之间的差距。"

李辉豪不解地说："不管是什么企业，工人都是主体，所有的产品和效益都是要靠他们去创造，你怎么能不拿工人当人呢？"

刘海洋摇了摇头说："谁说工人是企业的主人？只有你这样的人的思想还停留在远古时代。只有老板才是企业的主人，我们都是在为老板服务。这样的工人现在满大街都是，我们中国可能缺少三条腿的蛤蟆，但是绝不缺两条腿的工人。你还是多来学学吧，你这个思想还怎么能适应越来越激烈的市场竞争呢？"

周阳在一旁插嘴道："你们和我们的差距真大呀，在我们那里都不敢跟工人大声说话,哪里还敢打骂工人呀?"

刘海洋不屑地说:"这就是差距,我们沿海和内陆的差距,不只是在表面上,更主要的还是在头脑里。所以说你们那些企业都没有前途,都是在干着好看,早晚都得一个个完蛋。因为你们和我们根本不在一个起跑线上,我们至少领先你们一个世纪。"

李辉豪不同意刘海洋的看法,他感到刘海洋的变化真是太大了,他不只是外貌变化大,他的思想更是变得李辉豪都不认识了。但是,他们是特意来找他的,也不好跟他争执。

李辉豪说道:"我们都是一个厂里的,大家应该捆在一起发展,你何必一个人跑出来打工呢?回去和我们一起干吧,我们也一定能发展起来的,再大的差距都是可以拉近的。你也不能这样把么妹和孩子留在家里,你在外挣再多的钱,没有家庭的温暖,也不会很幸福。"

刘海洋对李辉豪的提议不屑一顾,他说:"你那个小厂只有你当宝呢,你以为我们企业也像你那个小厂,什么人想进就能进?王华芳我是能给她安排工作,是她不想出来,她就应该在家带带孩子,我根本就不需要她出来打工,我根本就不同意她去你厂里当保管员,我不缺她那点工资,她还是想着去帮你呀,她还是想和你们在一起呀。"

李辉豪心里听了不是滋味,但他还是说:"我们都是有了家庭的人了,都要珍惜自己的家庭,王华芳对你是一片真心的,你要珍惜这份幸福,不能过分冷落了她。"

刘海洋说道:"你不要在这里假惺惺的了。自你出现后,我的幸福就没有了,全都被你抢走了。你和田玉玲得到幸福了,可我没有,我和王华芳之间根本没有找到幸福。我以后一定会回去的,不是现在,我现在只是在积蓄力量和资本。我不会永远输给你的。"

周阳见他们说不到一起去,就说道:"刘海洋,你就是小心眼,事情都过去这么多年了,你还记在心里,你还要记一辈子? 我们都是在一口锅里吃过饭的,我们大家都没把你当外人。再说,王华芳是你老婆,她对你这么好,你不珍惜,你就忍心把她和孩子丢在家里,你挣许多钱有什么用啊?"

刘海洋心里是对李辉豪有意见的,但看到他们远道而来看他,听了周阳的话,也就不再说了。他还是出于礼貌地开着车,带他们一起到珠江边的餐馆吃饭,好久没有见过面的他们终于难得地聚在一起畅言,全都喝多了。刘海洋控制不住内心的伤感,道:"你们以为我愿意出来打工啊? 你们看到我这样对待工人,可是我也是这么熬过来的,我也没有被他们少打过少骂过,有多少辛酸的泪水只能一个人往肚子里咽啊! 我也是想在自己的家乡闯一番事业。可我是被他们下岗工人赶出来的,我的这颗心一直都在流着血啊。这不怪王华芳,没有她,他们还是会把我们赶下台的,因为他们都是得了'晚期癌症'的人,我是说是我们那个厂早得了'癌症',还有许多像我们那厂一样的企业都是得了'癌症',都是没救的。我现在只是后悔,我出来迟了,我早几年出来见见世面,那就更好了。"

李辉豪说:"我觉得没有你说得那么悲观,每个人都会找到自己的生路,每个企业都会找到自己的出路。车到山前必有路。"

刘海洋笑道:"我看你们只有撞得头破血流、车毁人亡才会清醒啊。你是天天在家被田玉玲书记教育坏了头脑,还一点不知道外面世界的变化。"

李辉豪也笑道:"我没到广州来过,可我几乎跑遍了中国,我对外面世界的变化还是有所了解的,我们的产品已经销到大半个中国。"

刘海洋笑着摇了摇头说:"我从你身上就看出了沿海和内陆地区的差距,这个差距已经是不能用尺度衡量的了。你知道我刚到广州时的感觉吗? 我突然有了一种彻底解放的感觉,我才认清了真实的世界,原来我的前几十年都是活在一个狭隘的虚幻的世界,我从小到大所受的教育都是忽悠啊,什么理想信念啊！都是假的,我被这些东西骗得太久,骗得太惨了,这都是看不见摸不着的虚假的东西啊！只有钱才是真的,所有的人都是在为钱奋斗……"

李辉豪觉得他越说越远了,就打断道:"你是酒喝多了,钱是钱,理想信念是理想信念,这是两个不能混淆的东西。我们这个世界没有钱是不行的,可是绝不是有了钱就有了一切。"

刘海洋敲着酒杯说:"我没有喝多,你还是中毒太深啊！我现在算是最先清醒的一部分人了。我看以后啊,这个世界上也许只有你和你那高贵的田玉玲书记,在为你们心中那个远大的理想而奋斗了,你们很快就会成为稀有动物了……"

周阳也在一旁打断道:"你们喝酒就喝酒,怎么专扯这些没有用的东西呀？广州的菜真是不错,什么吃的都有,怪不得都说食在广州,名不虚传啊。"

李辉豪也觉得和刘海洋难以说下去了,他们喝完酒,又一起来到珠江边兜风,刘海洋被清凉的江风一吹,忍不住激动地大声说道:"好凉爽的江风啊,这就是改革开放的春风,你们放心,我一定会回去的,等到这股改革开放的春风吹遍全中国的时候,我就会回去创业,因为那时的中国将会是一个全新的世界,这个日子绝不会遥远了。"

李辉豪看到他在大发感慨,心里总算有了一些安慰,他看到了刘海洋心里还在恋着家,还一直有着回家的愿望。但他一直没有明白,他所盼望的全新的世界到底是个什么样,难道几十年来,中国的发展还不够快吗？

李辉豪看到珠江边鳞次栉比的高楼大厦,仍在不解地想着:"广州有什么新的？它不就是祖国的一个窗口吗？它和沿海地区不就是先走一步吗？我们内陆地区也会很快发展起来,绝不会被拉得太远。"

李辉豪最终和刘海洋不欢而散，但他一点也不后悔，这次广州之行也使他深受刺激，他看到了自己的企业和外资企业之间各方面的巨大差距，也难怪刘海洋这些人看不上自己的企业了，看到差距也就有了动力，自己只能继续埋头苦干，奋起追赶。

最使他感到不安的，还是刘海洋的变化，他不知道是自己的思想落后了，还是刘海洋误入歧途。他搞企业的目的绝不仅仅是为了钱，当然经济效益也是自己追求的首要目标，这是自己企业生存发展的基础和动力，但绝不是自己的最终目标，自己的最终目标，是要带领全厂工人共同发展共同富裕，最后奔向那个远大的理想，这不是口号，而是自己从小就树立的远大理想和责任啊。这怎么会过时呢？难道这从小树立的远大理想都错了？就像刘海洋说的那样，小时候受的那些教育都是忽悠？

李辉豪带着这些疑问回到家里，向田玉玲提起了这些心里的不安和忐忑。

田玉玲一听就笑道："事实再次证明，你李辉豪是个经得起考验的好同志，你拥有坚强的理想和信仰。而刘海洋这样的人只是意志薄弱的人。如果在过去战争年代，他一定会成为叛徒的。我们都是在红旗下长大的共和国新一代，继承革命前辈的遗志，做好共产主义的接班人，是我们义不容辞的神圣责任，我们共产党员怎么能只为金钱去奋斗呢？那些让工人下跪的企业早晚都会被淘汰，因为他们是与我们的发展愿望相违背的。"

李辉豪看着田玉玲像背教科书似的说着这些话，第一次感到有点怪怪的了，他以前对田玉玲的话从来没有怀疑过。他说："不过，我看到沿海地区和我们内陆的差距正在拉大，这是不争的事实。难道他们那里不是共产党在领导？他们搞企业的人就不是共产党员了？我看他们都已经是当代资本家了。"

田玉玲吃惊地问："你怎么也会有这样的想法呢？我们党的政策一向是光明正确的,为了加快经济发展,早日实现我们心中的远大理想,允许一部分人、一部分地区先发展富裕起来,最后带领大家共同富裕,实践已经证明这个决定是伟大英明的。现在是有一部分人丧失了信仰,迷失了方向,拜金思想严重,但是这只是暂时的、阶段性的,也是局部的。因为我们的发展方向是不会变的,我们现在还处于社会主义的初级阶段,需要发展各种经济模式,只要对经济发展有利的事,我们都要支持。但是,初级阶段的社会主义,归根到底还是社会主义,是以公有制和集体经济为主体的、中国特色的社会主义,核心还是社会主义。这一点绝对不会改变,由我们共产党领导的中国绝对不会退回去搞资本主义,我们有几千万先烈用鲜血和生命换来的幸福生活,怎么可能会出现新的资本家呢？"

李辉豪听着她天才般的演说,心里的谜团终于解开了。他觉得田玉玲的话就像是他心灵的鸡汤,也是他最好的心灵安慰师。心里再多的疑问,只要经她一点拨,马上就豁然开朗了。

田玉玲的话,也激起了李辉豪心里的义气,他又开始充满激情地说："就是,我们中国是共产党在领导,刘海洋他们虽是外资企业,但是也不能体罚工人,更不该让工人下跪。我们共产党好不容易让工人和农民兄弟站了起来,决不能再让他们跪下去。"

田玉玲也鼓励道："对,但是我们要学习他们的成功经验,发展自己的企业,这也是我们在改革开放初期必须付出的教训。"

李辉豪激动地抱住田玉玲,信心十足地说："我亲爱的田书记,我们绝不会让这样的教训白挨,我们一定能尽快发展起来,超过他们。我们中国人在朝鲜半岛把他们十八国联军都打回去了,搞企业还能不如他们？不管什么时候,我都会始终把工人当成企业的主人翁,他们才是企业的真正的主人,我决不会体罚工人,让工人跪下去,我会永远让他们站着生,站着活。"

田玉玲高兴地搂住他的脖子,亲昵地说:"好啊,我就喜欢你这样有责任心的男人,我永远支持你,你不要光说不练呀。早点把你的企业发展壮大,做出表率,让我看看。"

李辉豪亲吻着她,一把抱起她说:"我最亲的田书记,你就是我心中指路的明灯,只要有你在我的身边,我就没有干不成的事,没有达不到的目标,你就等着看我如何跨越式地发展吧,现在我要先和你好好练练。"

田玉玲轻咬住他的耳朵,娇腆地说:"你经常往外跑,不许去那些'三陪'场所,不许找'三陪'小姐,不许养女秘书。你要是哪天像黄得水一样也学坏了,我决不饶你。"

李辉豪把她抱到床上,俯在她的耳边说:"你放心,这辈子只有你能破了我的金刚不坏身。我受党教育多年,受你管教一辈子,我保证我的一颗红心永远面向党,一片忠心永远留给你。"

李辉豪从广东回来后,再也不愿小打小敲了,感觉到自己发展的速度还是太慢了,他看到了差距,也就有了追赶的动力,他想外资企业能干得那么好,自己也能干得好,自己一定要把自己的企业尽快发展起来,让那些喜欢到外企打工的人到自己企业打工。自己的企业虽然小,还归镇上管,但它到底还是党的,有了党这个大靠山,还能有什么干不好的? 社会主义的优越性就是能集中精力办大事,搞个企业还能搞不过他们?

他首先选定了一个农用三轮车的项目,然后到县里各部门寻求支持,并在他的岳父田向南的支持下,把一些刚退休的县里干部请到厂里做顾问,帮他谋划。

此时正是国家提倡大力发展乡镇企业的黄金时期,他的新项目获得上级各部门的大力支持,被立为省里、市里的重点项目,所有的优惠政策和大量资金接连而来。他又开始征地三百亩,建设新厂区,一跃成为全县最大的企业、全省有影响的明星企业。他也正式将自己的企业名称改成"前进集团"。

在他的前进集团公司成立大会上,已经升为副县长兼乡镇企业局局长的田玉玲和全县所有领导到场祝贺。

田玉玲特别代表县委县政府讲话,她难以抑制内心的喜悦和激动,无比激动地说:"今天这个特别的日子,我们已经等待得太久了,我们这个街道小厂终于发展起来了,你们终于从丑小鸭变成了展翅欲飞的白天鹅,这是你们的骄傲,也是我们全县人民的骄傲。我们县终于有了一家初具规模的现代企业,这不只是你们的大事,还是全县人民的大事,更是我县社会主义经济建设的一件大事。希望你们再接再厉,加快发展步伐,一年一变样,三年大变样,在中国特色的社会主义建设的大路上阔步前进,快马加鞭,为早日实现共产主义的远大目标继续奋斗,我们的伟大目标一定能早日实现。"

全场掌声雷动,红旗挥舞。田玉玲的每一句话、每一个字都在打动着李辉豪的心。他感到自己早已和欢呼的人群融为一体了,这就是他最渴望的场景,也是他最难忘的时刻。在这一刻,他感到他和田玉玲就是一个人了,这就是他们共同的理想,这就是他送给她的最好的爱情礼物,这就是他的永不变色的爱的誓言。

十六

　　李辉豪和周阳从五百罗汉堂出来,脑海里还在回想着那个红旗挥舞的场景,因为那是他一生最骄傲最难忘的场景。

　　他们回到百岁宫索道上时,后山花台景区正好特别清晰地呈现出来。远远地望去,那就像是一尊巨大的天然睡佛,轮廓清晰,神态沉静,头枕天台群峰,大小天台为躯干,面朝天际,安然沉睡于云雾之间。

　　这里的观景平台正是眺望天然睡佛的最佳观景点,有好几个旅游团的人都挤在这里观赏,有个导游正拿着喇叭在详细向旅客们介绍天然睡佛高耸的鼻梁、突出的喉结、清晰的睫毛、深深的眼睛、厚厚的嘴巴和巨大的下颌,许多人都在随着她的介绍,不断地发出惊奇的叫声,赞叹着大自然的奇妙。

　　周阳早已面对着天然睡佛烧香跪拜了,也有一些游客像他一样在对着远处的天然睡佛作揖跪拜。

　　李辉豪看着那些络绎不绝的游客,从他们导游举的旗帜可以看出,他们来自全国各地,有的还是从海外而来的。他们一听到导游的介绍,就一起发出惊呼声。可是,他们真的就看出了睡佛的每一个细节吗? 自己来过这么多次,怎么就没有他们的那种感觉呢? 特别是对面的那山峰,别人都说它活灵活现的像是全国闻名的天然大睡佛,令天下无数的人朝拜,可自己就是看不出有多像,是因为自己这生与佛无缘,心中无佛,所以就看不出来呢,还是应了人们常说的那句古话,"九华山的菩萨照远不照近"?

他不知道这些外来的游客都是带着什么目的,是来朝山拜佛,还只是来观光旅游?或者是像自己这样来寻找一种心灵上的安慰和归宿呢?

山上的雾忽然就大了起来,对面刚才还是清晰可见的天然睡佛,很快就隐藏到浓雾中去了,只能隐约地看到几个在云海中的山头了。这边的山也被涌上来的一片白雾浓罩着,使李辉豪和众人都处在了一片白茫茫的云雾之中了,李辉豪顿时感到自己的心也是处在云里雾里了。他现在常常就有这样的感觉,他这几十年其实就是在云里雾里走过来的,人生就是这样常常走在迷雾之中,看不到前方,看不清四周。

李辉豪一直感到从认识田玉玲起,自己的人生一直就是在被她推着往前走的。田玉玲调到县里后,他更是想把企业搞好,一是给她争光,二是不辜负她的期望。田玉玲也从来没有放松对他的鼓励和支持,他们在家里的时候,谈企业里的事情要比谈家里的事情多。田玉玲不只是在家里给他当书记,实际上企业里的书记也是她在当。

特别是田玉玲在被提拔为县乡镇企业局局长时,李辉豪还开玩笑似的跟她说:"全县也没几家像样的乡镇企业,也就是几家破破烂烂的瓦窑厂,你干脆还是回到我的厂里,我们一家就能超过全县乡镇企业。"

田玉玲紧紧地盯着他说:"你想得美,我当乡镇企业局局长,就不会让你一家独美,就是要帮助大家超越你,一花独放不是春,百花齐放春满园。"

李辉豪不以为然地笑道:"我的田书记,你又在做梦了吧?就他们那些人还想超过我?我还是相信刘海洋讲的那句话,不是任何人都能搞企业的,是要有技术、人才、资金、经验、管理等等,我看你抓的乡镇企业那些人啊,只能玩玩泥巴、烧烧砖瓦,都成不了大气候,他们腿上的泥土还没洗干净,你就把他们拉出来当企业家,这就叫揠苗助长啊。"

田玉玲生气地瞪着他说:"李辉豪,你才干了几天企业,怎么这么快就忘了你自己是怎么发展起来的了? 就能这样看待人? 我们县里经济落后,只有大力发展乡镇企业,才能开拓出一条快速发展之路。"

李辉豪忙说:"我不是瞧不起他们,我说的都是实话。我能有今天的发展,有一半的功劳要记在国营农机厂的身上,没有它的倒闭,就没有我的今天。"

田玉玲说:"你还能记得这点,很好,你不能忘本,没有大家的全力支持,哪有你的今天? 你就是先发展起来的乡镇企业,现在你也必须为全县乡镇企业的发展做出贡献,我就把全县首届乡镇企业培训班放在你们厂,你要尽快给我培训出一批乡镇企业家来。他们都是刚起步,经济有困难,一切培训费用和食宿都由你包了。"

李辉豪一听就跳了起来:"田书记,你这是打劫呀! 我免费培训他们,还要管吃管喝,你这不是在给我加包袱吗?"

田玉玲立即说道:"李辉豪,你不要有山头主义、个人主义,我们改革开放的原则就是:让一部分地区和一部分人先富起来,然后带动大家共同发展共同富裕。在我县乡镇企业中,你是最早发展起来的,就必须要去带动大家发展进步。"

李辉豪仍不情愿地说:"我的田书记,你知道我的发展有多难,我现在面对的是市场,我挣一分钱容易吗? 你搞这么多人来白吃白喝,我怎么向下面的工人交代? 有这个钱,我可以给他们多发奖金啊。"

田玉玲语气坚决地说:"李辉豪,你怎么企业越干越大,思想越来越滑坡了? 眼睛只盯着你这一块。你别忘了,你的企业不管如何发展,你都还是一名共产党员,这就是党在新时期交给你的一项光荣任务,你必须不折不扣地完成。这件事是我决定的,我已经安排下去了。"

李辉豪听她这么一说，也不敢再多说了，只能答应道："我的田书记，你都决定了，我还能有什么说的。你以后决定这些事，能不能先告诉我一声啊？我求求你只有这一次，下不为例了啊！你不能再给我们增加额外的负担了。"

田玉玲这才笑了："你不要嘴上叫得好听，我该做主的时候，还是要做的。我决定的事，你答应要做，不答应也要做。"

后来在田玉玲任乡镇企业局局长的那几年，李辉豪的公司就成了全县乡镇企业的一个培训基地。正是在田玉玲的领导下，全县各种乡镇企业如雨后春笋般地发展起来，一些村委会和街道都开始办企业。全县乡镇企业异军突起，一举占据了全县工业经济的半壁江山。

田玉玲因为工作成绩突出，很快就被提拔为主管全县乡镇企业的副县长，还是全县最年轻的女干部，是上面的重点培养对象，前途远大。

李辉豪每次看到她不断进步，心里都要比自己取得任何成绩还要高兴。他知道田玉玲天生就是做领导的，会讲话会做报告，更会组织工作，到哪里都能把工作做得风生水起，成为模范。每次想到这些，他的心里才会有一些安慰，只要能给自己的爱人在工作上一些帮助，自己吃再多的苦，受再多的累，都值了，即使完全燃烧了自己，只要能照亮自己的爱人，他也在所不惜。自己的企业已经成为全县乡镇企业的龙头，自己的集团公司，也是她一手支持发展起来的，就是她的一个政绩，是她手里的一张王牌。无论是为了她，还是为了自己，都不能被别人赶上，更不能落在别人后面，必须进一步加快发展速度。

李辉豪对于自己企业的这种快速发展，有时自己都感到惶恐，他常在家里对田玉玲说："我这个企业就是被你们政府硬推上去的，是你们政府在后面赶着我跑呀，把我推上狂奔的烈马上下不来了。"

田玉玲继续鼓励道："我们政府就是要支持你们这样有潜力有前途的

企业,由你们去带动大家共同发展,培育新的经济增长点。"

李辉豪发展得快,心里激动,也有些不安,总感觉到很不正常,他感到自己的企业也在走过去国营农机厂的老路了,只是新瓶装老酒,新脚穿旧鞋。厂区扩大了,厂房漂亮了,工人越来越多了,三轮车也是越造越多了,可是造得越多亏得越多,包袱也是越来越重了。他甚至有些后悔了,由于自己的急功近利,盲目上项目,造成了恶性膨胀,已经到了难以掉头的地步,就像是掉入了一个怪圈里,越陷越深。

他有时都想不清自己到底是怎么掉进这个怪圈的,怎么会越干越亏?只有不断地去报项目、要贷款,靠上面不断输血才能生存下去。他已经不敢去看真实的财务报表了,只能继续硬着头皮不停地超前发展,他有时想,这也许就是市场经济的模式吧! 因为大家都是这样干,只不过自己是干得太出色了。

只有晚上回到家里,面对着田玉玲时,他的心里才会感到一些安慰,才会感到,原来自己一直都是在为她干的,再多的苦、再多的累、再大的困难,都算不了什么了。田玉玲就是自己永远的书记领导,在家里是,在外面更是。

李辉豪有时也分不清到底是田玉玲支持了自己的发展,还是自己推动了她的进步。他只是感到他俩早就是一个整体了,自己当时进厂就是为了她,现在仍是为了她,只要能帮助她,不管前面是刀山火海,还是地雷阵,自己都要闯,就是粉身碎骨,也在所不惜。这样一想,他也就没有什么顾虑和担心了,只有勇往直前的勇气。

田玉玲也知道李辉豪的心事,他的前进集团和全县乡镇企业的崛起,不只是创造了全县的经济奇迹,给她带来了许多荣誉和政绩,同时解决了县里的许多困难,特别是解决了许多人的就业和出路,这是不能用金钱来衡量的,这就是巨大的社会效益。她支持李辉豪发展,同时也支持所有乡镇企业的发展,这并不只是出于私情,还是为了促进全县经济社会的快速发展。她已经意识到,要发展,就要大力发展企业,不管是属于什么性质的。她也知道李辉豪他们这些乡镇企业家干得很累很辛苦,而且,他们虽然名义上好听,实际上也没有得到什么实惠,因为这个企业还是属于政府的,他们都是在为政府工作。

田玉玲有时看到李辉豪精神不振,就不停地安慰他:"发展才是硬道理。我们也是摸着石头过河,在探索中前进。你不要被眼前的困难吓倒,车到山前必有路,我们没有解决不了的困难。你们乡镇企业虽然效益差,但是你们解决了许多工人的就业,你们的三轮车已经走向全国了,我希望你们将来还能生产出四轮车,生产出轿车,填补我县工业的空白。"

李辉豪就爱听田玉玲的话,她不管说什么,他都能感到贴心的温暖。李辉豪受了她的鼓励,真的就做起了生产轿车的美梦。他和黄得水从上海弄回来一辆子弹头轿车,开始组织人编报告,要仿制生产中国的子弹头轿车,来填补中国的空白,其实只有他自己心里清楚,他这样做就是为了报项目要资金,不然他的入不敷出的集团公司就快维持不下去了。而且,田玉玲又被宣布为下任县长的候选人,正需要他提供一张更响亮的名片。

李辉豪更加感到义不容辞的责任,一定要把中国的子弹头轿车最早造出来,只要能上路跑起来,管它是什么样的东西呢!大家不都是在说,要先发展,再调整吗?领先一步,步步领先。

李辉豪心里清楚自己的实力和技术能力,可是他已经别无选择了,他就是硬着头皮也要上。现在,他只有报越来越大的项目,才能继续生存下去。他不断地对下面的人鼓气,他在全厂动员大会上用高昂激扬的语调说:"我们中国人就是一个善于创造奇迹的民族,我们的共和国的缔造者们,在一穷二白的基础上建设新中国,创造出'两弹一星'的伟大奇迹,我们现在去造一辆小小的子弹头汽车算什么?只要我们坚持艰苦奋斗的优良传统，与时俱进，锐意创新，我们的目标就一定能达到，就一定能早日实现。我们现在是在仿制日本的子弹头轿车，不久的将来，我们就要超越他们，造出全世界最好的子弹头轿车。"

这个项目从一开头就遇到了大困难，李辉豪亲自带着厂里的技术人员，把买来的子弹头一拆开，就没法再组装起来了。他们虽然会造三轮车，但是这个子弹头汽车，他们从没见过，到外面请师傅，人家也没组装过。

李辉豪想，世上无难事，只要肯登攀，别人能组装起来的东西，自己还能组装不起来？他一方面派人外出找专家，一方面组织人攻关。他还下了死命令，这个事情绝不能透露出去，如果影响了项目申报，那就真的完蛋了。

李辉豪还不知道，就在他一心攻关的时候，他的老冤家刘海洋又回来了，还带回了一个针对他和田玉玲的巨大阴谋。

刘海洋回来时，带来了几个合作伙伴，一起投资办起了一家摩托车厂，而且公开宣称，他回来就是向李辉豪讨债的，他是怎么把我们农机厂搞倒的，我就要怎么把他干倒，他的前进集团早已经是千疮百孔，不堪一击了，就是我们过去农机厂的翻版。

刘海洋同时带回来的还有一位漂亮的女秘书，他成了全县第一个公开养女秘的企业家，在全县引起了不小的轰动，他颇为得意地对大家说："你们这都是少见多怪，思想跟不上形势。这也是工作需要，现在外面成功的企业家谁没有女秘书，包二奶养小三都正常。现代企业家的三大标志就是轿车、美秘、大哥大。"

刘海洋回来的第一天，就带着女秘书一起到县政府找到田玉玲要汇报工作，其实就是要在她面前露一下脸。

他的变化使田玉玲感到很吃惊："刘海洋，几年不见，你真是从里到外都变得我不认识了。"

刘海洋扬扬得意地说："田县长，我是来给你忠告的，现在沿海地区都在发展私营企业了，那才是发展方向，你不要再把精力放在那些乡镇企业的身上了，它们的时代过去了。你一头放在它们的身上，迟早是要犯错误的，是会栽跟头的，他们都是烂泥巴里冒出来的癞蛤蟆，只会叫不会干，是怎么也蹦不高的。"

田玉玲对他的这个派头很反感，不愠不火客气地回道："他们都是从烂泥巴里冒出来的癞蛤蟆，那你是从哪里冒出来的？ 你也是我们这片土地培养出来的。"

刘海洋不屑地说："我和他们不一样，我从小就是在工厂长大的，我受过正规的管理教育，哪会像他们那些半路出家的，一腿子的泥巴还没洗干净，就都成为优秀的企业家了？ 他们就只会靠报项目要资金过日子。这就好像是吹气做娃娃似的，这样的企业家除了会给你留下越来越多的债务外，是经不住任何市场考验的。"

田玉玲越来越听不下他的话了，就说："欢迎你回家来创业，现在的私营企业不归我分管。你还是早点回去看看王华芳吧！ 这些年，她一个人在家给你带孩子，吃了不少苦，你不能委屈了她。你不管将来成为什么伟大的企业家，都要首先做一个负责任的男人，不能再丢下老婆和孩子。"

刘海洋正要兴致勃勃地说着，讨了个无趣，只好收住嘴说："我都知道，这些年，她在家也没有闲着呀！ 过去的事，我是不会和她计较的，我也不会和她离婚，我也是一个有责任心的男人，我以后会对她和孩子负责任的。"

这些年，刘海洋在外打工，很少回家，他早也听说了王华芳和黄得水之间的事，心里更是憋足了怒火。他们的感情早已冷落到了冰点，他坚持没有离婚，一是看在孩子身上，二是他也不再在乎她的行为了，而且他也公开包养了年轻的女秘书，更主要的原因还是刘海洋现在的全部心思都用在了创业上，王华芳既不干涉他，也不会影响他，他不想分神。他现在最向往的就是那种"外面彩旗飘飘，家里红旗不倒"的幸福生活。

刘海洋回来后，王华芳还是在李辉豪的前进集团当保管员。她也不想去刘海洋的厂里整天看到他的那副样子，特别是对于他养女秘书的事，她也是看在眼里，恨在心里，也是没有办法阻止的。她只能躲着他们，眼不见心不烦。这些年，她早已习惯了没有刘海洋的生活，刘海洋不提离婚，她也下不了决心，她觉得世上的男人大都是一样的花心，她知道黄得水也是个花心的男人，是不会和她有结果的。只有豪哥没有变坏，那是因为田玉玲有本事，把他管得死死的，而自己又没有田玉玲的那个本事，只有认命了。所以，她也就只能过着这种过一天算一天的日子。

王华芳听到刘海洋一回来就在到处说李辉豪的坏话，处处针对着他，就忍不住又趁刘海洋回家时大吵起来，她怒骂道："你怎么这么不讲人情？你丢下我们孤儿寡母这些年，都是豪哥在照顾我们，你怎么能恩将仇报？你一天不说豪哥坏话，你就过不下去？"

刘海洋得意地说："他的情况明摆在那里，还要我说？谁不知道他已经是秋后的蚂蚱，蹦跶不了几天了。我就说过，他李辉豪本来就不是搞企业的材料，他钻的都是国家政策的空子，他只配到养老院当书记院长，他根本就不知道什么叫市场。"

王华芳不服道："就你能，你就知道体罚工人，还要工人下跪，这是过去最可恶的资本家都做不出来的，你们这样的公司就知道剥削工人，我绝不会到你这样的公司打工。"

刘海洋说道："我本来就没有想过要你帮助，我才不会像李辉豪那样搞管理，认人唯亲，我需要的都是绝对服从的工人。我宁愿要你在家里待着发你工资，也不愿要你去厂里上班。"

王华芳一听，心里就更气了："我就知道，我现在到哪里都碍你的事，你这么看我不顺眼，你还要回这个家干什么？你一直把我这里当旅馆，想回来就回来，不想回来就不回来。"

刘海洋坚定地说："在我这里，家就是家，工作就是工作，绝对要分得清清楚楚，不能混淆。"

王华芳不依不饶道："我知道，你早就是要和我分得清清楚楚了，你心里早就没有我了。"

刘海洋急忙解释道："你千万不要胡思乱想，我说的只是感情和事业要分开，不能混淆。"

王华芳说："你就是说一套做一套，你要能分得清，为啥总和豪哥过不去？你为啥就是和豪哥不讲一点交情？你还不是因为田玉玲而记恨他！"

刘海洋听了她的话，又有些愤怒地说："我和他们有什么交情？他李辉豪和田玉玲这些年官商勾结，骗了国家多少贷款了？该到了他们还债的时候了，田玉玲早晚会和李辉豪一起完蛋。"

王华芳说："豪哥欠银行贷款，那都是为了企业发展，他的企业也是国家的，我们大家都明眼看着，他从没有把钱拿回家，也不乱花厂里一分钱，他们家到现在还是住的职工宿舍，这么多年他没有买轿车，出差住路边店，吃大排档，从来不坐出租车，根本没有养过女秘书。"

刘海洋不由得耻笑道："这就是他李辉豪的耻辱，这么大的一个企业老总，搞到现在连自己家的一套房子都没有，出门不敢坐出租车，住路边店，吃大排档，说着都丢人啊。现代企业家需要的就是能够创造财富，而不是他那样的一副穷酸样，连自家的小日子都过不好的人，还能成为大企业家？他算什么企业家？他就知道每年报项目搞贷款，他还想生产汽车了，他这是急疯了吧？他是两条腿走路没学会，就想飞了。你就看着他是怎么完蛋吧。"

王华芳气不过地说:"都像你,每天花天酒地,挣一块花三块,赚多少钱也是白搭。你搞企业就是首先想着自己享受快活,从来不管别人。"

刘海洋笑道:"会花钱的人才会赚钱,现代的社会,守财奴是没有出息的,搞企业的没本事赚钱,只会省钱,是没有出路的。"

王华芳和刘海洋憋了气,直到他的公司开业了,她也不愿意过去上班,她仍留在李辉豪这里上班,这使他们夫妻之间的关系变得更加冷漠。

李辉豪看不过去了,就来劝她:"你们毕竟是夫妻,你还是去他公司帮他吧,而且他们的公司还是私营的,就是你们家的呀。"

王华芳泪水汪汪地说:"豪哥,刘海洋在外这些年已经变得我都不认识了,他现在眼里除了钱,什么都没有了。"

李辉豪知道王华芳心里过得苦,可是他们夫妻间的事,他也不能过多地插嘴。他只能劝道:"他这些年在外打工也不容易,现在回来了,这就很好啊,你们还是好好地过日子吧,不要再斗气了。你留在他身边,他的一些行为也会收敛些,过去的事都不要去计较了,好好地去过后面的日子吧,千万不要放弃了自己的幸福生活。"

对刘海洋能够回来创业,李辉豪是真心高兴,就像是了结了一桩心事。他为此特意去找刘海洋,希望能够和他好好地谈一谈,没想到,他们之间已经找不到任何共同语言了。

李辉豪真诚地说:"我们早就盼着你回来创业了,你以后有什么需要我们帮助的,尽管提出来,我们一定帮助你,共同发展,携手共进。"

刘海洋冷笑道:"我们已经是两个世界里的人了,你还是用心管好你的企业吧!你们虽然看似很大,其实和我们过去的农机厂一样,都是得了'癌症'的企业,没法救了。我不需要你的帮助。"

李辉豪说:"我们现在是面临着许多困难,但是这都是发展中的困难,任何事物的发展进步都不是一帆风顺的,我们一定能克服目前的困难,继续发展壮大。"

刘海洋摇头道："我们过去也像你这样说的，这都是官话，市场是不相信官话的。你现在就和我们过去的农机厂一样，都是自我感觉良好啊。你其实和我们过去的农机厂就是一个模板，不过就是把国营的变成了乡镇的，其实都是靠国家政策吃饭，不是靠市场。现在的市场已经不需要你们这样的企业了，你们都是要被淘汰的企业，趁早出来干私营的吧，只有私营才有出路。"

李辉豪听了他的话，心里很不舒服，他说："不是我们要淘汰，而是你想得太远了。我们现在允许你们搞私营企业，并不是不要国营的集体的了。我们现在是在发展社会主义市场经济，说到底，我们永远是市场的主力军，你们私营的只是补充。"

刘海洋惊讶地望着他，不停地摇着头说："这么多年没见，你的头脑怎么还这么僵化？我们早就不再争论什么是社会主义，什么是资本主义了，我们搞企业的只考虑市场，不考虑政治，干好自己的事，一切都交给市场去决定吧。发展才是硬道理呀。"

李辉豪知道他刚回来，事情多，就没有和刘海洋争论下去，他觉得刘海洋的觉悟越来越低，一个企业家怎么能搞不清自己的发展方向呢？就是不谈政治，起码也要有自己的社会责任和社会道德，不能只把钱作为企业的唯一奋斗目标。特别是一个人，怎么能轻易忘记自己曾经的誓言，自己曾经树立起的远大理想和信仰呢？

十七

　　李辉豪和周阳没有从百岁宫索道下山,而是顺着山顶继续往前走去,这时,整个山上到处都飘散着浓雾,四周的山峦也都被云海笼罩,都是白茫茫的一片,只能偶尔露出几座山峰。他们和许多来来往往的游人一起行走在云雾之中了。

　　李辉豪走在这条通往东崖禅寺的山路上,觉得自己就是走在云山雾海之中了。他想起三十多年前第一次上山,也是走到这段山路,也是遇到这样的云雾。

　　李辉豪记得那天的云雾真的很大,看不清前面的任何人,只能不时看到那面鲜红的团旗在空中摆动,大家的惊叫声不时地从云雾中传来。

　　李辉豪后来每次走在这条路上,耳边总是在回荡着田玉玲那清脆的叫声,是那么纯朴烂漫,就像是从天上飘下来的。

　　后来的许多年,李辉豪总是有着这种恍惚的感觉,自己的这几十年,其实一直就是行走在了迷雾之中,有时看不清前面的路,甚至看不清自己。

　　李辉豪那时根本就没有想到,那次刘海洋气势汹汹地回来,后面还隐藏着一个巨大阴谋,还不只是为了对付他的企业,更大的目的还是在对付田玉玲。

其实刘海洋自己也不知道,他这次回来还充当了一颗对付田玉玲的棋子。他是因为心里憋了一股子气,更是为了施展自己的抱负,才决定回来的。他本来心里就对李辉豪和田玉玲是又嫉妒又恨,眼看着他们夫妻俩相互配合着,越干越上进,特别是田玉玲眼看着就要升为县长了,前途光明,再加上王华芳偏偏要留在李辉豪公司上班,不愿跟他外出打工,心里的那种滋味早就说不清了。

正在这时,刚从上级调来的县委副书记、常务副县长刘柱带团到广东来招商,特意去请他回来创办一个自己的私营企业,刘柱和他家还沾着一点远房亲戚的关系,他告诉刘海洋县里不能把所有的好政策都给李辉豪占了,还添油加醋地说:"你再不回去创业,你的老婆王华芳就要和黄得水明铺暗盖了。"

刘海洋当时还不知道,刘柱一心要来请他回去办厂创业,更多的原因就是为了对付田玉玲。

刘柱和田玉玲都是县里分管经济的领导,也是走不到一起去的冤家,刘柱虽比田玉玲级别高,可是自己是上面下来的,对下面的情况不熟,不如田玉玲是从下面干上来的,就被她抢了不少的风头。由于田玉玲手里有着前进集团这张王牌,这是市里省里重点支持的乡镇企业,发展势头正盛,他就只能一直把这种怨气深藏在心里。

刘柱对田玉玲的这种怨气,主要还不是出于工作,而是出于对田玉玲美貌的垂涎。他是省里下派干部,背景深后台硬,在县里无形中就要高人一等,他不仅是官场老手,更是采花高手,是大家私下流传的县里最出名的色狼。他研究各色美女的时间和精力远远地超过他对工作的研究,他特别喜欢那些混迹于官场的美女,觉得她们不仅是人中精品,更是女人中的凤雏。他喜欢看着这些美女官员,风姿绰约光彩照人地在众人面前滔滔不绝地演讲,更是喜欢看到她们脱光衣服在自己的床上的表演姿态。

他有个特别的爱好，就是喜欢一边在电视里放着她们的讲话，一边在床上尽情地跟她们玩耍着，听到她们在床上发出的放荡的呻吟声和着电视里悦耳的讲话声，他就会感到特别刺激，特别高涨。他把这个当成自己人生最大的爱好和追求。他特别喜欢骑在这些女人的身上，双手抓住她们的乳峰，不停地揉捏着，让她们发出像鸟儿一样动听的叫声。在他的心里，这些可爱的女人就是他手里的那一只只可爱的小鸟。

田玉玲就是一只他最看重的最美丽的小鸟，因为她的小嘴太会说话，声音特别动听，每一次开会，她都能像是演讲家一样地说动所有的人。连自己这个一向靠嘴吃饭的官场老手，都只能相形见绌，只能够在一旁静静地欣赏着她的表演。他有时看到她在激情演说，心里就会遐想着，如果在床上，自己捏住她那高耸的双乳，她发出的声音一定会是天下最美丽动听的，一定会超过世上任何美丽动听的鸟叫声。

刘柱第一次见到田玉玲，就已经把她列为必须征服的对象，那是他刚来时，第一次主持县政府常务会议，他想借机表现一下，树立起自己的威信。他一开口就是口若悬河地滔滔不绝："我一来就遇到了成群结队的下岗工人，看到他们在堵路、在闹事、在寻死上吊。我们现在在开会，外面还有人在堵县委县政府的大门，你们的工作怎么能搞到这个地步呢？那些堵路上访的下岗工人，都是来自国营企业和大集体企业的，那都是我们的工人阶级，是我们的工人老大哥，他们都是我们共和国的主人，是为共和国的奠基和发展做出过特殊贡献的人，都是我们县里难得的宝贵人才啊！是谁把他们逼到马路上的？是谁有这样的权力逼他们下岗的？这说明了什么？这充分说明了我们过去的发展思路有问题，走了错路，犯了战略性的、方向性的大错误啊。同志们啊，你们怎么能捡了芝麻，丢了西瓜，放着那么多有规模有实力的国营大企业和大集体企业不支持，热心地去发展那些名不见经传的乡镇企业呢？那些一无水平、二无经验、三无知识的乡

144

镇企业家,就能比受过多年教育多年培训的国营企业家强吗? 这不是瞎胡闹吗? 有今天的这个结果,那是必然的,我们必须从现在起,调整思路,改变工作方法,继续大力支持发展国营企业和大集体企业。"

刘柱说完,整个会场鸦雀无声,大家都是低着头,大气都不敢出一声。刘柱正在为自己的这套说辞得意,以为起到了震慑效果,没想到田玉玲直接站了起来,立即反驳道:"刘书记刚来,对县里企业的情况不是很熟悉。这些年来,我县的乡镇企业发展势头很快,成绩喜人,这是大好事大喜事啊,不但促进了全县的社会经济加快发展,还同时解决了许多下岗工人和农民工的就业问题,涌现出了一大批优秀的乡镇企业家。这些年,我们也没有放弃对国营大企业和老集体企业的重视,它们现在遇到了一些问题,大都是历史遗留下来的问题,需要调整优化,重新分配组合,走向市场,适应市场,我们大力发展的市场经济就是最好的调整器。我还是坚持,我们政府不当裁判员,无论国营的集体的,还是乡镇的,都是我们宝贵的孩子,手掌手心都是肉啊,我们不能顾此失彼,我们只有当好服务员,让它们自己去适应市场,自我调整。"

刘柱一直在紧盯着她说话,起初他心里还是有些怒火,要是别人敢这样顶撞他,敢公开不给他面子,他早就会拍起桌子,不让他开口说下去,甚至都有可能抓起茶杯砸过去了。他是从来没有遇到过敢公开冒犯他权威的人。可是,他一听到田玉玲那银铃般悦耳的声音,心里的怒火早就自己消化了,反而像欣赏一件艺术品一样地在欣赏她。

他感到田玉玲确实和他过去遇到的许许多多的官场美女不同,她不只漂亮得使你不能不想入非非,特别是她浑身透出的那股神圣不可侵犯的气质,就好像是暗藏着一个神秘的巨大磁场,能把他整个人给吸进去。他看着田玉玲,当时都有些失态了,他后来都不知道她在说什么了,他的眼睛只盯着她那高耸的胸脯,头脑里想象着双手伸进去抓住那两只令他销魂的柔软的地方。

直到田玉玲说完了，他看到大家都在紧张地看着他，才醒悟过来，他站起来用力地鼓掌道："田县长不愧是县里的老人，许多企业都是在她手里发展起来的，对下面情况比我熟悉，我就是下来向大家取经学习的，田县长年轻能干，工作能力强，我看还是要多给她加点担子，我看全县的企业都交给她分管吧。"

大家听他这么一说，全都轻松地笑了。就是从这一刻起，刘柱已经下定了决心，一定要彻底征服田玉玲，让她尽快成为自己手中最可爱的小鸟。

刘柱利用工作便利，几次试探，田玉玲都是冷若冰霜，对他敬而远之，很有蔑视他、不愿与他为伍的气势。

田玉玲早已听到了许多关于刘柱的绯闻逸事，她忍不住地去向自己的老领导原县委书记反映，说上级组织部门怎么能把这样的人派来，必须要及时向上面反映他的情况，把这样的祸害及时从党的队伍里清除出去。她的老领导听了她的话，沉默了很久，才语重心长地说："小田啊，你还年轻，不知道这里的水有多深，他的后台很硬，不是你我能动得了的，我很快就要退休了，你以后一定要记住，在官场首先要学会生存，学会在战斗中生存下去，有时候你必须要学会与狼共舞。"

田玉玲没有听从老领导的劝告，仍然把她了解的情况，写成揭发材料，给省委有关部门寄去，很快这些材料就都转回到县里。她的老领导把她叫去，狠狠地训斥了她一顿："你怎么变得这么幼稚呢？这样的傻事，以后不要再做了，不能只凭热情，要有策略有证据，你以后一定要记住斗争策略，一定要学会在战斗中生存下去。你安心去搞你的工作，刘柱的事你不要关心了，都是些捕风捉影的事情，所有的当事人都是极力否认的，你还远远不是他的对手，你还是用心去搞好自己的工作吧。"

刘柱知道田玉玲不同于那些主动投怀送抱的官场美女,她是从骨子里就瞧不起自己,不愿和自己为伍,处处提防着他。她确实很特别也很倔强,正是这份特别、这份倔强,使他感到更加珍贵,越是不容易得到,他就越是感到稀缺,越是感到有味。

他同时也感到,如果自己征服不了田玉玲,她就一定会成为自己最强劲的官场对手,阻碍自己的前途和未来,只有让她成为自己手中温顺的小鸟,成为自己的助手,才是最佳的结果。他在场面上的工作,也很需要田玉玲这样的人配合。对田玉玲,他需要更多的耐心,他不相信有他征服不了的官场美女,除非她不是这个官场上的人,进入了这个官场,许多事就不会由着她自己了,她还是涉世不深啊,还是想保住自己的那份清纯和高傲,这不是太天真太好笑吗?你还到省里告我,看你还能坚持多久?我就想和你这样的美女对手斗,就是想把你这样的美女对手慢慢征服,最后舒舒服服地弄到床上去慢慢享受。对这样的官场美女,他有的是办法,只要是他看上的,还没有谁敢不就范的。你田玉玲再高傲再冷酷,在他眼里早就是只飞不出他手掌心的小鸟了,他需要的只是时机和等待。

刘柱知道,要征服田玉玲的第一步就是要拔掉前进集团这张牌,田玉玲一半的政绩都是前进集团带来的,这是她手里最硬的一张王牌,是她一手扶起来的典型,是省里挂号的明星企业,但是李辉豪又是她丈夫,这就又成了她手里无法扔出去的一块鸡肋,成了她最大的软肋,只要抓住她的这个软肋,就不愁攻不破田玉玲这个堡垒,就不愁她不乖乖地投降求饶。自己现在最需要的就是要尽快地再树起一张王牌,树起一个典型,把前进集团的气势压下去。他利用招商的机会,终于发现了刘海洋,立即觉得他就是自己最需要的人才。他力尽所能地劝说刘海洋回家创业。

刘柱极力地劝说着刘海洋,最后对他说:"我在省直部门管过多年经济,见过许多乡镇企业家,我从来就没有相信过他们,这些泥腿子腿上的泥土还没有洗干净,就能成为企业家? 搞企业难道还和过去闹革命一样,什么人能拿枪拿刀就行啊? 我越来越感到李辉豪这样的企业是没前途了,他们和过去的小国营企业没啥区别了,我们未来还是要发展私人企业,只有私人企业才有前途,领先一步,步步领先,你搞企业的时候,那李辉豪还不知在哪里呢。你回去和我一起办一个私营企业,你在前面干,我在后面支持你,不出两年,就能把李辉豪的风头压下去,搞企业还是需要你这样的优秀人才。"

刘柱的话每句都说到了刘海洋的心里,这些也正是他想说的。他终于遇到了知心知己的好领导,立即感觉到属于自己的时刻终于来了。他异常激动地说:"刘书记,你说的都是真理。他李辉豪算是什么企业家,他就是家长制,就是瞎胡闹,一点都没有现代企业管理理念,只要你支持我,不出两年,我就能把他打下去。把现代企业管理带到我们县去,为我们县的社会经济发展做出贡献。"

刘海洋当时只是意识到刘柱特意来找自己,是在把田玉玲当成政界的对手,是为了要和田玉玲竞争县长,是要利用自己来对付李辉豪和田玉玲,而这正合他的心意,他并不知道刘柱藏在内心的肮脏目的,他心里多年憋着的怨气和怒火一下子都上来了,在强烈地烧灼着他的心,使他欲罢不能。

他终于等来了这个天赐良机,他决不会放过。这世上只有他最知道李辉豪的软肋,由他出面那就是轻车熟路,手到擒来。他倒不太在意外面王华芳的风风雨雨,他在广东待得长了,思想变化也不大,早已不把王华芳放在心里,他如果不是为了孩子,也许早就分手了,你王华芳能背叛我,我也能背叛你,男人只要有事业,什么样的女人不能有啊? 只是王华芳一直坚持在李辉豪那里上班,使他更感到面子上过不去,他认为这一方面说明王华芳心里还一直恋着李辉豪,另一方面也说明了李辉豪嘴上说得好听,实际上心眼很坏,就是在给自己难堪,这就进一步加深了他内心对李辉豪的怨恨。那黄得水算什么东西?总是跳出来跟我过不去,我刘海洋从来就没有把他当作对手。

刘海洋从广州带回来几个朋友,合资办起了全县第一家私营企业摩托车厂。他在公司成立那天,邀请了县里的主要领导出席,刘柱和田玉玲也都来了,李辉豪也带着当时刘海洋在厂时的全厂老人赶来祝贺。

田玉玲自然也很激动,又发表了激情的演说:"同志们,今天又是我县历史上一个难忘的日子,一个大喜的日子,我县历史上第一家有规模的私营合资股份制企业成立了。这是我国以公有制经济为主体,多种所有制经济共同发展的具体体现,这也进一步表明我们加快改革发展的决心,只要对社会发展有利的事,只要是对发展经济有利的事,我们都支持,以后不管是国营的、集体的、私营的企业,都是我们经济建设的生力军,希望你们以后在市场经济的大潮中齐头并进,共同发展。因为我们大家都有一个共同的目标,就是建设中国特色的社会主义市场经济,加快向共产主义前进的步伐。"

刘柱一直都在眯着眼看着她站在台上说话的神情,他觉得这田玉玲就是会说话,人越多的地方越会讲话。而且她今天特意穿了一件大红的风衣,被风吹摆着,就像是一只展翅欲飞的火凤凰。他又有些迷离,在想象着如何尽快把这只高贵的小鸟抓到手里,他越来越觉得田玉玲就是在机关党校培养出来的一只会唱歌的鸟,在任何场合都能唱出美妙的歌,讲出动听的话。而自己就没有她的这个表演天才,自己最怕在人多的地方讲话,有时没办法就照稿子读,也是要求秘书尽量写短一些。他一直认为,干工作不是靠在台上讲话,而是要靠背后谋划,而且那些空洞的说教似的口号似的词语,他是自己听着就烦,说着更无味。

等到田玉玲讲完话,刘柱又是首先站了起来,他大声说道:"田县长说得太好了,她说的话就是我要说的话,也是我们县委县政府的态度。这样的私营企业的诞生,证明我县社会经济的大进步,我们就是要祝贺、祝贺、再祝贺,鼓励、鼓励、再鼓励,我最后只说一句话,不管是什么企业,不管走什么路,发展才是硬道理,经济效益才是第一位的。"

李辉豪也作为特邀代表坐在了主席台上。他也代表兄弟企业发表了讲话,他说得很短:"刘海洋同志也是我们前进街道小厂培养出来的,我们都是一个团支部的,他到外面取了经回来,学了许多好的企业管理经验,我们以后一定要互相学习,共同努力,携手发展,因为我们永远都是一家人,我们的发展目标都是一致的,就是要建设家乡,发展经济,带领大家共同富裕,早日奔向共产主义的远大目标。"

在庆祝宴会上,最后所有客人都走了,只有李辉豪带着老厂里的一班人还在等着刘海洋过来。

黄得水首先就等不及了,他拍着桌子大叫起来:"他刘海洋真不是个东西啊,我们这么多老厂人来给他捧场,他到现在都不来打声招呼,他眼睛就是朝天上长的,眼里真是没有我们了……"

李辉豪打断他的话:"今天领导来得多,他先陪领导,我们都是老街道厂里的老朋友,就更应该理解他支持他,他一定会来的。"

黄得水不服:"还是老朋友,都成老对手了,他现在什么都在对着我们干了,他到处都在说,他回来的第一个目标就是要把我们前进集团干倒。"

刘海洋过来时,已经喝得醉醺醺的,他看到李辉豪,就控制不住地说道:"我终于回来了,我终于可以大干一场了,李辉豪,我绝不会永远输给你。"

李辉豪站起来说:"我们一直都在盼望你回来呀,我们都是一个战壕里出来的战友,我们就该永远在一起合作发展。"

刘海洋摇着头说:"我和你从来没有在一个战壕里战斗过,我们天生就是敌人,商场如战场,商场只有对手没有朋友。我一定要把你夺走的东西全部夺回来。李辉豪,你就是踏着我们农机厂的身体发展起来的,我今天也要踏着你的身体发展起来。今天是我开业的日子,同时也是你的前进集团丧钟敲响的日子。"

所有人听了全都沉寂下来,只有黄得水跳了起来:"刘海洋,你小子喝了几杯烧酒啊?你就不知道天高地厚了,你在外面混了几年,就长本事了?我们好心好意来给你贺喜,你还敢这样和我们说话?你真不是东西。"

刘海洋突然对他怒吼道:"你黄得水是什么东西?你滚到一边去,老子从来就没有把你当成对手。我是在和李辉豪说话,我就是要让你们大家知道,你们都是看着他的前进集团是怎么发展起来的,现在就看着它是怎么倒下去吧。你们的前进集团外面叫得好听,其实就是一棵空心的腐朽的大树,长得越高倒得越快,我现在只要吹一口气,它立马就要咔嚓一声倒掉了。"

大家都被他说得面面相觑,不知所措。

刘海洋实在是喝多了,他说着说着还没说完,就一头倒在地上,爬不起来了。

所有人都在劝着李辉豪:"刘海洋,他真是喝得太多了,李总千万不要生他气。"

李辉豪坐在那里一句话没说,他只感到自己的心一直在往下沉,刘海洋的话一句句都像一阵阵凉风吹到他的心底。他不得不佩服刘海洋,确实是个人才啊,还是他有眼光有见解,看问题深入啊,早就看出了自己的问题,自己确实已经是步入困境,举步维艰了。

李辉豪听了刘海洋的话,不知道该说什么了,他只能一口一口地喝着闷酒,最后也喝多了。回到家里,他就对着田玉玲乱发火:"你们天天在喊发展社会主义市场经济,怎么搞到后来,私营企业都出来了,都来支持资本家了,这还是你们说的社会主义吗?"

田玉玲一边给他喂着冷开水,一边埋怨道:"你还算是大企业家吗?遇到一点事就想不开,就乱喝酒,你是把头脑喝坏了,就会乱叫了。谁说私营企业家是资本家了?他们和过去的资本家是有本质区别的,他们就是我们社会主义市场经济的重要补充部分呀,我们当然要大力支持了。"

田玉玲还没说完,李辉豪就已经开始人事不知,上吐下泻不止,田玉玲慌了,赶紧叫人把他送往医院。

李辉豪到医院查出严重酒精中毒,迷迷糊糊地住了几天院,才完全清醒过来。在医院里,他才知道,刘海洋那天也喝醉了,也送来住院了,还有许多人都是酒精中毒来住院了,而且已经查清他们那天喝的都是假酒。等他清醒时,他本想去找刘海洋,借机把他大骂一顿:这些害人的假酒就是你们这些私营企业搞出来的,这就是没有社会责任,没有社会道德,眼里只有钱的必然结果,最后害人害己,你们都是祸害,搞乱了市场,搞乱了人心,搞乱了社会。

可是,刘海洋早已经出院回去了,他最后只能对着空空的病房乱吼了几声。

李辉豪回到公司的时候,才知道刘海洋对自己的反攻已经开始了,整个公司是人心惶惶,一些熟练的技术工人已经接连跳槽到刘海洋那边去了,而且集团内部到处都在散布着谣言:"国营的企业就是搞不过集体的,集体的企业就是搞不过私营的。"

李辉豪听了非常生气,他立即召集会议,严厉地说:"你们谁在下面散布这些谣言了?这怎么可能,我们这么大的集体公司,还能搞不过他们那个私营小厂?"

他没想到,黄得水也公开跟他唱起了反调:"豪哥,他们说得没错。你不是一直说,企业不看大小嘛,我们也是从小厂发展起来的呀,十年河东十年河西,我们的时代结束了,现在该轮到他们私营企业风光了。"

李辉豪知道大家心里有情绪,就继续鼓励道:"你们不要只看眼前,要有长远目光,我们企业正处在发展的大好时机,不是私营企业一时能够追赶上的,在我们国家,国营企业和集体所有制企业还是要占主导地位的,我们的前途还是光明的。"

黄得水继续说道:"你别怪下面人在闹情绪,在开小差,就是我们也想不通,我都不知道我们这些年在干什么,我们唯一的成果就是把农机厂干倒了,接过了他们的烂摊子。豪哥,现在人心都散了,我们干脆散伙,都去干私营的,我们谁也不比刘海洋孬呀,谁干不过他?"

李辉豪大声训斥道:"你在胡说什么? 我们发展到今天容易吗? 遇到一点困难就散伙,你以后少给我煽阴风点阴火。不管遇到多大的困难,我们的目标都不能变,我们一定要继续发展下去。我们现在一要抓紧生产,二要加强思想政治工作,我们绝不能朝私营企业发展上去了,思想都变质了,这就是得不偿失了。"

李辉豪一发火,大家都不敢出声了,会场沉寂了下来。过了好久,周阳突然说:"豪哥,现在的思想工作不好做了,谁没有私心啊? 你要大家都像你一样大公无私,这怎么行呢? 人为财死,鸟为食亡,谁不想多挣钱啊?

黄得水也跟着附和道:"就是呀,干私营企业都自由啊,他们干得好坏都是自己的,哪像我们有这么多条条框框管着,干得再好都是别人的,干到老还是在打工,不是我们不进步,而是我们跟在人家后面拎草鞋都跟不上了。"

李辉豪看着这两个最好的小兄弟在那指手画脚地说着不停,一时脸都气白了,又不好发火,只能感到心里在隐隐作痛。他由衷地感到,这些年自己一心只顾抓企业发展,忽视了职工的思想教育,才会有现在这种思想大崩溃,这都是自己的责任啊!如果大家的思想都变了,那么企业发展得再大,又有什么用呢?他感到是自己辜负了田玉玲的重托啊,他甚至有些懊恼,如果田玉玲当初不离开,有她天天在自己耳边吹风,有她三天两天地组织召开党委会、团委会,大家的思想绝不会滑坡到这个地步。

李辉豪用异常严峻的目光扫视着大家说:"这是我们集团公司的重要会议,请大家以后不要在这样重要的场合开这样的玩笑了,不要发这样的牢骚了,不管外面的情况怎么变化,我们公司的性质都不能变,我们的最终目标都不能变,我们永远是一个坚强的战斗的集体。"

李辉豪嘴上虽说得硬,但是他知道自己的心在发虚了,他知道自己已经遇到了从没有过的重大危机,其实这个危机早就存在了,只是刘海洋的回来,使他一直隐藏着的所有矛盾和危机一下子都暴露了出来,因为他公司里的许多骨干本来就是原农机厂的,他们和刘海洋关系比自己还要牢靠。

刘海洋回来后,确实有和李辉豪较劲的意图。当他得知李辉豪一心要造子弹头汽车时,就知道他这是病急乱投医,快要撑不住了,一点都不顾市场规律了,不管什么人,什么样的企业都能生产汽车,你还以为现在还是一百多年前,刚发明汽车时,敲敲打打就能造车?你简直是对现代市场经济一无所知的白痴啊!你这样的人,哪里还是我的对手?不出两年,我就叫你关门大吉,到时候,田玉玲就会知道你的真实水平,这只能怪她有眼无珠,看错了人,他李辉豪根本就不具备任何企业家的素质,只是随风逐浪,跟在政府后面混饭吃的货色,实际就是政府的马前卒、打工仔,哪里能算企业家?还是全省明星企业家呢,还好前面加了个乡镇企业家,这就说明了他永远就是乡镇级别的水平了。

刘海洋决定回来创业,并不是真心想帮刘柱对付田玉玲,他只是想借助他的力量发展自己,更主要的还是想在田玉玲面前表现一下自己的真实才干。无论过了多少年,也无论身处何方,他心里不会忘记的还是田玉玲,只要有在她面前表现的机会,他是绝不会放过的。他就是要让田玉玲知道,他才是能干出大事业的企业家,李辉豪搞企业就是个半瓶醋,她当初就是看错了人,被李辉豪骗了。

刘海洋利用多年在广东积累的关系,很快就组装出来了摩托车,他带领几十个工人,开着几十辆崭新的摩托车,一路敲锣打鼓地到县委县政府报喜,一下子就吸引了全县人的目光,他到哪里都不忘踩一下李辉豪,到处宣扬:"我生产的就是能在路上跑的两轮摩托车,李辉豪搞的永远是在图纸上的子弹头轿车,我们是自筹资金,不要国家一分钱,而他是靠国家贷款靠国家资金包装起来的。"

黄得水非常气愤地跑来告诉李辉豪:"豪哥,他刘海洋根本不是回来办企业的,他是专门来挖我们墙脚、拆我们台的。他生产的那是什么破摩托车,不就是在广东走私一些零部件回来组装的嘛,还到处说我们的坏话,我真恨不得再去把他狠揍一顿解气。"

李辉豪不说话了,他的心情变得越来越沉重。他知道刘海洋回来后,一直明里暗里都在跟自己对着干,首先是高薪挖走了他的一批技术骨干,现在他厂里能干活的人,都是从自己这边过去的,自己的企业已经成为他的人才培训基地,可自己又能说什么呢?他现在干的这一套,就是自己过去对付国营农机厂的那一套,都是自己创造发明的行之有效的好办法,今天不过是在他手里又进一步发扬光大了。而且,人历来都是往高处走的,人家要走,只能说明自己的企业出了问题,已经对大家没有吸引力了。

他感到刘海洋带给自己的最大威胁,还是他的经营模式,他的公司完全是合资的私人企业,没要国家投资一分钱,而且自主经营,灵活多变,没有任何的条条框框,而自己早已经被捆住了手脚,动弹不得,还在拼命地报项目、要资金。他也明显地感觉到,自从刘海洋的企业出现后,县里各部门对自己的态度都变了,所有的支持帮助都变成了口头表态,再也难以落到实处。他虽然还不知道,这都是刘柱在背后捣鬼,已经把他列为老大难问题,但他心里还是佩服刘海洋,他还是很有眼光的,没有了上级的支持,也许自己努力开发的子弹头轿车,就只能永远在图纸上跑了。

李辉豪在外面得不到支持,只得回家对着田玉玲发脾气:"你们政府的政策怎么能说变就变呢?我们的企业说到底还是国家的,我们都是为国家工作的呀!你们要我们上,我们就上,你们要我们下,我们就下,现在说不支持就不支持了啊!"

田玉玲耐心地说:"我们的政策从来没变过,你们这样的乡镇企业还是要大力发展的,现在的私营企业也要大力发展,这就是多种经营模式都要大力发展,我们都要适应这种形式的发展,各种企业都是我们养大的孩子,我们没有顾此失彼。"

李辉豪生气了:"你也是官当久了,满嘴讲的都是官话了,还多种经营模式共同发展,我说到底就是给你们打工的,就拿那点儿工资,我怎么能干得过私人的?他们什么违法乱纪的坏事都能干,而我什么不能干,只能等死。"

田玉玲又耐心地劝说:"你们也要一边干一边总结经验教训,不要怨天尤人,为什么国营的企业总是干不过集体的,集体的企业干不过私人的?你要好好总结内在的原因,不能只知道乱发火。"

李辉豪气呼呼地说:"这还要总结呀?因为大家都有私心,都想往自己腰包里捞好处,哪里好捞,哪里就好干。现在只有你这样的人,才是大公无私、一心为公的了,只有我们还在一心一意为党工作,我们都成为稀有动物了。"

田玉玲看到他这样,忙说:"你怎么也会有这种不满情绪呢?我们真正的共产党员就是要有坚强的信念,在任何时候都不能有消极情绪,不能受各种利益的诱惑。现在是改革开放的初期，很多我们想不到的新事物、新现象出现了，这也是最考验我们意志的时候，我们的先烈们，为国家为信仰，抛头颅，洒热血，连生命都不顾惜了，你现在遇到这点困难就顶不住了，说明你还缺乏一个真正共产党员的坚强意志。"

李辉豪心里有再想不开的东西，只要经田玉玲的几句话，就立即烟消云散，他就喜欢听她的话，她的话就像她经常给他炖的鸡汤一样味美暖心。只要听她一说，他就能立即感觉到是自己的觉悟低了，跟不上她了，不管有多苦多累，他都会立即抖擞精神，重新回到厂里去。

十八

　　李辉豪和周阳穿过满山云雾,很快就来到了著名的古九华十景之一的东崖禅寺。这里位于悬崖峭壁之上,云雾更浓更大,有一条壮美的飞虹桥直通到崖巅之上的禅寺,中间还有一座非常精美的六角凉亭,迎面的亭楣上刻着"东崖禅寺"四个大字,这里的风也很大,使人有种飘然欲飞的感觉。

　　李辉豪一直对这里的独特景色印象深刻,因为他每次来到这里,都能看到那处在崖巅之上的庙宇、飞虹桥和亭台,处在云雾环绕之中,宛如仙境。李辉豪和周阳爬到中途刻着"东崖禅寺"横匾的凉亭时,暂时停下休息。

　　周阳到达凉亭时,就先朝着上面的禅院跪下三拜,然后就是三级一拜地朝上爬去。

　　李辉豪没有受周阳影响,他坐在凉亭里,望着四周的风云变化、波涛汹涌,心情再次无法平静下来。他永远记得,他和田玉玲第一次到达这里时留下的美好记忆。他们首先在悬崖边的一条铁链上一起锁上了连心锁,那是他们第一次也是唯一的一次,锁上了他们的连心锁。然后,田玉玲远远地指着高耸在云海之端的东崖峭壁,激动地高呼道:"你看,这就是著名的东崖云昉,这个悬崖多么神奇啊,就像是一面云海中远行的云帆,让我们的理想和爱情就像这云中之帆一样乘风破浪,永远向前。"

田玉玲呼叫着拉住他的手，一起跑上了这个凉亭。他们跑到这个凉亭中，奋力地把连心锁钥匙抛向茫茫的云海。田玉玲还尽情地对着远山呼喊了一句："我们不需要什么山盟海誓，我们只需要我们的心永生永世连在一起。"

李辉豪此时此刻仿佛感到田玉玲的呼喊声又从远处传来，使他黯然神伤，凄然欲哭。他强忍着眼里的泪水，没有让它流出来。在这四周白茫茫的云雾中，他仿佛又看到田玉玲深处牢房时那张苍白的脸。

李辉豪过去很长一段时间，都把自己企业遇到的困难，怪罪到田玉玲的身上。他觉得这都是田玉玲急功近利、盲目发展企业带来的后果。一会儿要大力支持乡镇企业，一会儿又要大力发展私营企业。这两种性质的企业又怎么能共生呢？这就是在拆我的台，挖我的墙脚啊，人的私心一旦放开了，那就是洪水猛兽啊，又怎么能堵得住呢？

刘海洋带给他的冲击是全方位的，最重要的是带走了他的人心，人心一散，他也就回天乏术了，他有了一种大厦将倾的感觉。刘海洋不仅挖走了他的许多技术骨干，还成功地影响了县里各部门对自己的看法，大家都开始把注意力投到他那边去了，致使他新报的子弹头轿车的项目迟迟不能通过，没有新的资金注入，他的貌似强大的集团公司越来越支撑不住了。

厂里人也看到了他的这个状况，也都在想着自己的出路，每天看着一个个老工人离厂而去，他是心如刀割，可是他已经无力再挽留他们。最使他不能接受的是，到后来连他最好的兄弟黄得水和周阳也要走了。

这使李辉豪心里感到非常难受，他把他们叫到身边劝道："我们从小就是生死弟兄，到死都不能分开，你们怎么能走呢？我们遇到的困难都是暂时的，我们还没有到山穷水尽的地步，我们过去遇到过比这更大的困难,不都熬过来了？"

黄得水首先说："豪哥,不是我们不想跟着你了,我们也不想离开你。可是这个企业到底还是镇办集体的,你也是在为政府工作啊！我们干到现在,把青春都卖在了这里,我们得到了什么？现在形势变了,都在为自己干了,你们过去说的那一套都过时了。现在大家都在说,我们搞乡镇企业本身就是错误的,搞出了一些不公不私、不三不四、不伦不类的企业,我们都该清醒了。"

周阳也是眼里闪着泪花说："豪哥,我知道你一直对我最好,我们不是要离开你,我们是要离开这个厂。这个厂说到底还是公家的,不是你自己的,我们再干下去,捞不到好处,也没前途,现在的人都是在为自己干了,这样才有实惠。"

李辉豪着急地说："你不管这个厂是哪家的,它就是我们干起来的,这里留有我们多年的心血,我们要有主人翁的精神。"

黄得水不以为然地说："豪哥,这都是说着好听啊,还主人翁呢,什么时候工人能做主人翁啊？你说的那些理想信仰啊,都是教育工人的说辞,实际是一点用没有,大家现在看中的就是钱,谁给的工资高,就给谁干,你对工人好,一直把他们当成主人翁。可是他们有点本事的人,不还是一个个都走了？现在的人只认钱不认人,有钱就是娘,现在剩下的都是没人要的了,还怎么能干得起来？"

周阳也说："现在也就是豪哥你还在为公家卖命,谁现在不是在为自己干了？豪哥,你就是把企业干得再大,又有什么用啊？到现在连一辆小轿车都不能买,人家刘海洋一回来,就每人都买了一辆小轿车,他们干好干坏都是自己的,所以干得开心有劲啊。"

李辉豪继续不懈地说："我们只是现在有困难,这也只是我们发展中的困难,干什么事情能够是一帆风顺的？我们还没有真正发展起来,以后都会有的。"

周阳又说:"豪哥,不是我们不想跟你干了,我们也是不想走啊!可是我现在也是有老婆孩子,一大家子人啊,我要去为他们多挣钱了,有钱才能过上好日子,跟着你永远只能拿死工资。"

黄得水最后又说道:"豪哥,你放心,我们不管去哪里,也不会去刘海洋那里,那小子早就黑心黑肺了,他的公司刚干起来,就公开养了个女秘书,晚上还公开带着她去住旅馆,这不是故意要气死么妹吗?我正要去找他算账呢……"

周阳立即打断他说:"他们夫妻的关系还不是你破坏的?你还要去添火呀?么妹她自己都接受了,她都不愿意离婚,你还要去多管闲事。他们就是干什么都自由。哪像豪哥,样样都被管得死死的。豪哥,你干脆也别干了,也去干自己的企业,我们照样跟着你干,我们哪样不比刘海洋强啊?一定会比他们干得好。"

黄得水也跟着说:"就是,豪哥,树挪死,人挪活,你早就该出去干自己的企业了,这个乡镇企业有啥干的?干得再好都是集体的,一分钱都不能落进自己口袋里,现在谁不是为自己干呀?就我们傻,为政府打工到现在,都该结束了。"

李辉豪看到他们去意已决,知道强扭的瓜不甜,也就不再劝了,他颇为伤感地说:"你们决心要走,我也不拦你们了,人各有志,不可强求。我和你们不同,我不是能一句话就撒手而去,前进集团就是我一手干起来的企业,就是我的家,就是我的理想和追求。你们都可以走,就我绝不会走的,我一定和它同生同死、荣辱与共。我们企业刚创办的时候,你们在厂里跟着我吃过不少苦,这些年也确实苦了你们。等我们将来好了,你们再回来吧,我随时欢迎你们回来,将来有什么困难,也尽管来找我,不管你们走到哪里,我们都还是兄弟,这些年对你们要求严,就是因为你们是我兄弟,我要带个好头,我也是为了想给你们争个好前程,没想到结果会是这样。"

周阳有些抽泣地说:"豪哥,我们就知道你是不会辞职不干的,这些年最苦的就是你了,就是在外面顶了个好名声,其实什么好处都没有得到。这个前进集团看着很大,到底还是镇上集体的,不是你自己的,其实就是个烂摊子,你留在这里不知何时才能出头了。"

李辉豪苦笑道:"这个公司都是我一手干起来的,好不好,都是我的责任,你们能到刘海洋那边去也不错,他刚起步,也有困难,我们毕竟都还是一个厂出来的,只要你们都过得好,都能发展起来,我心里也就高兴了。"

黄得水又岔开话题,在一旁说:"豪哥,我们走了,但我们永远是兄弟,你有什么事,只要招呼一声,我们就义不容辞。刘海洋在外面打工几年,真是全都变了,一点人情味都没有了,从里到外就认一个钱。他还敢公开当着王华芳的面包养女秘书,这还得了啊,就是不把幺妹当人看了。豪哥,我们不能不管呀。"

李辉豪无奈地说:"家家都有一本难念的经,他们的家务事,我们怎么管呀? 我们不要添乱了啊! 我看他们分开得太久了,这也是在气头上,我们要相信他们能自己调整好的,刘海洋都能领导好几百人的公司,还能处理不好家庭问题?"

周阳也说:"就是呀,幺妹她自己心里还把刘海洋当成宝了,她不想离婚,她接受了这个现实,我们还能管什么呀? 我们不能再干破坏他们家庭的事了。"

黄得水心有余怒地说:"你们这都是怎么了呀? 才几年呀,怎么人都变得不认识了? 我是到现在才清醒,早该出去自己干了,我现在一想,就有了重新解放的感觉。"

李辉豪断然说道:"不管社会怎么发展,我们都不能随心所欲。我们都是男人,我们做任何事情都要对得起自己的良心,都要肩负起自己的责任,不然赚再多的钱,企业发展得再大,又有什么用呢?你们出去发财干事业,我支持,如果你们有了钱去学坏,我照样要去管你们。"

这时,王华芳得到消息,也气呼呼地赶了过来,她一来就对着黄得水和周阳大骂:"你们还算不算兄弟?豪哥刚遇到困难,你们就要溜,没有豪哥,哪里还有你们的今天?你们现在翅膀硬了,就要飞了,就要把这么个摊子全扔给豪哥。我不同意,不管好坏,我们都不能离开豪哥,就是船要沉,你们也不能先跳!"

黄得水和周阳听她这么说,又都惭愧地低下头不敢出声了。

李辉豪劝道:"你不要再说了,他们出去也是为了更好的发展,都怪我没把企业搞好,没有照顾好你们,是我对不起你们,让你们跟在我后面干了这么多年,最后什么也没得到。天下没有不散的筵席,幺妹,你也该走了。"

王华芳眼泪汪汪地说:"豪哥,我才不会像他们一样过河拆桥、忘恩负义,就是所有人都走了,我也不会离开前进集团,因为你是在我最困难的时候收留了我,收留了一大批下岗工人,做人做事都要有良心,不能忘本。"

李辉豪继续劝道:"你早就该去刘海洋那里了,那是你们家的企业,你不去,各方面的影响也不好啊。"

王华芳仍在倔强地说:"我们都走了,你怎么办呀?你就是不要我了,我就是在家里,也不去他那里,眼不见心不烦,他本来就不欢迎我去。"

黄得水立即说:"豪哥说得对,你就该去刘海洋那里,整天看着他,他如敢乱来,就叫我们去揍他,你不要怕他,有我们在,他有再大的能耐也不敢欺负你。"

王华芳气愤地说:"你连豪哥都可以不管了,你还能管谁的事?我家的事以后也不要你管。"

黄得水不再说话了，周阳又说："幺妹，你就该去刘海洋那里，你自家的男人，你不自己看着，出了问题，你不能怪别人。"

李辉豪接着说："好了，好了，你们都别说了，你们都该走了，我的困难，我会挺过去的，只希望你们在外面都能过得好，我也就安心了。"

黄得水和周阳最后一起说："豪哥，你放心，不管我们去哪里，我们的心，都留在你这里，你永远是我们的大哥。"

王华芳怒气冲冲地对着他们骂道："你们也是被钱烧瞎了眼了，也是势利眼，都是只认钱不认人的货色，别再假惺惺地称兄弟了，你们都滚吧，以后我们都是各走各的阳关道，各顾各的。"她说完，就捂住脸，流着泪跑走了。

李辉豪强忍着内心的隐痛说："她说的是气话，你们不要把她的话当真，你们安心地去干自己的事业吧。今天我就好好地送送你们。"

李辉豪带着他们来到公司食堂，他们一起呆坐着，一点食欲都没有，只知道不停地喝酒，喝到后来只是不停地一边流着泪一边要着酒，最后都不知道喝了多少酒，全都倒在了桌底下，被送进了医院。

李辉豪不知道醉了多久才醒来，睁眼就看到田玉玲正在焦急地看着他，一见田玉玲，李辉豪突然感到心里有无数的话语要向她倾诉："都走了，他们都走了，我最好的兄弟都走了，只剩下我一个孤家寡人了。"

田玉玲十分不满地埋怨道："你一个大企业家，怎么变得越来越好喝酒了，喝酒就能解决问题？喝酒就能把企业搞上去？他们走了，我觉得也是好事啊！你正可以借机改变过去落后的管理模式，引进现代企业管理模式，铁打的营盘流水的兵。"

李辉豪指着自己的胸口说："不，你不知道，我、我这里痛呀，我搞了这么多年的企业，从来不是为了给自己赚多少钱，我就是想带领大家一起发展起来,可是,就没有人理解我呀! 他们都是为了眼前的一点儿小利,他们心里怎么就没有一点儿理想和信仰?"

田玉玲安慰道:"我知道,你心里的想法,你心里的苦,我都知道。可是,任何伟大的事业都不是一帆风顺的,任何企业都必须要经受住市场的考验,你也要经受住市场的考验,你是个男人,就要给我站起来,去带领你的企业,去迎接任何挑战。"

黄得水出去办了一家私营的运输公司,周阳直接开了一家饭店。他们开业的时候,都一起上九华山请了一尊菩萨回来供着,还都特意到九华山请和尚回来开光。公司里好多人都去看热闹了,只有李辉豪没有去,他只派人给他们送去了恭贺花篮。

李辉豪一直还把他们当成弟兄,也很照顾他们,起初来人吃饭的时候,都是去周阳的饭店,每次去都能看到周阳在菩萨像前烧香跪拜。

周阳总是笑眯眯地对他说:"豪哥,我这辈子什么都不信了,我就信菩萨,你放心,我不管赚多少钱,都不会学坏的。"

李辉豪碍于身份,从没有去跪拜,有时去了也顺便帮他点几支香,常常对着那袅袅的香烟出神沉思,从此也就开始把许多香火味吃到肚子里去了。

李辉豪在周阳的饭店,遇到最多的就是刘海洋,他也是来人就在这里吃饭,可是他们早已经是面热心不热了,他常能听到刘海洋故意扯高了嗓子说:"周阳,你的饭店真是越办越红火,日进斗金啊! 你要是早几年出来开饭店,早就发了,那个前进集团真是把你们害苦了啊,可是,还有一些人执迷不悟,天天在做梦啊。"

周阳连忙应和道:"都是托菩萨保佑,托大家照顾。"

李辉豪听了心里很不高兴,可是又无法表露出来,他不能怪刘海洋说错了,确实许多离开他公司的人都发财了。他不知道是不是自己错了,自己一心想带领大家富裕起来,带给他们一个好的前程,可是他们跟着自己,一心干事业,一个都没富裕起来,最终离开自己却都富了,而自己却步入困境,他不知道问题出在哪里,真的是自己过时了？跟不上时代了？还是自己的发展思路出了问题呢？他只感到自己的心一次一次往下沉,越来越变得空荡,自己真的如刘海洋所说的那样执迷不悟吗？

十九

周阳一到菩萨像前跪拜,都是非常专心,有时闭目向菩萨默默许愿,一时又忘记了李辉豪,他到东崖禅寺把所有的菩萨都跪拜了一遍,才发现李辉豪还没有上来。他回身去找,才发现李辉豪仍然一个人独坐在那个亭台里出神。

在周阳眼里,李辉豪一直就是他崇拜的对象,他就像一个指挥千军万马的大将军,气宇轩昂地指挥着他的集团公司在商场上纵横驰骋,从来没有胆怯过退缩过,他的鼓励员工的豪言一直就是"没有过不去的火焰山"。这几十年,他就是带领一个街道小厂,历经磨难,经历过无数的风风雨雨,成为现在这样的大集团,成为全县最著名的企业家。他这一路走过来的经历,他所创造的那些奇迹,那些叱咤风云的故事,是周阳一辈子想都不敢想的,周阳心里留下的只能是对他的膜拜。

周阳没想到田玉玲的事,对他的打击会有这么大,他的整个精神好像彻底垮塌了下来。他一直不明白,当田玉玲的那些事情在全县传得满城风雨的时候,当他们大家一起劝他趁早离婚的时候,他却总是不离,非要维持这种关系,这对他其实就是一种煎熬啊。

周阳不明白,人家都是升官发财,盼着死老婆,田玉玲被抓了正好啊,为啥还会对他的打击这么大? 他这个人真是难以理解啊! 真是搞不透啊! 真是说不清道不明啊!

周阳从上面远远地望着李辉豪一个人孤独地坐在那里发呆,不免感到一阵阵心酸。是的,这些年他经常看到豪哥一个人孤独的身影,但是,那时的他整个精神都是饱满的,周阳感觉不到他的孤独。可是,这次,他的整个精神好像都被抽空了,周阳这才突然感到,原来他一直都是那么孤独,那么弱不禁风,那么楚楚可怜。

　　李辉豪就坐在那飞虹桥中间的亭台里,任由着四周风起云涌,早已忘记了周边的世界,顾不得在面前匆匆走过的游人香客。他抽了一支又一支香烟,在他吐出的一缕缕烟圈中,他仿佛又看到了自己几十年来走过的所有的路,可是他不知道自己哪里走错了,是在哪里出了问题,才使他陷入现在的这种空虚迷漫和焦虑不安之中。

　　他的企业一直都是在按照他制定的目标在前进。当初,他把自己的企业取名"前进集团",就是想带领大家在社会主义的大道上永远向着共产主义的目标前进,这是他和田玉玲一起确定的,也是他们的终身目标。他们在这个远大的目标上一直是一致的,从来就没有动摇过。

　　那时,李辉豪怎么也想不到自己热衷的事业会这么经不住市场的考验,前进集团成立时激动人心的场景还历历在目,怎么才几年的时间,就到了这个地步? 公司的老人一个个离自己远去,只留下自己在苦苦支撑着,眼看着整个集团的情况一天天地坏下去,就像是一个老船长眼看着自己驾驶的巨轮在慢慢沉没下去,而束手无策。

　　李辉豪已经陷入内忧外患的地步,他怎么也没想到自己辛辛苦苦干了这么多年,也会像当时的国营农机厂一样走入这样的困境。他始终找不到自己的问题出在哪里了,他只感到揪心的疼痛,他觉得这些人怎么一夜之间就变得这么自私自利呢? 怎么都变得没有理想没有信仰了? 怎么就对公家的事越来越不关心,而只是对自己的私事关心感兴趣? 为什么人的私心就是这么重呢？自己当时的情况和现在不一样，自己也是为了公啊。自己一心一意地要带领大家一起发展，怎么到最后，还是众叛亲离，一个个离自己远去？难道是自己错了吗？这也许也是一种湮灭，是一种高尚的情怀与残酷现实相碰撞的湮灭，是一种大公无私的伟大理想与自私自利的个人主义相遇而产生的湮灭。

在人心涣散的状况下，李辉豪不管花费多少心血，都无济于事，他已经无力回天了。有时深夜，他独自一人时，也会反思，也许自己当初搞乡镇企业就是错了，那么多国营企业都搞不好，何况自己这样的街道企业呢？这不是努力不努力的问题，会干不会干的问题，而是从开始就是错误的。他有时也想弃船而去，去创办一个自己的私营企业，他也一定会比刘海洋他们干得好。可是，他总是不敢想下去，他知道他是走不了的，田玉玲也绝不会答应，而且，他自己也不想丢下这个他一手发展起来的企业，这里不只凝聚着他的汗水和梦想，还凝聚着他和田玉玲的理想和追求。

李辉豪一直苦撑到那年的年关，他实在玩不转了。连工人的工资都发不出来，许多工人又去堵住县政府的大门要工资。

不只是李辉豪，几乎全县的乡镇企业都遇到了相同的难题，他们全都跑到县里叫苦，个个都在埋怨那些突然冒出的大批私营企业，都在说这些私营企业无法无天，什么样的坏事都敢干，抢了大家的资源和人才，搞乱了市场，而且几乎所有的私营企业主和人才都是从乡镇企业出去的，我们乡镇企业就成了他们的培训基地，我们多年积累的发展成果都被他们私营业主窃走了。

只有李辉豪感到羞愧难当，整天躲在家里，无脸出去，他怎么也想不到，自己也有发不出工资的这一天。

分管全县乡镇企业的田玉玲忙着到处协调，千方百计地想办法帮助大家度过这个年关。她仍然坚信，没有过不去的火焰山，只要大家能够抱团取暖,就一定能度过这个寒冬,市场经济哪能是一帆风顺的?但是,她没想到这个局面正是刘柱所盼望已久的,他蓄谋已久的阴谋就要实现了。他通过大会小会,直接下发了文件,明确表示,现在就是要发展和完善市场经济,一切都要按市场规律办事,县政府和县财政,不得再拿一分钱支持企业,不管是国营的、乡镇的还是私营的,特别是要和那些公私不分的乡镇企业划清界线。

田玉玲还不知道刘柱这就是专门对付自己的,她还特意去找刘柱争取。她十分动情地说:"刘县长,我们县能够辛辛苦苦地发展起来这几十家乡镇企业容易吗?这是耗费了多少人的心血啊!它们都是我们一手养大的孩子呀,不能它们一遇到困难,我们就撒手不管啊。"

刘柱皮笑肉不笑地说:"田县长,我们这不是针对哪一家,是针对全县的乡镇企业,现在的实践已经证明,过去大力发展乡镇企业是错误的,他们都是些扶不上墙的泥腿子,指望他们是干不了大事的,他们都是无底洞啊,都是只会张手要钱的坏孩子,我们必须尽快扔掉这些包袱。"

田玉玲继续说道:"这些乡镇企业遇到今天的困难,也是发展中遇到的新问题,我们不能简单地放手不管。不管怎么说,它们都还是政府的,是集体所有制,帮我们解决了许多社会问题和工人就业,是为我县社会经济的发展做出过突出贡献的,他们所有的人不能干到年底,让他们回家过年的工资都拿不到呀。他们出现的问题,也有体制和经营不够自主的问题,我们正在分析研究,在进一步调整思路。"

刘柱看到田玉玲着急的样子,心里早已乐开了花,他在心里笑道:你这个会唱歌的小鸟呀,还想让他们过上好年?李辉豪现在是没法过好年了,我都已经给他安排好了,我这一切的安排都是为了让你这只高傲的小鸟早日进我的笼子呀。

刘柱心里高兴,但是表面上不动声色地说:"田县长,你的心情我理解,这些乡镇企业都是在你的手里发展起来的,你对它们有感情,是可以理解的。但是,我们搞工作,不能只凭感情做事呀。我们必须与时俱进,学会利用市场手段管理经济。这些乡镇企业呀,跟不上市场发展需求,就让它们自行淘汰吧,你是该好好调整自己的工作思路了。"

田玉玲得不到刘柱的支持,只得自己去为这些乡镇企业想办法。她找来一些私营企业主,请他们能相互调剂一下,帮大家共同度过这个难关。由于田玉玲在大家心中的威信很高,大家都很支持。

只有刘海洋才有实力帮助李辉豪,但他一开始就提了个要求,必须要李辉豪亲自出面才肯借,并要以他公司的厂房机器做抵押。王华芳为此又和他大吵起来,说他这是故意在气豪哥,给他难堪,他那么大的集团公司,又有政府出面,还能少你那点钱?不管王华芳怎么吵怎么闹,刘海洋就是不松口,他就是要让李辉豪出丑,而且,他心里还有一个想法,李辉豪不出面,田玉玲一定会来找自己,而自己一直就在等这个机会。

李辉豪也觉得刘海洋故意在羞辱他,而且他自己一直是县里的企业界老大,让他去向那些私营小企业借钱过年,他怎么也放不下面子,也就一直没有出面。

一直挨到了大年三十,李辉豪也没有出面去向刘海洋借钱。一些拿不到工资的工人又闹了起来。

田玉玲知道李辉豪憋着劲,打死他也不会出面的,最后只得自己亲自出面去找刘海洋。

刘海洋厂里的工人都已经放假了,只有他在等田玉玲。他春风得意地带着田玉玲到每个车间仔细转了一圈,十分骄傲地说:"这就是现代化管理的企业,是我第一个把现代企业管理模式带到我们县里的,是我开创了县里经济工作的新局面,现在只有我们这样的企业才能在市场上生存发展,那些只会靠政府靠政策的企业是没有前途了。只要是你田县长出面,就是把我整个企业借给你,我都愿意。他李辉豪那样的企业,是在为人民服务,其实我们私营企业也是在为人民服务啊!我们没有少交国家一分钱的税,为啥还有那么多人在用有色眼镜看我们呢?再说就我这一辈子能吃多少喝多少花多少啊,这厂房的一个角都吃不完啊,我们干大了,最后还不都是留给国家了?"

田玉玲也不停地赞道:"是的,你们确实有许多好的经验值得我们研究学习啊。我们也从来没有把你们当成外人,大家都是一家人,谁都会有遇到难处的时候,应该互相支持互相促进,我们大家的目标都是一致的,就是要加快社会主义的经济建设。"

刘海洋还是不失时机地继续说道:"田县长,我们这里的思想意识就是跟不上沿海地区。那里有的人把我们当成了二等公民,这样的社会环境是不适合我们发展的,我跑回来投资发展,不就是报答家乡吗?不就是想为家乡发展做出贡献吗?怎么个个看着我们眼红呢?就是那些个工商、税务、城管、环保、质检各个部门,也都个个像小老虎似的,都想着要来咬我们一口,都把我们当成唐僧肉了。你应该要给我们正常的社会地位和待遇,给我们正常的权利。"

田玉玲鼓励道:"你企业搞得不错,说明你确实是个难得的人才,但是,一个优秀的企业家,绝不能只考虑自己的经济效益,还要负起应有的社会责任,在各方面做好表率。今天我也很忙,就不听你细说了,你还是早点回家去陪王华芳,好好过一个团圆年吧。"

田玉玲帮李辉豪借来钱发完工资,回到家里时,还在不停地埋怨李辉豪:"你怎么企业越干越大,心眼越来越小,找人借钱都不愿出面啊?你以后遇到困难都要靠自己了,不要再指望政府指望我了。"

李辉豪仍然不服气地说:"我们的困难只是暂时的,我这些天一直在闭门思过,准备新年后总结教训,重整旗鼓,再大干一场。现在就先让刘海洋那小子得意几天吧。"

李辉豪和田玉玲正准备吃年夜饭时，突然几个检察院的工作人员出现在他家，向李辉豪出示了立案调查通知书。

田玉玲大吃一惊地问道："你们是不是搞错了？大年三十的，他犯了什么事呀？这个时候来抓他，我怎么一点不知道呀？"

检察人员说："田县长，我们也是刚接到指示，李辉豪被人举报，贪污侵吞国家财产，涉嫌犯罪。请相信我们，一定能够调查清楚。"

李辉豪却十分镇静地说："你不要担心，我早就知道会有这一天的，企业出了问题，总该找个人来承担责任的。你放心在家过年吧！你也放心，我能经得住任何调查。"

于是，几个检察人员当着田玉玲的面带走了李辉豪。一切都来得太突然了，田玉玲惊慌失措地向县里各个领导了解情况。她这时还不知道，这一切都是刘柱精心策划的，他早已张开大网在等着她了。

李辉豪被带到检察院的审训室里，几只强烈的大灯泡照射着他，使他感到头晕目眩，几个检察官严厉地坐在他的面前，一位检察官首先说道："李辉豪，你不愧是个赫赫有名的企业老总啊，就是影响大啊，大年三十让我们一起来陪你过年，还是你自己先交代你的问题吧。"

李辉豪一时感到有些莫名其妙："你们为啥要抓我来？你们要我说什么？"

又一位检察官拍着桌子怒喝道："李辉豪，到了这里，你只有老实交代，不要有侥幸心理，你没有问题，我们没有证据，会在大年三十抓你来吗？我们的政策是坦白从宽，抗拒从严。"

李辉豪仍然感到一头雾水，真是想不出自己哪里犯了罪，他突然想起这十几年艰苦的创业史，一时无数的辛酸涌上心头，自己这些年一颗红心向着党，一心一意为了企业的发展，呕心沥血，到最后竟在大年三十被抓了进来。前进集团遇到现在的困难,自己是有着不可推卸的责任。可是这能全怪自己吗?把自己抓起来就能救活前进集团吗?如果能够这样,自己宁愿去坐一辈子的牢。

李辉豪对企业面临的困境,有过无数的设想,就是没有想到自己会被检察院抓来,他感到有无数的委屈要向组织倾诉,他从自己到这个街道小厂说起,说起自己的理想和信仰,说起自己带着这个街道小厂发展到今天,从来没有考虑过自己个人的得失,自己就是在为自己年轻时树立的远大理想而努力奋斗。现在许多跟着自己创业的人,都出去做生意搞私营企业了,只有自己还坚持在这里,因为他心中的理想和信仰从来没有动摇过,不管遇到多大的困难,他都会继续朝着自己心中的远大目标前进。现在企业遇到这些问题,自己是有责任的,但主要还是市场发展带来的,我们适应市场,也需要时间。

他说得检察人员都听不下去了,有人说道:"李辉豪,我们不是请你来作政治报告的,我们要你交代具体问题。"

李辉豪不知道该交代什么问题,又继续说道:"前进集团不是我家的企业,可我这些年却一直把它当成自己的孩子。因为它就是我一步步干出来的,我知道它来得不容易,就比谁都更珍惜它。但我从来没有往家里捞过一分钱,我和田玉玲到现在还是住的结婚时的老房子,别的企业家都已经配了小汽车,我的企业最大,只有我没有配。我这么多年出差从来都是坐公交车,连出租车都不坐,都是住最便宜的招待所,从没住过星级宾馆,我这样做就是要在全公司树立榜样,就是为了让大家永远保持勤俭节约、艰苦朴素的工作作风,不多花乱花国家的一分钱。"

有人听不下去了,捶着桌子问道:"我们不是在听你讲故事,不要专讲好听的,你们这么吃苦能干,怎么还把企业搞倒了?我们不说别的,光是你用不正当手段,挖倒国营农机厂,就够治你的罪了,你还不老实?"

李辉豪不知道怎么说了，这也是他自己没搞清楚的事情，自己是企业界出了名的小气鬼，一直把下面人管理得很紧，许多人都是受不了他的严格要求，才离他而去的。他也不知道自己呕心沥血地苦干了这么多年，奉献了所有的青春激情和热血，最后会落到这个地步。他现在只能怪自己跟不上形势的发展，跟不上市场的变化。

　　他有些迷茫地望着他们，他真的不知道该说什么了，他真的没有贪污过一分钱，现在的企业发展得这么大，可是他和田玉玲除了工资收入，没有多占国家一分钱的便宜，这个他可以用自己的人格担保。可是他现在说这些有人信吗？不管自己吃过多少苦，付出过多少心血，企业最终走到这个地步，欠着国家一个多亿的贷款，到现在工资都发不出来了，自己还有什么好辩护的，自己就是罪人，对不起国家，对不起组织。

　　李辉豪想到这些，黯然地低下了头，紧捂住脑袋，不停地说："我有罪，我有罪，我接受组织的任何调查处理。"

　　检察人员以为李辉豪已经彻底崩溃了，递过来一张纸说："你把你这些年犯的罪都给我写下来，你这些年公私不分，到底贪污了国家多少钱，一笔一笔写清楚。"

　　李辉豪面对着白纸，头脑一片空白，他过去写过许多求战血书、志愿书、申请书、挑战书、报告书等，可是要他老实交代自己的罪行，他却不知道如何下笔了，只感到满肚子的委屈，他的内心感到一股彻骨的凄凉。他第一次在心里怨恨起田玉玲来：你跟我这么多年的夫妻，你还能不了解我呀？我诚心诚意地跟你后面干了这么多年，怎么偏偏到大年三十来抓我？你也不给我透露一点消息。

二十

　　周阳看到李辉豪在那亭子里坐得太久了,就下来叫他,他说:"豪哥,这里风太大了,你还是到上面烧香拜佛吧。这里是金地藏菩萨刚来九华山宴坐念经的地方,很灵的。"

　　李辉豪这才跟着周阳上去,在佛像前朝拜出来,在庭栏外,他依次读着那些刻在石碑上的古诗文。在九华山闻名于世的四大丛林中,这里最特别之处,就是留下了各代许多文人名士以东崖为题所作的诗文。

　　李辉豪每次来这里,总是要默诵几首,他是想能从这些诗文中,追寻感悟那些古代名家哲人坐在这里谈经论道的感觉。当他读到清代礼部尚书吴襄所作的《东崖有感》,默念着"松石斗嶙峋,奇山遇故人。往来天际路,吟啸梦中身。三月雪犹冬,一崖花不春。泉声云外落,洗尽十年尘"时,心里不由得又是一片感慨:还是古人高雅豁达啊。可是这东崖之巅的云雾,这云外的泉声,又怎么能洗去世人的风尘,怎么能洗去人们内心的苦痛?

　　李辉豪被检察人员带走后,田玉玲在经过短暂的惊恐后冷静了下来,这一切来得太突然了,使她措手不及,作为妻子,她坚信李辉豪不会有任何的违法行为。作为分管全县乡镇企业的副县长,调查全县最重要乡镇企业的领导,竟没有任何人跟她通气。一切都是在秘密中进行,一切分明都是计划好的,这使她感到困惑和不解。她紧急和县里各主要领导了解情况,大家都是在一致推辞,都说这事归刘柱分管,等了解了情况再说。

田玉玲此时感到了无比孤独和愤慨,这些人分明都是在回避着自己,调查前进集团总裁的事,他们事先能不知道吗?

田玉玲最后只得打通了刘柱的电话,刘柱等她的这个电话早就等不及了,他立即假心假意地说:"啊呀,田县长,我也是刚接到检察院的汇报,他们也是刚刚接到举报的,因为案情重大,立即立案的。他们这案子办的,怎么就挑了这个日子呢? 不只是李辉豪一个,还有一批乡镇企业家都要查。我一年忙到头,好不容易回家吃个年夜饭,都吃不安稳了。我马上回县里了解情况,我们见面后再商量。李辉豪毕竟是我县著名的乡镇企业家,怎么能说抓就抓呢?"

田玉玲听了他的话,心里一阵阵反胃。田玉玲一直在心里瞧不起刘柱,她也一直除了工作,就很少和他接触,她觉得自己和他就是两路人,永远走不到一起去,他就是一个混入党内的败类,下来就是想捞一点资本就高升回去,而自己是真心实意想干出一点事业的人。她早就厌恶了和这样的人合作,上次举报他没有成功,田玉玲也一直没有放弃,她一直在暗中调查他的行为,可是总得不到有价值的材料。

现在,为了李辉豪,也为了全县所有的乡镇企业家,她必须和他正面接触了。他怎么能这样做呢? 这个事情的影响太大了,这些乡镇企业刚遇到一点困难,你就把他们抓起来,抓他们一两个乡镇企业家就能解决问题吗? 好不容易发展起来的这些乡镇企业交给谁去干?

刘柱赶到县里后,先去了检察院,在电视监控室里看了一会儿李辉豪在自诉,觉得心里好笑,这个赫赫有名的企业家真是幼稚啊,还在夸夸其谈,就是忘了在这县里现在有谁做主,这里现在是谁的天下。你一个小小的乡镇企业,我想什么时候查你就什么时候查你,想怎么整死你就怎么整死你,你的命运其实就是掌握在我的手里。

这时的刘柱心里想的都是田玉玲,他知道她现在急得就像是只晕头转向的小鸟,他就是故意要让她多急一会儿。他得意地想到,自己张开许久的网今天就要收了,不只是李辉豪已是笼中之鸟,就是田玉玲也已经是自己的手中飞不掉的小鸟了。

刘柱坐了一会儿,就对检察院的领导说:"李辉豪是全县最有影响力的企业家,你们现在就让他慢慢交代,有什么进展及时通知我,下一步怎么办,要等县委的指示。"

刘柱从检察院出来后,直接去了县委招待所,田玉玲早已焦急地等在那里了。由于是除夕,除了值班的,几乎所有的人都回家过年去了。

刘柱把田玉玲带到自己的房间,并不急于摊牌,他神情严重地说:"田县长,接到你的电话,我年都没在家过,就赶了过来,按照党的规定,我们都应该回避的。可是看在你的面子上,我还是来干涉了。从我刚从检察院了解的情况来看,李辉豪的情况确实很严重啊,继续查下去,可能更加严重。"

田玉玲坚决地说:"我是李辉豪的爱人,我知道他绝不会干任何违法乱纪的事情,我可以用用我的党性和人格担保。"

刘柱像欣赏着笼中小鸟一样欣赏着田玉玲的焦急表情,先在心里笑了:这只小鸟就是年轻啊,到现在还在跟我说党性和人格,这些东西对于我算什么?

刘柱继续严肃地说:"田县长,正因为他是你的爱人,问题才更严重啊!你也知道,这些乡镇企业家,谁查下去查不出问题?这当然是有体制的问题呀!李辉豪的企业这么大,问题能小吗?如果继续查下去,李辉豪这辈子可能就出不来了,你也必然会受到牵连的啊。"

田玉玲坚定地说:"我们能够经得住组织的任何调查,只是为啥要搞这种突然袭击?"

刘柱慢条斯理地说道:"田县长,我们都是官场上的人,对于官场上的艰险,都很清楚,这样查下去,我们都会受影响,这都是有人背后下的陷阱啊! 如果李辉豪不能出来,那前进集团怎么办? 那一千多号工人怎么办?"

田玉玲听他这么说,一时无语了。这个时候,她确实想到了许多,就是想不出任何解决这些问题的办法。

刘柱又拿出一沓早就准备好的材料,递到田玉玲手里说:"这都是举报你和李辉豪的材料,我一直压着不让查。你也知道,县里很快就要换届了,我任书记基本已经定下了,如果你不是李辉豪的事,就是县长的人选了,我们谁愿意这个时候出事呀? 这样查下去,对我们,对大家都不利呀!特别是你,分管乡镇企业这么多年,李辉豪又是你的爱人,你怎么能说得清楚呢? 全县乡镇企业欠国家十几个亿,光李辉豪就欠一个多亿,这些钱都去哪里了? 总得给上面一个交代吧! 真查下去,你的责任比他们还重啊。这是有人在关键时刻给我们挑刺,是要找替罪羊啊,就是不想让我们顺利接班。"

田玉玲直望着这些材料,一时没有了主意,她此时心里知道,刘柱准备这材料一定很久了,而自己毫无准备,不管这些材料是真是假,自己现在已经连辩驳的机会都没有了。这一切其实都是针对自己的,是因为自己连累了李辉豪,连累了前进集团,连累了全县的乡镇企业。她不知道自己该怎么办了,一向做事果断的她,一时没有主意,她知道现在不只是李辉豪,就是她自己都已经是刘柱手里待宰的羔羊,自己一味地对抗下去,不只是自己的一切都将毁于一旦,还会牵连着李辉豪和许多人一起完蛋。

刘柱趁机走近她,双手抓起她的手说:"这个关键时刻,我们必须团结得像一个人,等换届结束,这个县里就是我们俩的天下了,就再没有人暗地里做我们的文章了。你是想李辉豪的案子继续查下去，陪他一起去坐一辈子牢呢，还是跟我合作，去当县长，让李辉豪立即回家，继续完成你心中的伟大事业呢？我是不希望像你这样的优秀县长去坐一辈子牢啊，那你多年的努力奋斗，所有的理想信仰全都完了，李辉豪和他的前进集团也都完了，这个代价太大了，我们都是承受不了啊。"

田玉玲看着他那色眯眯的眼睛，自然知道他是蓄谋已久，已经不容她有任何反击的机会，她的内心感到一阵战栗，她本能地想拒绝他，但她已经没有这个勇气，她心里已经清楚地意识到，李辉豪这次出事，一切都是他背后指使谋划的，李辉豪是因为自己才被抓走的，所有的步骤都已经安排好了，自己已经没有任何反抗的可能了，自己已经别无选择地落入他的手里了，是自己害了李辉豪，现在也只有自己才能够救他了。

刘柱看到田玉玲的整个身体都在微微发抖，知道了她内心的胆怯和软弱，自己已经击中了她的要害，感到时机已经成熟了，他顺势就把田玉玲搂到怀里说："你也不用太担心，还有我在，现在只有我才能救你们了，我们必须忘记过去的一切不快，只有你从里到外成为我的人，我才能毫无顾忌地去救你们，立即把这事压下去。只要你成为我的人，以后县里的事我就在后面，前面的事都由你去出面，我们亲密合作，我们的前途将是无限光明，我们必须从此永远成为一个人，共进共退，同生同灭。"

刘柱说着时，已经把双手伸进了田玉玲的衣服内，终于抓住了那两个令他神往已久的乳峰。

田玉玲浑身微微颤抖了一下，她想推开他，却没有了力气，不由得哀叫了一声，然后闭上双眼，眼里流出两行屈辱的泪水。这时，她想着要反抗，不能让他的阴谋得逞，可是她的意识在告诉她，现在只能成为他手中的俘虏了，她不得不暂时屈服于他，因为她不敢想象再与他对抗下去的后果，不只会害了自己，害了李辉豪，还会害了前进集团和许多乡镇企业。

因为她知道,刘柱一直就是一个疯狂的恶魔,他一向是为了达到罪恶的目的而不择手段。

刘柱听到田玉玲的叫声,仿佛是听到了世上最美的鸟叫声,他异常地亢奋起来,再也顾不得什么,直接就把田玉玲抱到床上,像欣赏梳理小鸟的羽毛一样,一件件地剥光她的衣服,然后骑在她的身上,双手挤捏着她的乳峰,让她不停地发出鸟一样的动人的惊叫声。这就是从天上飘下来的最美的声音,功夫不负有心人,他终于征服了自己最想征服的这个女人。这时,他感到整个世界都已经是他的了,他已经完全陶醉了。

田玉玲忍受着身心的巨大伤害回到家里后,把自己的身体久久地泡在浴池里,放大水龙头不停地冲洗着发热的头颅,她知道再多的水也冲不去她一身的耻辱和泪水,她悔恨自己一时的意志薄弱,竟让这个无耻之徒的阴谋得逞了。她一时愤愤然,准备再写一份揭发材料,誓与这个道貌岸然的伪君子、这个混入党内队伍的色狼同归于尽,但她想到现在还在受审的李辉豪,也就没有了这份勇气。为了李辉豪,为了前进集团,为了更多的人,她只能暂时把所有的痛苦和屈辱深藏在心里了,她知道自己现在还没有这个能力,她不但扳不倒刘柱,还要继续和这样的败类同伍,她现在只能希望李辉豪能早点儿回家,来减轻自己内心的痛苦。

田玉玲没有更多的时间来抚平内心的伤口,天一亮,全县几十家乡镇企业的厂长、经理一起来到县政府为李辉豪请愿,都来请辞不干了。田玉玲只得擦干泪水,重新出现在他们的面前,接待他们,安抚他们。她声情并茂地说:"你们的心情,我很理解,李辉豪是我的丈夫,我比谁心里都难过,但是任何人有问题,我们都要调查,你们不用担心,这只是针对李辉豪个人的事,不会针对大家。我们知道,你们乡镇企业现在遇到了不少困难,大家都要进一步调整思路,适应市场,我们不会忘记,你们在我县经济发展中所做出的贡献,你们都是有功之臣,我们绝不会抛弃你们的。"

在田玉玲接待大家的时候,刘柱才从惬意的梦境中醒来,这一夜他过得真是太美妙了,他还在不停地回味着田玉玲留下的体香。他志得意满地走出招待所,直接来到检察院,走进了审讯室,一把握住李辉豪的双手,大声说道:"李辉豪同志,你受委屈了,我代表县委县政府来向你道歉,来接你出去,送你回厂。全是他们工作不慎,我得到消息,就立即赶过来了。"

接着他又对检察人员说:"你们怎么能这样做事呢?委屈了我们的大企业家,李辉豪这样的企业家就是我县的大能人大功臣,是要永远受我们保护的,以后你们不要听信谣言,轻易来审查我们的企业家了,他们都是我们的宝贝,必须受到重点保护。"

一夜没合眼的李辉豪正是在惶恐不安的时候,他不停地说道:"我有问题我交代,我接受组织的调查,我正在写材料。"

刘柱亲手拉着他出来说:"你能有什么问题呀?你给我县带来的贡献,谁能比呀?以后没有我的批准,所有的企业家都不准乱查了,这样乱查,以后谁来帮我们搞企业?我们的经济还怎么发展?"

刘柱带着李辉豪来到县政府,面对所有聚集来的乡镇企业家说:"我也和你们大家一样,一夜没有合眼啊!这都是有人诬告啊!现在已经查明,李辉豪同志是个难得的好同志,他没有任何违法乱纪的事实,他多年来顶住了各种利益的诱惑,始终保持了一个共产党员的本质,一心为公,毫不为己,艰苦创业,将一个街道小厂发展成为全省著名的集团企业,他就是你们的表率嘛。请大家放心,县委县政府支持乡镇企业的发展决心不变,过去制定的方针政策不变,田县长制定的各项规定不变,我们的田县长很快就要转正了,有她在,你们还有什么担心的?都安心地回家过年吧,过完年,都给我鼓足干劲,在田县长领导下大干一番事业,我们要一年一变样,三年大变样,小步快跑奔小康,还是要靠你们这些优秀的企业家多出力啊。"

大家听了他的讲话，才都安心地离去了。李辉豪也跟着田玉玲回到家里，他一点也没注意到田玉玲情绪上的变化。一到家，关上大门就是对她大发雷霆："你们县里做事怎么这么一点不讲人情呢？我没有功劳也有苦劳吧，我到底犯了什么罪？你们想抓就抓，想放就放，你们要查我，就到公司去查呀！怎么一点信息都不给我，到大年三十来抓我？"

田玉玲一时无言以对，只得转过身去，不停地流泪。李辉豪继续发着脾气道："我表面上是个集团老总，其实还不如私营企业一个打工的。起码人家还有一份自由，我有什么自主权？全被你们条条款款管得死死的。我的田大县长，你饶了我，放开我吧，我不干了，你还是赶快换人吧，你们就是让我去坐牢，我也不干这个企业老总了。"

田玉玲见他咆哮着不停，就一边流着泪，一边反问道："你一个大男人，受了这点委屈算什么？不就接受了一次调查，值得这样大呼大叫吗？你不知道，我这一夜是怎么过来的。"

李辉豪知道田玉玲一直是个坚强的女性，好像从来没有见到过田玉玲流泪。由于他在气头上，也就没在意，看到她流泪，他也就发泄完了，感到特别困乏了，也就不理会田玉玲，蒙头大睡。

田玉玲一直守在他的身边无语，这时，无论作为县长还是作为妻子，她都不知道该如何面对他了，她只能独自忍受着内心巨大的痛苦和耻辱，默默地望着他。

后来好长一段时间，李辉豪都在生田玉玲的气，他觉得县里要查他，作为他爱人的田玉玲不会一点风声不知道，而田玉玲也不知道该如何去向他解释，她知道不能告知李辉豪真相，这对他绝对是毁灭性的打击，她心里有苦难言，只能强颜欢笑，去独自面对更多复杂的问题。

果然不长时间之后，县里换届，刘柱任书记，田玉玲任县长。这使李辉豪对田玉玲的误解更深了，他觉得田玉玲就是为了升官，才不顾惜他们多年的夫妻感情。田玉玲更是无法解释了，她知道自己已经被绑架到刘柱这条船上，一时下不来了。

经过这次教训，她想得最多的就是那位老领导的话，首先要学会保护自己，学会在战斗中去生存。她现在唯一能做的，就是忍辱负重更加尽力地去工作，她上任后的第一件事，就是带领县里各部门领导到前进集团和各乡镇企业调研，帮他们想点子出主意，希望能帮助他们早日脱离困境。

偏偏这时候，李辉豪又和她闹起了情绪，提出辞职不干了，跟在他后面的还有好几个乡镇企业的厂长经理。

田玉玲回到家里找李辉豪谈心，李辉豪气呼呼地说："我几十年卖给你了还不够，还要我卖给你一辈子？"

田玉玲终于忍不住地爆发了："你把什么卖给我了？你是把你的青春献给了你的信仰，献给了党的事业，你忘了你在党旗前的宣誓吗？你遇到一点困难，就要当逃兵，受到一点委屈，就想退却。你还是一名共产党员吗？你还记得自己的理想和信仰吗？"

李辉豪立即泄气地说："你们还知道理想信仰，你们突然搞出这么多的私营企业，大家现在都是奔着钱去了，还能有什么理想和信仰？他们都是唯利是图，市场都被他们搞乱了，人心都被他们搞散了，你还叫我怎么去搞？我搞不过他们，我还不能躲啊？"

田玉玲异常严肃地说："李辉豪，你不要让我瞧不起你，我们共产党员永远不会丢了自己的理想和信仰，人是不能没有理想和信仰的，只有远大的理想和高尚的信仰，才能使我们的前途光明。我们现在是处在社会主义初级阶段，是在建设中国特色的社会主义，这是我们在总结了多年的经验教训，结合中国目前情况做出的阶段性决策，但是我们到底还是社会主义，是不会走到邪路上去的。"

李辉豪看到田玉玲义正词严的样子，知道她较真了，她一较真，李辉豪心里就怕了，他知道较起真来，自己从来就不是她的对手，只得首先服软道："我是说现在社会的人都在朝钱看了，你放心，我永远紧跟着你，命可以丢，理想信仰不能丢。"

　　田玉玲见他服软，也笑了："没人会要你丢掉生命，我只要你回到前进集团去，不管有多大的困难，都给我把那块天顶起来。这不是为我，是为了全体跟你一起创业的工人，是为了你的理想和信仰。"

　　李辉豪彻底退步了："好吧，我的田书记，我永远听你指挥，你指到哪里我打到哪里，你要我回去，我就一定干死在那个岗位上。我只是求你以后要查我，能先通知我一声呀。"

　　田玉玲也笑了："那我现在就通知你，我现在天天都要查你了，查你每天的思想和行为。"

二十一

从东崖禅寺下来,李辉豪和周阳继续往前走,还是走在一片云雾里,看不清周围的任何山景。

周阳看到李辉豪一路都是心情沉重、一言不发,也就不停地跟他说着:"豪哥,我每次上九华山,都希望能遇到这样的云雾,山上的庙都像是天上的仙宫,我们走在山上就像是腾云驾雾一样。"

不管周阳怎么说,都无法使李辉豪的心情轻松起来。他们很快就走到了回香阁,这座气势恢宏的宫殿式庙宇大都是后来新建的。李辉豪记得,他和田玉玲第一次来这里时,还没有这么大的庙。这里也是一个十字路口,一条从九华街上来的石板路,直通到后山最高的天台峰。过去从九华街去朝拜天台的香客都是从这里来回,大都要回去时在这里朝天台烧回头香。旁边还有一条山路通向前面最著名的地藏王菩萨的肉身宝殿。

那次,李辉豪和田玉玲到达这里时,走在前面的所有青年团员又聚在这里等他们,大家对走哪条路又有了不同意见。

田玉玲过来说:"我们在任何时候,都要一切行动听指挥,不能各自行动,我们现在就开一次团支部会议,确定下一步的旅程。"

黄得水叫道:"还怎么开会呀?刘海洋和周阳早就跑到前面去看地藏王菩萨的肉身宝殿了。"

又有人在说:"他们跑了,就随他们去吧,我们又不是来看菩萨的,我们就从这里直接去天台吧,不到天台峰,未到九华山。"

大多数人都在附和道:"我们就该去天台峰,无限风光在险峰啊。"

田玉玲说道:"从这里到天台还有很远的路啊!现在去,时间来不及了。"

一些青年叫道:"田书记,我们就是想上天台。我们今天晚上就住在天台峰顶,等着看明天的日出,天台晓日才是九华山最美的景色。"

田玉玲看到大家情绪高涨,也就和大家一起决定道:"既然大家都想去天台,我们就从这里直接去天台了。如果有谁体力跟不上,就从这里下山先回九华街。"

没有一个人愿意退却,都要一起去天台峰。大家一起呼叫着:"田书记,你放心,不管谁累了,我们也不会丢下他,就是背,我们也要把他背上天台峰顶,我们永远是个团结的集体,像刘海洋和周阳这样,只顾自己朝前跑的人,我们现在就把他们开除出队伍。"

李辉豪来到通往天台峰的那条山路旁,前面全都是云雾,使他看不到前面的方向,但他仿佛又看到了,当时大家一起高呼着,跟在团旗后面,朝前奔去的情景。他此时的心里充满了遗憾,那还是他到现在唯一一次走的那条山路,他早已记不清那条山路旁的景色,他好多年来,一直都有着一个心愿,就是想着能带着田玉玲一起从这条山路上重登一次天台,看一次日出。

他现在开始感到无比的悔恨和懊恼,过去这些年,他错过了多少次机会呀!可是现在,他连实现这个愿望的机会都没有了。他此时感到自己的双眼早已湿润了,在朦胧的泪眼中,他仿佛又在密林中看到了那面指引他和田玉玲一起向前攀登的鲜红的团旗在飘动。

在田玉玲的督促下,李辉豪鼓起勇气回到公司,积极地想方设法恢复生产,他不甘心自己就这样趴下去。可是,他感到自己已经无力回天了,特别是银行一个多亿的贷款,像大山一样把他压垮了。这时的刘海洋在刘柱的支持下,正是突飞猛进的时候,他的企业急需扩张,他心里一直有个愿望,就是从李辉豪手里把原来的农机厂夺回来,不只是那个厂的位置好,处在全县最重要的位置,一直是全县老工业的象征,更主要的是刘海洋想借此来洗刷当年被赶走的耻辱。

于是,他就跑去跟刘柱说:"那李辉豪搞企业不行,就会到处霸地皮、做厂房,县里最好的地方到处都被他占走了,我们农机厂当初被他吞并的时候,他也没有出多少钱,该到他吐出来的时候了,那么多土地和厂房被他占着,只会长草养鸟。"

刘柱立即以县委书记的名义叫来李辉豪进行协调,没想到李辉豪一点不给他面子地说:"当时,县里把农机厂划给我时,我解决了几百个下岗工人的就业问题,而且我的企业也是国家的,这是国家资产的正常重组,我所有的土地和财产都是属于国家的,他刘海洋现在是私营企业,他想从我手里把国营资产变成他私人的是永远不可能的。我不管遇到多大的困难,只要还在这,决不会变卖一分钱的国家资产。"

刘柱又叫来田玉玲做工作,田玉玲也是不软不硬地顶道:"你的手是不是伸得太长了? 他们企业的事还是让他们自己利用市场去解决,我们都不该插手。"

晚上回到家里,田玉玲劝李辉豪说:"你们现在资金这么困难,卖一些厂房土地给他,有什么不好?"

李辉豪毫不客气地回绝道:"我们每一寸土地、每一间房屋都是所有工人这么多年辛苦积累下来的,这都是大家的集体财产,有我在一天,一寸都不能丢掉,我决不做败家子。他刘海洋有本事,那么多土地他为啥不去征用,就看上我们的了? 他这就是想乘机占国家的便宜,想低价把集体财产搞到自己手里,他们什么坏事不干呀?偷税漏税,假冒伪劣,欺压工人,现在主意又打到我头上来了,永远没门。"

田玉玲说不动他,又说:"那你总得把那些厂房土地搞活呀,都空在那里,也是浪费呀!你们也可以合作发展呀,我可以为你们协调。"

李辉豪继续坚定地说:"你们不要拿组织来压我,我跟任何人合作,决不跟刘海洋合作。你看他现在变得像什么人了,整天把老婆孩子留在家里不管,一年换几个女秘书,他搞企业和他做人一样啊,就是只管自己捞钱,从来不管别人的死活。我都不知道,你原来的团支部书记是怎么当的?你领导的团支部怎么培养出了这样的杂种怪胎?"

田玉玲急了:"你一个企业大老总,怎么随便骂人呢?你们不也是去找他算过账了?这也不能全怪刘海洋,他外出打工这么多年,他们分居久了,王华芳也有责任啊。刘海洋还算比较好的,到现在还没和她离婚,说明他心里还是有感情的。"

李辉豪又气了:"这人怎么一有钱就变坏呢?黄得水他们要去教训他,我还拦着呢!他再这样坏下去,我自己都要去揍他了……"

田玉玲打断道:"好了,好了,工作就是工作,你不要把工作和个人的好恶联系在一起。"

李辉豪继续愤愤地说:"他那种人,我现在一见就来气,还能和他合作?你告诉他,以后永远别打我们的主意。"

刘海洋的如意算盘没有得逞,便开始利用和刘柱的特别关系,不停地告李辉豪的状,说他们这些乡镇企业,表面上说是集体的,实际上跟私营的企业没有什么差别。他们都是公私不分,打着集体的牌子,实际都在捞自己的好处,有好处就是一起上,没好处就赶紧溜,最后都是捞饱了自己的腰包,把烂摊子留给乡镇政府。

正在这时,又有好几家乡镇企业的厂长经理干不下去跑了,刘柱借此召开县委会议,要学习外地的乡镇企业改制经验,把全县的乡镇企业全部送给那些厂长、经理、个人,几乎都是免费赠送的,只有少数几家效益好的象征性地出了一点钱购买,但是所有的债务也都推到了他们个人头上。

对这个政策,田玉玲怎么也想不通,她当众就和刘柱顶撞了起来:"我认为这种做法不适合我县的实际情况,我们几代人好不容易发展起来的这些乡镇企业怎么能一下子就送给个人呢?那么多工人怎么办?谁来保障他们?而且,这些企业大都是资不抵债,欠着银行大量的贷款,把这些债务全推到个人头上,也是不负责任的,对于这个对个人、银行、国家都不利的做法,我表示反对。"

刘柱说:"田县长,你有看法可以保留意见,但是这是大势所趋,这就是我从经济发达地区学来的休克疗法,这种改制行之有效势在必行。这些乡镇企业家不是一天到晚在叫着不公平吗?现在就让他们都变成私营的,不就公平了?他们欠的债务都是他们自己留下的,他们不还谁替他们还?他们不都是有能力有本事的企业家吗?怎么都欠下了这么多的债务呢?他们自己留下的摊子只能他们自己扛。这不是我们政府不负责、卸担子,我们这就是与时俱进嘛!以后我们政府只搞管理服务,不办企业了。"

刘柱一心积极推动乡镇企业的改制,也有自己的私心,一是他的阴谋虽然已经得逞,得到了田玉玲的身体,她也一时顺从了他,但是总是感觉还一直没有彻底征服她,让她真心臣服。她总是在一些方面跟自己没有唱一个调,有时还公开顶撞他,自己又拿她没有多少办法。对于身边这样的一个不听话的女县长,他一直不能安心,只有连李辉豪和他的前进集团彻底倒了,她才会没有了任何依靠,才会对自己彻底诚服。二是,他真心想帮刘海洋,刘海洋的公司已经成了他的金主,他希望借此帮刘海洋把李辉豪的一些土地和厂房搞过去,尽快扩大自己的势力。因为,全县的人都知道,李辉豪欠着一个多亿的债务,他撑不了几天,就要贱卖资产了,现在不用自己出面,就是银行也不会让李辉豪安稳一天了,他再不屈服,那再把他抓进去,田玉玲也就怪不了自己,而且以后也就只能乖乖地成为自己手中那只最听话的小鸟。

这个改制方案一公布,所有的乡镇企业家都炸开了锅,许多人装病躲着不敢出面了。

刘柱又在大会上怒喝道:"这些人过去不是本事大得很吗?不是个个会吹牛说大话,怎么现在都变得没用了?对那些不能主动支持改制的企业,立即给我一查到底。"

田玉玲回到家里对李辉豪说:"对于这次乡镇企业改制,我也是一直没有想通。可是县委县政府已经决定了,你就不能退却,你要带头执行。"

李辉豪果然又和她闹起了情绪:"什么改制?不就是你们政府卸担子,借机把所有债务都推给我们个人吗?你们怎么能这样做事呢?我辛辛苦苦为你们做了几十年的工作,什么都没有得到,怎么到后来还背着一个多亿的债务?你叫我以后怎么活?怎么还?"

田玉玲心里也有情绪,但她组织纪律性强。对于组织决定的事,她都是积极执行的。她劝道:"对于这个改制,我就是搞不懂,我们搞了几十年的乡镇企业,怎么一下子全没了?全变成你们私人的了,到底是我们工作没做好,还是哪里出了问题呢?但是,县委已经决定了,你就必须带头执行。不就是你我背上一个多亿的债务吗?这有什么?过去在战场上,多少革命先烈在为国家背过炸药包,只要是政府需要的,再重的包袱你都要去背,何况你还有那么多的厂房和土地呢。"

李辉豪继续对她吼道:"这不同,在战场上为国家背炸药包,那是光荣,现在欠国家钱,那是耻辱,我不能接受你们就这样把我抛弃。我这些年干得再苦再累,我都没有说一个'不'字,因为我是在为自己的理想奋斗,是在为党和政府工作,你们现在不要我了,把我抛弃了,那我以后算什么?"李辉豪说到激动伤心处,眼里不停地闪动着泪光。

自从李辉豪被调查之后,他们的感情经历了很长的一段冷淡期,李辉豪开始不经意地就朝田玉玲大发雷霆,这在过去是从来没有过的,他总是觉得心里憋着发不完的火。

田玉玲似乎也很理解他的心情,每次看到他发火,就不跟他争执了。她等他平静下来又说:"不管你能不能想得通,都已经是定下来的事了。其实改制也有好处,以后也没有那么多公公婆婆管着了,你就可以放开手脚。你放心,不管你欠了多少债,前途有多么艰难,我都会永远陪伴你,不抛不弃,共辱共荣,我相信你是绝不会被眼前的困难吓倒的。"

李辉豪从此感到很失落,他好长时间都沉浸在消极情绪中。他常常眼含泪花地对田玉玲说:"我从没想过要搞私营企业,从来没有想过去自己发财,这不是我的理想和信仰。我是一名共产党员,我早已把自己的一切交给了党,我只想永远为党的事业而奋斗。几十年了,我无怨无悔。可是,你们现在不要我了,要把我赶走了,让我成为私营业主。"

田玉玲安慰道:"你必须立即坚强起来,我们没有不要你,你仍然是一名优秀的共产党员,没有谁开除你的党籍,我们只是把你推向了改革的最前沿,我们改革就是在摸着石头过河,就是要闯出一条新路来,前面是没有坦途的,只能是一边闯一边总结。"

李辉豪只是茫然地望着田玉玲说:"我是个诚实的人。说实话,我不怕债务,再多的债,我都不怕。我只是不知道我的未来在哪里了,我不知道将来是为了个人利益去奋斗,还是为理想、信仰去奋斗了。"

田玉玲鼓励道:"我相信你,不管在什么岗位上,你都不会忘记自己的理想和信仰,因为你一直都是一名优秀的共产党员,因为你的心是红色的。"

在全县乡镇企业改制大会上，田玉玲首先代表县委县政府做动员，她充满真情地说："这些年，我县的乡镇企业从无到有、从小到大，为全县的社会经济发展做出了突出的贡献。你们这些乡镇企业家都是功不可没的，你们一直都是时代的标兵，一直走在时代的最前列，引领大家的发展，我代表县委县政府感谢你们，感谢你们多年来的辛苦付出，感谢你们的无私奉献，党和政府不会忘记你们，人民不会忘记你们。现在，我们与时俱进，决定将这些企业有偿或无偿地改制给你们，这也是一次大胆的探索，是符合现在发展形势的需要，也是为了改变机制，转变思路，大力支持私营企业发展的一次伟大创举。这次企业改制后，虽然你们都变成了私营企业，但是我们党委政府仍然会一如既往地支持你们爱护你们，不管你们将来属于什么性质的企业，你们都是我们的宝贝。"

田玉玲讲话时，所有的人都在盯着李辉豪。大家都知道，一改制，受影响最大的就是李辉豪。特别是一些消极抵制的企业家，都在看李辉豪的表现，希望他能站出来抵制，一是他的企业本来就是全县最大的乡镇企业；二是他的老婆就是县长，有后台有靠山，只要他一站起来反对，必然是一呼百应。

田玉玲讲话后，会场一片出奇地沉寂，没有一个人站起来表态。

刘柱坐在台上，看到大家都僵持在那里，语气异常严厉地说道："你们不都是优秀的乡镇企业家、明星企业家吗？过去你们不都是红得很，牛皮吹上了天？怎么现在我们政府一分钱不要，把企业送给你们，你们都不敢要了呢？还有的人公然对抗政府，对抗改革，躲在外面不敢出来了。我看他们能躲到哪里去，他们的企业不管遇到多大的困难，都是他们自己留下的，只有他们自己去顶起来。对于那些不支持改革的人，要一查到底。"

刘柱说完后，全场一片寂静。田玉玲也神色严峻地坐在台上，一言不发。她知道下面这些企业家心里的难处，对刘柱极力推行的改制措施，她就是不能完全接受,她对这些乡镇企业家还是很有感情的,她一直就是在保留自己的意见。会议前,她还一直在劝说刘柱能重新考虑:"这些乡镇企业都是我们花费几代人的心血发展起来的,好坏都是自己的孩子,怎么能说扔就扔出去呢?"

但她知道,这已经是势在必行的事了,她是无法阻止的。这些乡镇企业家公开和刘柱对抗,他一生气,真叫人去抓几个乡镇企业家来,情况就会更糟。她知道刘柱做事一向都是胆大妄为、无组织无纪律的。田玉玲心里着急担心,就开始不停地用眼睛瞄着李辉豪。

李辉豪知道田玉玲在看他,他仿佛感到她那眼神就是命令,他终于不再犹豫,终于在众目睽睽之下站了起来,走上主席台,第一个签订了企业改制协议。他手捧协议即兴发表了慷慨激昂的即兴讲话:"首先我要感谢党和政府长期以来的关怀和支持,没有党和政府的关怀和支持,就没有我们这些乡镇企业的诞生,也就没有我们这些乡镇企业家的存在。现在,为了适应市场发展的需求,把这些企业改制给我们私人,我个人认为这是及时有效的,是符合市场发展需要的,这也是对我们的极大信任。既让我们放开了手脚,获得了经营自主权,又能促进私营经济的发展,我们目前是面临着许多困难。但是,再难再苦,我们也不能把负担推给国家,我们都是热血男儿,都是共产党员,没有资格与党和政府讨价还价,我们就是要迎着困难而上,背着负担继续前进,宁可在冲锋中死,也决不在躺着中活。我今天在这里表个态,不管我们前进集团是集体的,还是私营的,我永远是共产党员,永远听党指挥,受党教育。我保证我的信仰永不变,理想永不灭,企业发展宗旨永不改变。"

李辉豪的讲话获得台上台下的一片掌声。那些一直不愿去签字的企业家在下面窃窃私语:"他李辉豪家大业大,还有可能渡过这个难关,我们可就要被他害死了。"

那些不愿去签字的乡镇企业家,再也不敢说话了,只得一个个硬着头皮去改制协议上签字。

　　这样一场会议过后,全县的乡镇企业全部改制成私营企业。李辉豪不管心里有多少的懊恼和不舍,也别无选择地成为了私营企业家。

二十二

　　回香阁的万佛塔就矗立在寺旁的芙蓉峰顶上,从山下有一条新修的、宽敞的大理石台阶直通到山顶,台阶很陡很长。

　　李辉豪刚爬了几个台阶,就累得停下来喘气休息。他感到自己现在真的被淘汰了,这几十米的台阶都不能一口气爬上去。那时,他和田玉玲随着大家一天就跑了那么多山路,一直爬到那么高的天台,都没有感到这么累。那时候,真是浑身都有使不完的力气呀!累了喝几口水,就又有了力气,现在刚走了这么一点儿山路,身体就如此困乏,到底是老了,还是心累了呢?

　　李辉豪停顿了几次才爬上峰顶,他首先绕着万佛塔转了三圈。万佛塔全部用精铜制造,没有用一根木料,巍峨庄严,是中国最大的铜塔,像是镇守九华山的一枚神针,远远望去,就像是帆船上的一根桅杆。

　　李辉豪每次来九华山,必拜万佛塔。因为这座塔里供奉的是万尊消灾延寿药师如来圣像,能够为社会上的人救苦救难。他相信这座由当代清华大学设计的佛塔,上面还高挂着国学大师季羡林老先生亲笔题写的"增福延寿"四个大字。他相信古人的传说,也相信现代大师的推崇,他更希望能在这里祈求到治疗心灵创伤的良药。

　　李辉豪转完三圈,看到周阳和众多的香客一样,在佛塔的大门前跪拜,他这次跪拜得更加专心虔诚,他也是把前额磕到了地面上,甚至好久都没有起来,嘴里在默念着什么。李辉豪肃然站立在佛塔前,面对着佛塔微闭着双眼,也在心里不停地默念着:"我这次不祈求为自己增福延寿,我只请求能够为田玉玲消灾解难,请赐给我解救她的药方。"

全县乡镇企业改制后,心里最高兴的还是刘海洋,他感到自己彻底解放了,像李辉豪这些顶着各种荣誉的乡镇明星企业家现在都和自己一样了,都成了私营业主,搞到最后,大家还不都是一个样啊?现在大家凭的就是真本事真能耐了,都得到市场上去真刀真枪地干了,而自己先走一步,已经遥遥领先了,不像他们都背着沉重的包袱。最使他感到快乐的还有,李辉豪一下就成了全县最大的债主,一个多亿的债务压着他,这辈子也不会有翻身之日了,现实再次证明,你田玉玲就是有眼无珠、不识人啊!他李辉豪哪里是个搞企业的材料?就是一个庸才糊涂蛋呀,他就会做做报告、表表决心、讲讲空话,就像是个教书先生,思想僵化得就像是个老古董,总是什么理想、信仰追求呀!这些东西在市场上算什么呀?市场讲究的就是优胜劣汰、适者生存。他走到这一步是早就注定了的,这就是他的下场。

刘海洋志得意满地认为属于自己的黄金时光终于到了,他觉得必须趁机再给李辉豪施加一些压力,加快他的倒台。他找到各个银行说:"李辉豪的那些土地和厂房都是你们银行的,现在收回来卖给我,还能减少一些损失,让李辉豪干长了,最后将什么都没有。"于是,所有的银行和要债的人,一起跑来逼李辉豪卖厂卖地还债。

李辉豪再次遭受到前所未有的危机。虽然他信誓旦旦,但是已经没有人相信他了。刘海洋对李辉豪的穷追猛打,使王华芳看在眼里气在心上,她和刘海洋的矛盾再次走向白热化。

王华芳一见面就和他吵道:"你怎么越有钱越变得没有人情味了?你

的心胸怎么这么小？这么多年过去了，你怎么就是盯着豪哥不放呢？他现在都这么困难了，你还要变本加厉。"

刘海洋不以为然地说："不是我没有人情味，而是你们这些人思想太保守，跟不上时代的发展变化，现在的世界日新月异，每天都在变化。"

王华芳越听越气愤："世界怎么变化，人也不能越变越可耻，人做任何事情都不能太过分，给别人留活路也就是给自己留活路。"

刘海洋也是越听越气愤地说："他李辉豪做事才过分呢！当初把我从小厂里赶出来，吞并我们农机厂，指使你们把我赶下台，逼我外出打工，他给我留过活路吗？其实，我这也是在帮他，是在帮他盘活手里的资产，他哪是个搞企业的？就知道守着那些厂房土地活受罪，就像个过去的守财奴，他能够守得住吗？"

王华芳也是不依不饶："你不要说得好听！我还不知道你的心事？你就是因为他抢了你的田玉玲，你才记恨他一辈子，你这就是小人得志、落井下石。县里那么多厂房土地你不要，非要盯着豪哥的不放。所有要债的人都是你鼓动去的。"

刘海洋也来气了："李辉豪与别人不一样，他的那些土地厂房原来就是我们农机厂的，不该是他的东西，他就该全部吐出来。你怎么总是为他的事跟我吵呀？你还想不想要我回家了？我一回来，你就为别人的事瞎吵。"

王华芳忍不住泪水直流："你什么时候把我这里当成家了？你在外面安了多少个家了？你以为我不知道，我都没管过你。你还一回来就气我。"

刘海洋怒问道："我不把你这里当成家，我就在广州不回来了，你还来说我！你以为你做过的事我不知道？我是为了孩子的未来才不和你计较。我的原则是，家里你怎么闹都没有事，我公司上的事，你不准插嘴。"

王华芳气得恼羞成怒,又和他吵起来:"我什么时候管你公司事了?我都不进你公司,你不要说得好听,你其实就是为了田玉玲才回来的,你有本事去找她呀,还有你的那些女秘书,喜欢谁就到谁那去,我这里不是你的旅店,想回来就回来,你给我滚,永远也别回来了,这个日子我早就过够了。"

刘海洋被王华芳连哭带喊地往外赶,还是不松口地说:"是你赶我出去的,你以后别怪我不管你。"

刘海洋被王华芳赶了出来,一连多日也不回去了。两人脆弱的关系又到了不可调和的地步。

黄得水又立即插进来兴风作浪,劝王华芳赶紧和刘海洋离婚,跟这样无情无义的家伙早离早好,他还去帮王华芳请了律师,提出刘海洋公司的股份有一半是王华芳的,另一半归他们孩子,这样就又能把刘海洋赶跑了。

黄得水离开李辉豪的公司这些年,利用过去积累的一些关系,把运输公司办得不错,生意虽然做得不大,但是结交了不少朋友,黑白两道通吃。他一直就看不惯刘海洋回来后混得风风光光的样子,不仅超过了他,还超过了李辉豪,于是就一直想着能早点把他赶走。

王华芳这些年也受够了刘海洋的气,特别是对他在外养女秘书,早就忍无可忍了,她也是看在孩子没有长大的分上,才强忍着这口气。现在听黄得水一说,才终于下定决心,一纸离婚诉状就把刘海洋告上了法庭。

刘海洋接到起诉状时,整个人都傻了。他这才后悔自己只知道一头往前冲,不知道后院失火的后果有多严重。他后悔自己当初回来创业时,太心慈手软了,为啥还要和她念旧情呢?为啥就没有及时和王华芳离婚呢?那时她和黄得水的事,众人皆知,理都在自己这边。可是到了现在,自己怎么也说不清了,所有的人都是在同情王华芳,把他当成了当代陈世美。自己真是糊涂啊,是自己的优柔寡断,才造成了今天的一切,原来自己的一切都是白干了啊。

刘海洋一时感到孤立无助,情绪非常沮丧,他一个人跑到周阳的酒店喝得大醉。他喝醉了,就开口大骂李辉豪,说一切都是他在背后指使的,他就知道在背后捅他刀子,他就是个可恶的小人、阴谋家。

周阳一个劲地劝他说:"你这都是冤枉了豪哥,豪哥真的不是你说的那种人,其实他对你的关心一直都和对我们一样的。"

刘海洋异常暴躁地说:"你永远不要跟我提他,我一辈子的幸福都毁在了他的手里,你们看不透他,我早就看透了他这个伪君子。"

周阳怎么劝都没有用,立即跑去告知李辉豪,李辉豪这才知道事情的经过,他立即带领周阳一起去找到王华芳,不由分说地就把她大骂一顿:"你怎么能听黄得水在背后出的馊主意呢? 不管怎么说,刘海洋都要比黄得水强一百倍,他是个真正干事业的企业家,他能干到今天这个地步不容易啊,你不能节外生枝拖他后腿。"

王华芳哭红了眼说:"你到现在还帮他说话,你不知道他在后面是怎么对待你的。他现在眼里只有钱,什么人都不认了。"

李辉豪说:"那是我们工作上的事,不用你们担心,我们会自己处理好的。你现在就应该在家里做好后勤,一心一意支持他把企业发展上去,这对你,对你们全家,对大家都有好处。"

王华芳又哭泣道:"他的心里早就没有我了,我就是在家给他守活寡,给他撑门面,我这次一定要和他离了,我早受够了,我有这个家就好像没有似的,你不要再劝我了。"

周阳在一旁插嘴说:"幺妹,我们在旁看得很清楚,刘海洋要比黄得水好多了,他心里一直不想和你离婚,他还是想对你好的。黄得水才是做事不负责任的人,他要你离婚,他又不能娶你。"

李辉豪态度十分强硬地说:"不管怎么说,你们现在不能离婚,你就听我们一回吧!他的企业正处在发展的关键时期,不能因为你们家庭的事,就影响了一个企业的前途啊!你知道,搞起一个企业有多难吗?要经过多少磨难?你怎么能这样胡闹呢?"

正说着,黄得水也来找王华芳,他说:"豪哥,我们都是从小一起长大的兄弟,拳头往外打胳膊肘往里弯,就应该趁机把那小子赶走,他和我们从来都不是一伙的。"

李辉豪恼怒地对他吼道:"你如果还是我们的兄弟,就少来添乱。你在外面越来越不走正道了,你在外面干些什么,你以为我们不知道?你还想来害么妹,我们都不会原谅你。"

黄得水见李辉豪真的发火,也就不敢再说了。王华芳看到李辉豪这个凶狠的样子,也一时没有了主意,她只知道低下头伤心地痛哭着。

李辉豪回到家里,又要求田玉玲帮助去做刘海洋的工作,让他服软回家去求王华芳原谅。他说王华芳其实心里还是舍不得刘海洋的,对他公开在外养女秘书的事,她这么久都容忍了。他们心里都有感情,他们就是那种吵吵闹闹一辈子、越吵越分不开的夫妻。

田玉玲眨眨眼笑道:"刘海洋正在千方百计地对付你,你还要去帮他?你这是为了王华芳吧?你心里还一直放不下你的么妹。"

李辉豪忙说:"你别乱想啊!一码算一码,我和他都是搞企业的,我知道他搞起这个企业不容易,受了不少磨难,我不能看着他们这样乱来把他又搞倒了。再说,刘海洋和王华芳搞到现在这个地步,我们也是谁都不愿看到的,我们也是有一些责任的,当初没有关心照顾好他们,你不是最善于做思想工作吗?好好地去劝劝他。"

田玉玲认真地说:"他们的事我一定会尽力劝说,只是这种事情,还是要靠他们自己醒悟啊,有时越劝越乱的。"

李辉豪一片茫然地说："我真是越来越搞不明白了,他们过去下岗,因生活困难吵架;现在发达了,钱越来越多了,却吵得越来越厉害了,这都是钱多烧的。"

田玉玲又说道："这不是钱多烧的,是他们失去了心里的理想和信仰,没有远大理想和信仰的人,钱越多,就会越活得空虚、焦郁、浮躁。现在社会上,像刘海洋这样的人太多,这已经成为一个严重的社会问题,这就是我们不能放弃思想教育的重要性。"

田玉玲找到刘海洋,耐心地劝道："你是个干大事的企业家,就应该肚量大,你和王华芳这么多年了,还有什么计较的?你要成就大事,首先就应该有个稳定的家庭。"

刘海洋面对着田玉玲,突然感到一阵阵的心酸,心里有着无数的话语要向她倾诉,他眼里充满了委屈的泪水："我就是命运多舛啊!老天总对我不公,怎么干什么都有别人在后面害我?真是明枪易躲,暗箭难防啊。你们都是在用有色眼镜看我。这是你们社会对我们私营企业有歧视,各个部门都在找我们麻烦,家里人也在找我麻烦。我们没少交税,没少发工人工资,为啥总要低人一等呢?"

田玉玲语重心长地说："是你多心了,你自己也要从自己身上找问题,要搞清楚你发展企业的根本目的,不能有了钱,就可以为所欲为啊,把换女秘书当成换花瓶似的。如果所有的企业家都像你一样,那我们社会不就乱套了?难道这就是你搞企业的目的?你原来也不是这样的人啊!你过去在团支部,都是积极分子。我们从来就没有把你当成外人,我们对私营企业一直都是非常重视的,现在所有的乡镇企业都改制成了私营企业,这就是我们对私营企业发展的支持和认可。你现在也是有影响的私营企业家,就要有企业家的风度和修养,你不但要追求经济效益,同时也要遵守社会准则和承担社会责任,要注意社会影响。你和王华芳心里是有阴影,但你们选择在一起,你就要有颗包容的心,忘记过去,共同面向未来。你不能就这样一直把她晾在家里。你是一个优秀的私营企业家,同时也是一个男人,就应该负起男人的责任,对社会、家庭,都要负起责任啊。"

刘海洋仍像受了委屈似的说:"我也念她那些年一个人在家带孩子,吃过许多苦,才没有和她离婚。我对她已经够好的了,如果是在广州,我都不知道离过多少回了。"

田玉玲继续说:"所以你心里一直就有怨恨,可是人不能只生活在怨恨中,听我一次话,跟我回家去,收起你的大男子主义,向王华芳认个错吧! 现在的责任都是你的,你看你回来后做了多少荒唐事。王华芳没有计较,那是她心里舍不得你呀! 你怎么就不珍惜呢? 我们这代人能到今天都不容易啊! 你已经受过许多磨难了,你能有今天的事业也不容易啊,不能再折腾了。你也知道,你们能坚持到今天没有离婚,就是因为你们心里都有感情的。"

刘海洋听了田玉玲的话,只得低下头去,他似乎总有种只要遇到她,所有的委屈都能咽下去的感觉。而且,现在他也不能不低头了。

田玉玲亲自把他送回家去,王华芳也就不再闹了,她对田玉玲说:"田县长,我就知道你去找他,他一定会服软,但他心里绝不会服软的,他这辈子就听你的话,以后,就请你多帮我管管他了。"

田玉玲笑道:"你是他老婆,他还是对你有感情的,你一定要珍惜呀!他能干出这份事业不容易,你一定要做好后勤工作,不要让他再为这些家庭事影响了工作。现在的市场竞争已经是越来越激烈了,他身上的压力也不轻啊,多理解他,多站在他的立场想一想。"

王华芳苦笑道:"其实呀,他人是回来了,可是他的心从来没有回到过我这里。我早就成为他家的一种摆设了,我和他也就是糊糊过日子了,我对他早已没有什么要求了。"

田玉玲小声地对着她耳朵说道:"他是个非常优秀的男人,你可千万不要再犯糊涂了,不能把这么优秀的男人再推到别人怀里了。对于优秀的男人,你一定要懂得珍惜,有时也要学会哄他。其实他们男人在外面看着伟大,有时也脆弱得像个孩子。"

在李辉豪和田玉玲的极力劝说下,刘海洋和王华芳的这场离婚风波暂时被平息了下去。他们这种不幸的婚姻,又在这种平淡无味的状态下维持着。

只是刘海洋对李辉豪心里的怨恨更进了一步,怎么自己就离不开他,自己家里的事情,还需要他出面,才能解决呢? 他一个已经倒台的、发不出工资的落魄企业家,大家都还在听他的,他为啥命就是比自己好呢? 关键时候,总是有这么多人帮他,是这些人头脑太笨了,还是自己水土不服? 他甚至有些后悔,自己就是不该回来创业,内陆和沿海地区的差别确实是太大了。

刘海洋没有离婚,可是经过这次教训,他的心离王华芳更远了。他一直没有下决心和王华芳离婚的一个重要原因,就是王华芳看上去很凶,遇事喜欢和他吵,但其实还是一个非常可怜老实的有口无心的女人,她几乎默认了他在外面所有的作为,从来不干涉影响他的工作和生活,他念着那份旧情,才下不了离婚的决心。现在他又感觉到她还是个没有主见没有头脑的女人,关键时候,容易被别人左右。他现在必须时刻要有两手准备了,不能关键时刻再被她要挟。

刘海洋被家务事缠身,一段时间没有去忙着扩张发展,也就没有急于吞并收购李辉豪的土地厂房。在他心里,李辉豪已经永远没有翻身再起的可能了,他守着的那些厂房土地,早晚都是自己的,都是煮熟的鸭子飞不了。因为现在除了他,还没有谁有能力来要他的厂房土地,而且自己后面还有县委书记刘柱撑腰。现在,先给他摆在那里,不急于去收购,也是给田玉玲一个面子,最好等他坚守不住了,请田玉玲来求自己才好,到时一切都是顺理成章了。

李辉豪一直想重新恢复生产,能够东山再起。可是四处一活动,他才意识到这已经比登天还难,自己过去的主打产品农用三轮车早已经过时,越来越没有市场。手里没有产品,再大的雄心都是白搭,而且沉重的债务已经像大山一样,压得他一点不能动弹。他只要一出门,跟在后面的都是要债的人。各大银行除了要债,也没人再听他说话。他这时才感到,自己这辈子是真的完了,他现在什么也做不了了,他除了应付要债的人,就是晚上回家,对着田玉玲发牢骚:"你们政府真是过河拆桥啊!你们需要我的时候,就是给我戴大红花、发奖状;你们不需要我了,就一脚把我踢开。我辛辛苦苦为你们干了几十年,没功劳也有苦劳呀,你们就把这一个多亿的债务压到我一个人的头上。"

田玉玲仍在安慰道:"你们都不要泄气,对于你们这些改制的乡镇企业,目前遇到的困难,我们正在研究,我们不会放开你们不管的,我们改制的目的就是要搞活你们。我们的改革开放之路就是摸着石头过河走过来的,对于一些新生事物和现象,我们也是一边探索一边总结呀。"

果然是天无绝人之路,没过多长时间,上面又下来了新政策,对于他们这些企业欠银行的呆账死账集中处理,一些企业所欠部分或全部的贷款划拨给银行组织的资产处理公司。那些欠债多的公司企业,都认为遇到了天大的好事,纷纷要求把所有的债务和不良资产一起划走,这样他们也就彻底解脱了。

李辉豪心里很不安,这不是连我公司的所有资产和债务也一起都划走了?他向田玉玲咨询,田玉玲也不清楚,她说,这也是银行处理呆账死账的一种试点,也是为了搞活经济,盘活闲置资产。

精明的刘海洋立即感觉到好的时机又来了,他知道银行收回这些不良资产,还是要变价处理,企业资产总还是要交给能搞企业的人手里。这样不用从李辉豪手里,从银行资产处理公司手里就能得到李辉豪的整个公司。

李辉豪看到自己苦心经营了几十年的公司就要被划给别人了,心里非常难受,他一连几天都在公司的每一个角落里转来转去。最后,在他的一再要求下,银行考虑到他的公司也还是有许多有价值的资产,最后就只划走了他一部分的债务和资产,企业大体还是得以保留下来了,继续留给他自己经营。

刘海洋的计划又一次落空了,他想不通,就去找银行了解情况说:"别的许多乡镇企业都是所有资产债务都被收回了,为啥李辉豪的前进集团只收回一部分,还要交给他继续经营?"

他没想到银行回答道:"我们解决呆账死账,也是为了盘活这些资产,经过认真的调查研究,他的公司不是资不抵债,还有许多优质资产,我们认为李辉豪仍是个优秀的企业家,我们相信他还是能搞活的,交给他比交给别人更有希望。"

刘海洋只得暂时退出了对李辉豪企业资产的争夺,他开始由衷地感到,李辉豪就是命好啊,到这个时候了,还有这么多人在帮他。但是,李辉豪再也不会翻身了,他的彻底垮台只是时间问题,除非天上掉下个大馅饼来救他。自己还是先把精力用到别的地方,等待他彻底垮台的时候再出手,别人也不会说他落井下石了,这个时间绝不会很长。

二十三

　　从万佛塔下来,就有一条通往肉身宝殿的山路,这条山路很长,路上已经很少能遇见行人,一些小猕猴不时地跑到路上,一点也不害怕来人。古老的青石板路,已经好像很久没人修了,有些地方已经塌陷不平。现在大部分游人香客都是回去坐索道下山,然后到九华街坐车,从肉身宝殿正山门上去,既节省时间,又能免去一些劳累。

　　周阳和李辉豪走在这条山路上,十分遗憾地对李辉豪说:"豪哥,现在的人是越来越享福了,这么一点山路都怕走,还要回去坐索道。他们还是不懂九华山啊,到九华山来,不只要拜庙,还要朝山,这条路到处都有灵气,怎么能不走呢?"

　　周阳看到路边不时地有人用长长的毛竹从山上引下泉水,他每到一个蓄水池前,都要停下朝池水里丢下一些硬币,有时还要去洗洗手和脸,把带来的矿泉水瓶装满。他对李辉豪说:"豪哥,这都是从天上下来的圣水,带有菩萨的点化,超过了世上最好的矿泉水,洗一洗就能神清目明,保多少天头脑清醒,不犯糊涂。"

　　李辉豪听了周阳的话,也去捧起泉水洗脸,泉水果然清凉甘甜,使他精神一振,他忍不住猛喝了几口,立即感到一股透彻心肺的凉爽。他索性又把头埋到池水里浸泡了片刻,感到自己的头脑已经混沌了许多年,太需要清洗一回了。

在李辉豪处于最困难的时候，也是他精神最萎靡低落的时候，周阳几乎每天都把他接到自己的饭店里，请他喝酒开心。周阳始终没有忘记他过去对自己的好，他请李辉豪来也有保护他的意思，怕那些要债的人骚扰他。

周阳的饭店一直很红火，越开越大，已经发展成棋牌洗浴一条龙服务的场所，每天客人都是来往不息，许多都是搞企业当老板的有头有脸的人，这里俨然成了全县企业家经常聚会的娱乐场所。

大家都知道李辉豪在企业界的地位，都很尊重他，而且过去许多人都受过他的培训，有的还给他配套过产品，心里都还记住他的好，见到他都要热情地称呼他老大。

这使李辉豪心里总感到一些不安，他们这些人现在生意都做得红火，企业搞得兴旺，每天都来吃喝、打牌、消遣，活得逍遥，自己哪还有脸称老大呢？最使他没想到的就是周阳，小时候就爱打架，跟在自己后面这么多年，也没什么特别的表现，没想到，他开饭店还真是个人才，各方面都能照应得周到，见到人都是满脸堆笑，为人随和，很有人缘，大家都很喜欢他，都笑称他是弥勒佛。

黄得水也是一有空就来陪李辉豪，他早就把这里当成了自己的俱乐部。他的客人很多，三教九流的人都有，他也是活得最潇洒。他和周阳离开李辉豪后，对李辉豪还是像过去一样尊重，只是说话已经随便多了，不再有什么顾忌。他一来总是一反常态地开导李辉豪说："豪哥，我现在终于想明白了，人生在世，其实就是吃喝玩乐，想得越多越没用，以前跟着你那么多，真是苦死我们了，你的紧箍咒都把我们管死了，干到后来怎么样？还不是一样的下场？豪哥，你别再去想那些烦心事了，就像我现在这样，一天两顿酒，一把澡，一场麻将，无忧无虑，快乐似神仙，长命活百岁。"

周阳也跟着说："就是，豪哥，还是随缘吧，财运没到，你再干都不行；

财运来了,该你发财时,什么都挡不住啊。就像我,以前想发财发疯了,也没发起来,现在偏走财运了,每天财源像流水一样不断。"

黄得水也一个劲地劝道:"豪哥,你就是自己想不开呀!你一天到晚地过的啥生活呢?你的烦恼都是你自己找来的。你看看我们这些人,都是全县成功的企业家,哪个都不如你呀!你怎么说还有那么多的厂房和土地。可是,我们大家都是活得逍遥快乐,每天都是喝着小酒、打着小牌、泡澡捏脚,生活就是这样,想得开就过得好,人生就这几十年,不要总和自己过不去,想那么多干啥呢?"

李辉豪听了心里不舒服,也不好说话,过去一直都是自己教育他们,现在也轮到他们来开导自己了。对于他们的这种生活方式,他不能接受,但是也是见怪不怪了。俗话说,人是英雄财是胆,凤凰落地不如鸡,自己现在都是在靠他们照顾了,还有什么资格教育他们呢?

李辉豪听着他们你一句我一句地劝着,心里只感到一阵阵苦笑,他没想到他们在自己手下教育了这么多年,怎么就一点也不像自己呢?可是他们现在一个比一个活得痛快,这就是他们追求、向往的生活方式,自己也不能说什么了,来这里的人都是在追求向往这种生活方式。他只是有了一种被时代抛弃的感觉,感到自己是越来越孤独了。他越来越感到困惑,自己为啥和他们越来越不合群呢?

刘海洋也常来这里,虽然大家都是心照不宣,见面总是还会闹出一些不愉快,只有周阳对他很热情,但是谁也阻止不了他来这里。他每次来,只要看到李辉豪在场,总是要炫耀一下自己取得的成就,来吹嘘一下自己的业务开展得如何地好,大吹特吹自己的公司前途如何地光明。大家都知道,他说这些话,就是要往李辉豪心里的伤口上撒把盐,也是在暗示,县里企业界的老大已经是他了。

黄得水还是最看不惯他,每次总是要和他顶撞几句,有时两人除了斗酒,就是赌钱,赌得越来越大,成为大家看热闹的焦点。搞到后来只要他俩一到,马上就会分成对垒的双方,摆开架势豪赌一场,所有人也跟着他们后面过把瘾。

刘海洋总是输得多,他越输越不在乎,不屑一顾地说:"跟你们赌这个小钱,我还怕你? 对我就是九牛一毛,澳门赌场,拉斯维加斯赌场,我哪里没去过? 我现在有一千多名工人给我生产摩托车,我输了,每天就叫他们多加班生产几十辆摩托车。"

看到他们玩得开心,周阳最高兴,他觉得,大家现在还能聚在一起玩得开心,就很不错了。他总是在旁鼓励李辉豪也参与进去玩几把,他说:"豪哥,你别看他俩相互比富,其实两个加起来也比不过你呀! 他们谁有你那么多的厂房、土地? 你也去玩几把,开开心吧。"

李辉豪总是摇头道:"我和他们不一样,我的债务多,我也不会赌钱,我没有这个爱好。"

黄得水处处爱和刘海洋比,可是又处处比不过他,无论是搞企业、做生意还是赌钱,都是处于下风。因为刘海洋已经是财大气粗,气场很足。黄得水只有一样不输给刘海洋,那就是他身边带来的美女总比刘海洋的多,比刘海洋的漂亮,在这方面刘海洋始终跟不上,所以,他和刘海洋在一起时,就又有着一种天然的心理优势。

有时,李辉豪看到黄得水在公众场合就对几个美女左拥右抱毫无顾忌,就忍不住地要说他几句:"你现在也是在社会上有影响有脸面的企业老板了,你就不能收敛一点,注意一点影响? 你真是越来越没有底线了。"

黄得水毫不在乎地说:"豪哥,现在也就是你的思想还保守啊! 哪个老板不养几个女人? 那不是太亏了? 那还当什么老板? 你现在看到走在大街上的人五人六的男人,哪个进了包厢上了床不都是如狼似虎? 男人都是这样,吃着碗里的想着锅里的,家花不如野花香,英雄难过美人关嘛。"

黄得水说着,就又指着刘海洋嘲笑道:"要说我们养女秘包情人,还都是他带的头坏的风气,他一回来就养女秘书,使大家开了眼,他已经换了七八个了吧。刘海洋,你挑人的眼光也太有问题了,怎么除了一个比一个年轻,换的一个不如一个? 以后要换,我给你介绍个好的。"

刘海洋被他当众说红了脸,愠怒地说:"我和你不一样,我是为了工作,我需要的是素质。哪像你见了女人就上,老少不分?"

黄得水立即反驳道:"你小子还要装斯文装修养。你的那些小秘书,谁会做服务呀? 谁会伺候人呀? 你以为我还不知道你的底? 你小子家伙不行了,每天都要偷偷地吃伟哥,你还是少吃点吧,小心做了短命鬼。"

李辉豪看到他们眼见着又要吵起来,赶紧劝说几句就走了出去。这样的场景令他难堪,使他难以接受,他的心里总是感到隐隐的痛。他知道不管是在黄得水面前,还是在刘海洋面前,自己已经没有任何影响力,没有谁会听自己的,现在是谁的口袋里钱多,谁就讲话硬气。他仿佛感到自己已经和他们是两个世界的人了,他怎么也想不清,他们有了钱,怎么会一个个变成这样呢? 他只能在心里默默地为王华芳伤心难过,却又束手无策。

周阳已经偷偷地告诉他,刘海洋和黄得水现在已经都不理王华芳了,他们两个不知是谁把性病传给了她,又谁都不承认,不承担责任,她正在一个人偷偷地到处求治,而且她一再要求保密,不能让任何人知道,更不能让李辉豪知道。她现在信天主教了,天天跟着一些小妇女老太太出去赶场子唱信主的圣歌,她们那个圈子里的人也是越来越多。李辉豪知道了这些事,心里除了徒增一些伤感外,也就只能像过去一样地装作什么都不知道。

李辉豪每次想到王华芳,心里都是充满愤怒和无奈。李辉豪每次看到刘海洋和黄得水在那玩得开心,心里总是愤愤然:他们怎么都会走到了这一步呢?人怎么都成这样了呢?可是现在,他除了在心里为王华芳担心和难过外,已经不能给予她任何帮助了。这种事如果挑明了,对于王华芳等同于自杀,他只能暗中让周阳去给予她一些帮助。

李辉豪已经无法再和他们相处,甚至连见面都想回避。周阳每次看到他一个人孤独地坐在房间里,就要过来劝他:"豪哥,他们那边那么多人,玩得多开心啊!你怎么总是跟他们玩不到一块去呢?这就是你和自己过不去,和大家想的不一样啊!人就应该是随大流的。佛说,一切随缘,你就随缘吧。人都是这么活的,尽力去挣钱,尽力去花钱,想得太多,就是自寻烦恼,就是跟自己过不去呀。"

李辉豪听了周阳的话,每次都是遗憾地笑笑不说话,他知道他和他们已经找不到共同语言了,这个地方也不是他该来的地方了。他每次看到大家玩得开心起劲的时候,总是一个人提前走了出去,他有时一个人走在大街上,茫然得都不知道该往何处去。

有时看到大家玩得开心,李辉豪心里就会感到一种失落,自己和他们比,就是一个失败者,自己只是表面上家大业大,实际上手头根本就没他们活,还有那么多债在压着,而且自己手里已经没有产品了,自己过去的农用三轮车,早就过时了,没有了市场,已经无法再恢复生产了,再说这种在桌面上斗狠比富的做法,他心里也很厌恶。他有时懊恼地觉得,自己怎么就和他们不是一路人?怎么就是走不到一起去呢?是他们发展太快了,自己跟不上了,还是自己和他们本来就是不同道上的人?

后来,如果不是周阳来拉他去,他都不想去他的酒店了,他总是独自在公司里转悠,他常常一个人坐在公司党委活动室里,面对着党旗沉思,只有这时,他的内心才能得到一丝安慰。公司改制后,他每天都要亲自到党员活动室打扫一次卫生,这成了他的一种心灵寄托。他有时很想能把过去的那些党员召集来开一次党支部会,带大家学习最新的文件和政策,可是大多数人都在外面忙着自己的生意和业务,很少能召集来几个。后来,他更多的时间,就是自己一个人在办公室里练书法,他写得最多的几个字就是"大浪淘沙,信仰永存",他还把这几个字写成条幅,高挂在办公室里,有时长久地凝望着沉思。

黄得水和周阳看到他总是那么悲观,几乎是把自己封闭起来了,心情还这么郁闷,也就经常一起来看他开导他。黄得水见面就说:"豪哥,你为啥总要活得这么累呢? 就你心里想得和大家不一样,面子下不来。现在做生意,考虑那么多干啥? 企业干大干小一个样,只要能赚钱就行。现在的这个世界,有钱就是爷。你不就是欠国家一个多亿吗? 那算啥? 现在能欠钱的才是有本事的人,你欠得越多越好,你前几年要是胆子大些,欠银行十几、几十个亿,银行和政府就会把你当菩萨供着了。"

周阳也在一旁说道:"豪哥不像你,你只要赚钱就行,有吃有喝有嫖有钱花就行,豪哥是有理想有信仰的人,他就是个想干大事的人。"

黄得水又说:"我知道豪哥与我们不同。可是现在,你想许多有什么用呢? 现在的人都是朝'钱'看了,自古以来,都是有钱能使鬼推磨。其实呀,将来还是豪哥你最有前途,我们都跟不上,刘海洋也跟不上,谁能有豪哥这么多的厂房、土地呀! 这都是无价之宝啊! 豪哥的困难,只是暂时的。"

周阳跟着说:"对,豪哥,你的土地早晚会值大钱,你现在有困难,不要怕,有我们在,谁也不敢把你怎样。你想开点,把过去的事都忘记,现在还是干私营企业好啊,就像我们,挣多少钱,都是装在自己口袋里。"

李辉豪只能苦笑道:"我真没想到,干了这么多年,最后什么都没有,什么都干不起来了,现在只有守着这些厂房和土地过日子了。"

黄得水说:"我现在在外面的熟人多,我先帮你租一些出去,再找一些人来合作，不管怎么样，也不能让刘海洋插手进来。"

周阳不满地说："租给谁不是租啊？为什么就不能租给刘海洋？只要他出钱，就可以租。"

黄得水立即拒绝道："他不同于别人，就是不能租给他，他心里贼得很，他来了就不安好心，他是想把豪哥的公司全部吃到肚子里去。我在外面认识的人多，我一定能给你找到比他更好的合作伙伴。"

周阳和他争执道："我没觉得他有多坏，做生意只要有利，还管是谁呢？"

黄得水也不满道："他不就是常到你那里去吃饭，照顾你生意吗？你就处处帮他说话，我们才是一辈子铁打的兄弟。"

周阳不听他这一套了，反驳道："还是一辈子铁打的兄弟，那你把幺妹害成那样，为啥不管她了？"

黄得水低下头，支支吾吾地说："她这事真的不怪我，她现在跟着刘海洋对她好，刘海洋公司发展再大，他的财产都有她一半……"

李辉豪看到他的那个样子，有些愤怒地打断他的话说："你们都不是男人，敢作不敢当，不敢承担责任，这是懦夫的行为。你们也别为我的事争了，我的事我心里有数。"

黄得水见到李辉豪这个样子，只得悻悻地低下头，不敢说下去了，他在内心深处还是对李辉豪有些胆寒的。

李辉豪在周阳酒店那里一直找不到一点心灵上的安慰，他已经厌恶了那个场合，心里实在不想去了。可是，周阳还是每天照常都要来请他，他不想让他一个人留在公司里，太孤单了。

这让李辉豪心里很感动，周阳这个小兄弟还是最讲情义的。他甚至开始怀疑自己过去是不是对他太过严厉了，过去那么多年对他的理想信仰教育也都是白费了，他似乎一点都没有记住，他只是每天早晚对供着的财神菩萨三拜,逢人都要说是菩萨的保佑,才使他生意兴隆,财运茂盛。

他还常对李辉豪说:"豪哥,你别看到我那去的这些人,每天吃喝玩乐过得潇洒。其实,他们在外面谁不欠债?谁的资产有你多?你就是和他们不一样,心里想得太多了。人生在世,有吃有喝,快快乐乐、平平安安过好每一天,就比什么都强。你就是被田玉玲带得爱钻牛角尖了,那是他们当干部的考虑的事,我们做生意的考虑那么多干吗?你看看我这里每天来这么多人,哪像你一不喝酒,二不抽烟,三不赌博,四不养小老婆?就你还一天到晚要把企业做大做强,你赚再多的钱又有什么用呢?你现在还在讲那些大道理,还有谁在听呢?"

李辉豪有一段时间,也是想听他的劝,就和大家一起去无忧无虑地快乐生活,就像是他们说的,债多不愁,得过且过。可是很快地,他就发现他和那些人不是一路人。他和他们每处一天,就会感到内心更加空虚和迷茫,他不能这样无聊地生活下去,他还是要把企业做大做强,他还是不能忘记心里曾经有过的理想和信仰。

在周阳和黄得水及大家的帮助、支持下,他的许多厂房都被租了出去,他的公司里一下子出现了十几家刚刚创业的私人小企业,他看到各家都在忙活,心情渐渐地好了起来,就像是自己恢复了生产一样。他开始又找到了自己心灵上的归宿,他开始热心地为那些小企业服务。对于有些困难的,他就说房租不要急,有就交,没有就等等,先把生产搞上去,我不是大财东,我只希望你们能把事业干起来,我只希望我的厂里能有生气。

李辉豪心情好了,也就重新振作起了精神,有时高兴喝多了酒回到家里,就对田玉玲说:"虽然你们把我变成了私营企业主,但是我的党支部还在,我们宣誓的党旗还在,我一定要重新走在时代的前列,做一个不是只为自己利益的私营企业家。只要我能把企业搞好,多交税,为国家创造财富,为发展经济做贡献,我就仍然是在为党工作。我现在终于想明白了一个问题,就是我们党的利益和国家人民的利益永远是一致的。"

田玉玲开心地笑道:"这就对了,你这才是原来的李辉豪,你总算是没有让我失望,你就应该始终保持这样的觉悟。"

李辉豪又向她举起右手说:"我的田书记,我再次向你宣誓,无论社会如何变化,我的一颗红心永不变,我现在的信条就是:大浪淘沙,信仰永恒。"

田玉玲给他倒了一杯凉开水,说道:"好了,好了,你不要总是喝多了,就跟我说酒话,还是想想怎么把企业搞活吧,给这些改制企业做个表率。"

李辉豪信心十足地说:"你放心,我的前进集团虽然不能恢复生产了,但是我可以把我的公司办成私营企业的培育基地,为你们县里培养一批私营企业出来。"

果然没几年,在李辉豪的努力下,他的公司就招进了几十家小型的私营企业,他们虽然各自为政,有的小的只有几个人,但是都聚在一起,也很热闹。

田玉玲去看了,不停地称赞他,她说:"没想到,我们县里正准备办一个私营企业创业园,你这里超前就帮我们办起来了,你又做了一件功德无量的大事。"

听了田玉玲的称赞,李辉豪心里非常高兴,他仿佛又重新找回了自己。

刘海洋看到李辉豪又搞了这么多小企业过去,就开始到处嘲讽他说:"这才是真正的李辉豪,他也就这个水平,他也就只能去收收房租、抄抄电表水表的。就他还当了多少年的集团老总,他收那么点房租能补哪个洞,还哪个债啊? 还有,他那里的风水一直不好啊,总是只开花不结果,他过去就是乡镇企业的培训基地,他培训的那些乡镇企业后来不是一个个都完蛋了? 他现在又在培训私营企业,最后的结果也只会是一个个倒得比起来的快。"

刘海洋这么说他风凉话,一是心里在惦记着他的厂房、土地,他没想到李辉豪还能一直支撑下去,使他一根针都插不进去;二是,他心里根本就瞧不起那些刚刚起步、只有几个人十几个人的私营企业。现在的企业都是走向规模化了,怎么又搞起了这些小敲零打的小微企业,还以为是市场原始时代?他们怎么能去面对越来越残酷的市场竞争呢?他们又怎么能在市场大潮中走远呢?这不又是像过去搞乡镇企业一样,一阵风吗?都是什么时代了,这些人怎么就没有一点进步?怎么就没有一点现代的市场意识呢?

王华芳知道了,又和他在家里争吵起来:"豪哥就是吉人天相,到任何时候都有人帮他,他人好,总是帮助别人,连天上的菩萨都会保佑他。"

刘海洋不屑地冷笑道:"人家企业都是越办越大,就他越办越小,还有什么神气的?他召集去的那些人,个个都是七妖八怪,大都是几个人、十几个人的小厂,还能干出什么名堂?还能成什么气候?他们就叫作干得热闹,倒得快。"

王华芳又不服道:"就你看谁都不顺眼,就你们干得好,你们怎么搞得工人像串马灯似的跑着不停?工人集合起来罢你的工,你再这样刻薄下去,早晚会再次被工人打倒。"

刘海洋不屑道:"这是他们跟不上我的发展形势,我的企业就是铁打的营盘,流动的兵,我还怕找不到工人?"

自从王华芳得了那个病后,刘海洋已经很少回家,他只是有时想回来看看孩子,他看到王华芳还在跟他吵,也就懒得再和她吵下去,掉头就走。刘海洋开始感到越来越孤独了,无论是在家里,还是在外面,他都找不到可以交流的人了,他仿佛感到自己已经不是周围这个世界的人了,但他从来也不感到是自己错了。他感到市场经济就是优胜劣汰,只有像他这样少数几个最优秀的人，才能最终站在时代的潮流，他就是要和周围的人拉开距离，这样才能显示自己的价值，他是从骨子里瞧不起那些比他小的企业，他觉得他们都是在瞎胡闹，干不了多久，还是得一个个完蛋。

二十四

　　九华山山顶的云雾真是瞬息万变,当李辉豪和周阳爬到"老爷顶"时,满山的云雾已经开始渐渐地散去,四周的青山又开始清晰可见,满目青翠的林木就像刚被水清洗了似的,鲜嫩欲滴。

　　这里就是九华山最著名的景点——肉身宝殿所在地,也是佛教圣地最神圣、最传奇的地方,九华山最著名的地藏菩萨的肉身就供奉在寺内肉身宝塔里。据说当时安藏地藏菩萨肉身时,这里的整个山头发出神光万道,基塔之地,发光如火,后人便将这片山头改名为神光岭。

　　这里和百岁宫一样香火十分旺盛,香客云集,整个烛台上插满了几排燃烧的红烛,香炉里堆满了香火,熊熊燃烧着,吐出很高的火焰。这里随处可见来自世界各地的朝圣团的佛教徒,他们有的一步三拜,有的三步一拜,也有的甚至趴在地上,仆地而行,虔诚之心令人感动。

　　宝殿内更是人流如织,许多人都在挤着跪拜,更多的人在绕着供奉地藏菩萨肉身的宝塔转圈。这个七层八面的宝塔,矗立在汉白玉塔基上,每层都有佛龛,佛龛中供奉着地藏菩萨的坐像,塔中央就是地藏菩萨肉身所在地三级石塔。从这里就能感悟到千百年来人们对地藏菩萨的膜拜虔诚之情,石塔为安藏肉身所建,宝塔为护石塔而建,宝殿又为护塔而建。

　　由于游人香客太多,李辉豪只转了一圈就出来了,周阳已经消失在密密的人流之中。李辉豪来到宝殿前的平台上等他,他仰望着这座著名的宝殿,造型精致独特,重檐歇山顶,翘角凌空,铁瓦以覆,熠熠生辉,古朴庄严。殿四周的回廊上雕梁画栋。四周拱卫宝殿的庙宇如群龙护珠,四山云合,万木葱茏。

李辉豪怀着无比崇敬的心情凝望着这座令天下无数人神往的宝殿,他没有能够看见地藏菩萨的真身,他仿佛感觉到了他那大慈大悲的无限博大的胸怀,看到了他那为天下人敬仰的功德。他想,一千三百多年前,这位新罗国的金乔觉王子,孤身一人,长途跋涉,渡海东来,一定就是得到了这座圣山的启迪,在这座圣山上找到了心灵的归宿,才能停留在此苦心修佛,教化众生,终成菩提。是他,千载以来,引得天下佛教信徒顶礼膜拜;是他,燃起来九华山千载的辉煌。

李辉豪度过了几年艰难的日子,终于云开见日,又重新崛起了。就像是周阳说的,他又走财运了,他的财运来了,是挡也挡不住的。

那几年,他帮助扶持了几十家小型私人企业,有些企业发展后就出去征地,自己发展去了。李辉豪感到自己要脱离困境,还是要自己发展起来。

这时,黄得水给他找来一帮朋友,要用他的土地搞房地产开发。李辉豪为此犹豫了好长时间,他一直是搞工业生产的,对房地产开发不感兴趣,但是巨大的债务压得他没有办法,他只得同意和他们开发了第一个项目,又成为全县第一个房地产开发商。他果然是时来运转,第一个项目就获得了巨大成功,他自己都没有想到,赚钱也有这么容易的,他的房子还没有盖,凭着图纸就能卖钱了。滚滚财源开始像洪水一样向他涌来,他公司留下的那批土地开始发挥巨大的作用了,他接连开发出几个项目,不但还清了所有的债务,还一举成为全县的首富、头号房地产开发商。

看到他的这种迅速发展,心里最不舒服的就是刘海洋,他不明白怎好事情都是找着李辉豪而去,而自己总是干不过他。他又跑去找县委书记刘柱反映说:"刘书记,这样很不正常,我辛辛苦苦搞实业,现在是一辆摩托车赚不到几十块,带着一千多个工人一年干到头,却不如李辉豪卖两套房子,这还让我们怎么活呀? 谁还有心情去干实业? 他李辉豪就是无本生财,卖卖图纸就能赚大钱,而且他那土地都是原来国营农机厂的,怎么就白白地给了他发大财?"

刘柱说:"李辉豪的那个公司,当时改制时,送给人都没人要啊! 谁知道现在房价就涨得这么厉害呢? 而且他那些土地都已经补交土地出让金了。在现在的新形势下,就是房地产开发热门,你搞实业赚不到钱,就也去搞房地产开发,凭你的本事,也不会比李辉豪干得差的。"

刘海洋听了刘柱的话,也就跑去找田玉玲要地皮搞开发。

田玉玲很不理解地说:"李辉豪去搞开发,是被逼无奈的。他是为了还债,你的企业干得好好的,你开发的电动自行车这个新项目也很好啊! 怎么也要跑去搞开发? 你们都跑去搞房地产开发,谁来干实业? 没人干实业,那我们吃什么? 喝什么? 穿什么? 用什么? 你是个优秀的企业家,也是个实业家,你不能跟风,看到哪样赚钱就去干哪样,你要有企业家的社会责任,要流着道德的血液。"

刘海洋感觉到田玉玲的话怪怪的,他心里想:我是搞企业的,我不是看到哪样赚钱就去干哪样,难道还要去干亏本的事情? 我是企业家,我不是慈善家,也不是政治家,我的责任就是赚钱。

刘海洋很快就在刘柱的帮助下,搞到一块地皮搞开发,就又和李辉豪对着干了起来。他转到房地产开发后,很快就尝到了甜头,原来这才是赚钱的快速通道,真是一本万利啊! 他也就对原来的摩托车和电动自行车生产越来越不感兴趣了,后来就直接转给别人承包,自己不再去过问了。

真是不是冤家不聚首,刘海洋又开始和李辉豪面对面地直接交锋,刘海洋搞开发比李辉豪迟,他更是憋着劲要追上和超越李辉豪,他是寸土必争,每一个项目都不放过,有时明显地就是要压制住李辉豪。李辉豪刚造了一座全城最高的十层楼王,不出两年,他马上造出一栋全城最高的二十层的标志建筑;李辉豪刚壮着胆子,拿下一块三百亩的项目,他马上就拿个五百亩的项目,搞整体开发。没过几年,刘海洋硬是把李辉豪的气势压下去了。

李辉豪最终不得不佩服刘海洋的胆识和勇气,一些自己想都不敢想的项目,他都敢去拿,再高的地价,他都是志在必得,所有的地王都是由他创下的,县城里的地价不到十年就上涨了十几倍。

李辉豪自叹不如,只能回到家里对着田玉玲叹息:"他刘海洋真是疯了,他有多少实力,我不知道? 他怎么能这么盲目扩张呢? 你们政府也是疯了啊! 一个小小的县城,你们就卖出这么多地,价格这么高,你们政府都靠卖地过日子,现在全城都在造房子,造这么多房子卖给谁呀?"

田玉玲回道:"这房价这地价,不都是你们炒上去的? 你还在一旁说这话,这都是你带了一个坏头啊! 你不搞实业,带着大家去开发,现在没人搞实业,全去搞开发,去炒房了。"

李辉豪喃喃地说:"我……我和他们不一样,现在的高房价都是刘海洋这样的人炒上去的,我也知道不正常。可是,我不跟风我怎么活?"

田玉玲仍不放过他说:"我现在每天都在反思,你们这些私营企业家,怎么越有钱越贪心,越发展越没有社会责任感呢? 你们身上为啥就没有了道德血液? 你们怎么就忘了自己的理想和信仰? 我们的政策是允许你们一部分人先富裕起来,带动大家共同富裕,你们怎么就能忘记了呢? 你看看那些先富的人都在干什么。"

李辉豪知道田玉玲干县长后越干越不开心,也就不和她争了,他说:"不管别人变得怎样,反正我没有变。我是改制成了私营企业,可是我公司的党组织活动一直没有停过,我每年的七一都要带领大家重新宣誓。我现在发展后,仍然把党组织的建设放在重要位置,每年都在发展新党员。我越来越坚信,只要依靠党的领导,就没有克服不了的困难,没有党的正确领导,就没有我的今天。"

田玉玲若有所思地说:"现在看来,我们还必须加强在私营企业的党组织活动,加强党的宣传教育。不管什么时候,我们的发展初衷不能改变,我们的发展目标不能改变。"

李辉豪感到田玉玲还是像过去一样幼稚天真,现在的形势变了,物以类聚,人以群分,像刘海洋这样一心只为钱的私营企业家,怎么能够教育过来?到他的公司成立一个党支部,就能把他变成一个真正的共产党员?就能要他把吃到肚子里的钱吐出来?

田玉玲一直对刘柱这样大规模的县城开发有看法,她也为这些年县城的大发展感到高兴。当她看到每年房价都是像火箭一样往上涨时,她的心里充满了担忧,而且她是管工业出身,她还是希望县里能有几个有规模的搞生产的企业起来,不然把县城的土地卖完了,造出许多没人买的房子,以后怎么办?她一直想劝刘海洋继续把摩托车和后来开发的电动自行车项目做大做强,可是刘海洋一直跟刘柱走得近,已经不愿听她的劝告了。

田玉玲开始对刘柱的做法越来越难以忍受,她早已不想再和他共事一天了,可他又像一座大山一样一直压着她,使她翻身不得,她感到这个人所做的一切都是在作秀,就是在为尽快向上爬找垫脚石,而刘海洋就是他找到的一块垫脚石,他在后面鼓动刘海洋不顾一切地大力发展,其实就是要给自己挣一个政绩工程。

当刘海洋又报来一个用地三千亩的大开发项目时,田玉玲立即被他宏大的规划目标吓了一跳,善意地提醒他说:"作为县长,我当然希望你开发得越大越好,可是你有没有做过市场调查,我们县城能否容纳这么大的项目?你开发一百多万平方米的房子,一千多套别墅,我们县城能消化得了吗?我们县的经济还没有发展到这个水平。"

刘海洋自信地说:"我们这是国际城项目,是要面向全世界市场的,我们必须要有朝前发展的意识,我开发的房子一直都比李辉豪的好卖,我这个项目一上马,李辉豪这辈子都追不上了。"

田玉玲诚恳地说:"你已经是做得这么大的企业家了,不要总盯着李辉豪,你要盯着未来和市场。"

刘海洋听了田玉玲的话,又有些激动地说:"田县长,你现在终于看清了吧?我不只是搞工厂比李辉豪强,干任何事业都比他强,他到现在都是个没见过大世面的老土。不是我盯着李辉豪,而是他压了我一辈子了。我现在就是要用超前眼光,打造国际化的现代新城,这个项目刘柱书记已经通过了,他很支持。"

田玉玲知道他在兴头上,说什么他也听不进去。她回家告知李辉豪,李辉豪也被刘海洋的宏大计划吓下了一跳,他摇摇头说:"他真是疯了,上百亿的项目,他有这个实力操作?任何人都有急功冒进的时候呀。"

田玉玲说:"我看他是被刘柱硬推着上的。我还是觉得他更适合去搞摩托车和电动自行车,他去搞开发是走到错路上去了。"

果然,刘海洋由于投资过大,他开发的国际新城只建到一半就资金链中断,再也无法继续下去。一天夜里,刘海洋丢下王华芳和孩子,带着一个比他小二十多岁的女秘书,偷偷地跑了,从此再无音讯。

刘海洋突然消失,留下的一批烂尾楼使许多投资人都受到影响,许多人闹了起来,一连数日堵住了县委县政府的大门。这也使田玉玲的内心受到巨大创伤,她和刘柱的矛盾也到了彻底爆发的地步。

刘柱此时无心顾忌刘海洋的公司,他的一门心思都是用在了自己的仕途上,他终于又等来了升迁的机会,他已经正式被公示为市委常委、副市长的候选人,只要过了这个公示期,他就要离开这个县了,而且他也向田玉玲许诺,自己一走,就提拔她为县委书记。他心里一直非常自信地认为,这个时候,田玉玲绝不会和自己顶撞,她一定会在下面帮他把所有的事情做好。这只一直被他抓在手里的会唱歌的小鸟,虽然一直喜欢在暗地里和自己较着劲,但是她的工作能力绝对是一流的,而且组织性很强,在重大问题上还是服从自己的,特别是现在,同样也是她的关键期,她等这个机会已经等了许多年,早就等得不耐烦了,她不是早就渴望自己早点调走吗?她不是一直在抱怨跟在自己后面就是一直在犯错误吗?她不是一直都在想着要纠正错误吗?我调走了,不是正合她的意了?那以后就让她想怎么干就怎么干。

所以,刘柱就把县里大小的事情都交给了田玉玲,自己只顾着四处去跑自己的事了。

田玉玲来到刘海洋留下的工地,一片凄凉的景象使她黯然落泪。她知道刘海洋当时回来艰苦创业,绝不会想到最终会这样悄悄地离开。她的口袋里装着一封刘海洋留给她的道歉信,她没有对任何人说过。她的心里充满了无限的感慨和伤痛。她没想到,刘海洋在最后离开的时刻,还会留给她这封信和一批关于刘柱的材料,这使她非常感动。刘海洋在消失前的最后时刻,还是在想着尽量能帮助她。

刘海洋在信中跟她说,他这次离开不是因为他干不下去了,他还没到山穷水尽的地步,他没有过不去的火焰山,他完全有能力渡过眼前的这个难关,而是因为他在和刘柱的交往中,已经知道了田玉玲和刘柱之间的所有秘密,这使他痛苦绝望,使他心碎,使他毁灭。他在这里已经没有任何留恋的东西,所有美好的记忆和梦想都也破灭。他无法面对这样的现实,也无法去揭露这个事实,他只能选择逃避。

他说，他一直深深地爱着她，除了她，他这生没有爱过任何别的女人，无论这些年，他远在何方，他都没有忘记这份爱。他从广州回来创业，一是为了为故乡的经济建设出力，二是为了回到她的身边，能在她的领导下工作，自己所做的一切，其实都是为了给她争光，为了证明自己的价值。但是，他这个存在心里多年的唯一梦想已经破灭了，他已经无法面对她，无法面对这个残酷的现实。他只能凄然离去，但他从没后悔他回来所做的一切。

他说，他这次离开，永远也不会回来了，这是一块永远使他伤心的土地，他没有对不起王华芳，王华芳也没有对不起自己，他们之间都是公平的，他们之间的一点感情，早在王华芳带领下岗工人把他赶下台时就已经结束了。他们忍辱负重地拖到现在没有离婚，其实就是为了孩子，为了事业，最重要的原因，还是因为心里有了她后，他从来没有再真心爱过别的女人。他与别的女人相处，都是在逢场作戏，都是在为了弥补自己内心的空虚，他只能妄想着用年轻漂亮的女秘书来撑起自己空洞的精神世界。现在孩子大了，事业也结束了，一切都该结束了，他到了该彻底离开的时候了。

他最后说，这几十年来，田玉玲就是自己追求的理想和信仰，有了她的存在，他才有了奋斗的动力和源泉。可是这一切都被刘柱毁了，他已经彻底看清了刘柱的本质，刘柱就是个最阴险的阴谋家，他一直在利用自己对付李辉豪的目的，其实就是为了对付她、控制她，自己糊里糊涂地成了他手中的一枚棋子，自己成为他的帮凶，成为伤害自己最爱的女人的罪人。自己已经无脸再见她了，自己最后能帮她的，就是把他和刘柱交往的所有证据交给她，这个将来能在关键的时候保护她。因为刘柱为了对付和控制田玉玲，早已经设下了许多阴谋和圈套。

田玉玲看到刘海洋留下的信，内心感到从没有过的失落和空虚，她想起刘海洋这些年走过的路,看到了他一路走过的艰辛和泪水,感到了深深的自责和不安。她觉得刘海洋的突然离开,就是因为自己和刘柱之间那些难堪的事情,纸是包不住火的,自己和刘柱之间的事,早晚会传开的。她不知道自己将来该如何去面对李辉豪和世人,她的内心在经过剧烈的震撼后,又开始陷入了深深的恐惧之中。她不敢想象,当李辉豪知道她和刘柱的那些事情时,他会有什么反应。

这些年来,无论是刘海洋,还是李辉豪,都为自己做出了许多许多,可是自己却一直处在刘柱的魔爪中,不能自拔,这难道只是刘柱的原因吗?也是因为自己的软弱和胆怯,才使他的阴谋得逞;也是因为自己过多的犹豫和幻想,才使他能一步步得寸进尺;也是自己一味地追求政绩、追求发展指标、追求表面的虚荣,做了许多无原则的让步。

田玉玲一个人在那被冷落的工地上走了很久很久,忍不住偷偷地流着泪,一种强烈的自责和耻辱袭击着她的心。她感到自己已经在迷途中行走了很久,无论是作为一个县长,还是作为一个女人,她都做了许多不该做的事情,犯下了许多不该犯的错误,她没有任何理由推卸责任。在与刘柱这匹恶狼共舞的日子里,她没有能成为一位伟大的猎手,而是成了他手中的羔羊,一直都是逆来顺受。

田玉玲走在这荒芜的工地上,一阵阵寒风吹来,使她感到了从没有过的刺骨的寒冷。她想起过去他们在街道小厂时,那些激情洋溢、激动人心的场景。那时候,大家虽然都很穷,什么都没有,但是大家的心里都充满阳光,充满希望,都是精神饱满。可是,为什么在拥有了一切之后,剩下的只是空空的躯壳呢?

她的内心更感到一片凄凉和怅然。她感到是该好好整理一下自己的思路了。这些年来,她盲目追求发展,追求眼前的成绩,她已经迷失了自己,是到了该清醒的时候了。

二十五

周阳从肉身宝殿跪拜后出来，看到李辉豪还站在前面的栏杆前，正面对着前面的青山发呆，也就没有去叫他。又到两侧的钟楼、鼓楼前面拜了三拜，再绕着整个宝殿绕拜三圈后，他才来到李辉豪面前说："豪哥，我们该去吃斋饭了。"

李辉豪这才想起，他们从早上喝了稀粥后，到现在还没有吃任何东西，但他一点也没有感觉到饿，也没有一点食欲。他跟在周阳后面走进客堂，这里等着许多吃斋饭的游人香客，早已排起了长长的队伍。

李辉豪也跟在队伍后面排队，周阳帮他拿了一个大碗，对他说："豪哥，你一定要多要一点斋饭，要吃饱了。山上一天只能吃两顿斋饭，晚上是鬼进食的时候，我们不能再吃了。"

李辉豪点了点头，没有说话，他只是过去在学校上学时排过队打过饭，已经几十年没有排过队吃饭了。他没想到会有这么多人来吃斋饭，他心里又有了一些激动。这么多人像他们一样，放着酒店里的美味佳肴不吃，特意跑来排队吃斋饭，不只是说明他们心诚，还说明他们都是一心向善的。

他站在队伍里，仿佛又找到了过去那种吃大食堂的久违的感觉。他过去在公司时，就喜欢到大食堂吃饭，他最喜欢看到工人们排着队打饭时热闹拥挤的情景，那使他内心感到特别满足和快乐，工人越多他越高兴，他常过去问问工人们伙食如何,味道怎样,他也喜欢一大帮工人,端着饭碗围着他一起吃饭,他就会特别来劲,就会不停地和他们畅谈企业的未来,畅谈他内心远大的计划。但是,他从来不用去排队,他每次来时,食堂里早已帮他把饭打好了。

斋饭很简单,只有大米饭和馒头,菜也只有咸萝卜条、咸菜,还有一盆刚烧熟的大白菜,几乎没有一点油腥。一个僧人在打饭,一个僧人在打菜。轮到他们时,周阳双手捧碗,恭恭敬敬地递到僧人的面前,嘴里还在念道:"请大师赐饭。"

李辉豪跟在周阳后面,打了饭,来到餐桌前坐下,周阳又是先把饭碗摆到桌上,双手合十,闭目默念了几句佛经,才坐下吃饭。所有吃完斋饭的人都很自觉地亲自去把碗筷洗干净,整齐地放好。

周阳吃了几口,看着李辉豪还是没动,就对李辉豪说:"豪哥,这里的斋饭最好吃,都是采用天然的泉水,大锅柴火烧的,特别清香扑鼻、香甜可口。"

不管周阳怎么说,李辉豪都吃不出什么味道了,他的心里已经想起了他最后和田玉玲吃饭时的情景。

那也就是几个月前,他把他们的儿子聪聪送到北京上大学回来,田玉玲特意在家准备了满满一桌子菜等他,李辉豪感到很吃惊,他已经很久没有得到过这样的待遇了。他们都很忙,家里已经很少开伙了,他有点受宠若惊地问道:"哎呀,我的田书记,今天是不是太阳从西边出来了,你怎么有时间回家烧这么多好吃的? 是要奖赏我呀! 幸福真是来得太突然了。"

田玉玲笑道:"你送儿子去北京辛苦了,我是特意为你接风,你尝尝我的手艺,有没有退步呀?"

李辉豪赞道:"我最伟大的田书记,我不用尝就知道,你的手艺永远都是一流的,现在儿子远走高飞了,以后就是我们快乐的两人世界,我渴望天天享受这种幸福的两人世界。"

田玉玲打开一瓶茅台酒,倒了两杯说:"我今天要好好地陪你喝一杯,这些年,太委屈你和孩子了,对于你和孩子,我都没有尽到应有的责任,想和你一起送他去北京,都没时间去,我是欠着你们许多。"

李辉豪开心地大笑道:"我的大书记,你的头脑怎么一下子就开窍了啊? 你怎么这么客气了? 你真是使我太感动了啊! 这没什么,我应该感谢你,你始终在为全县人民任劳任怨地工作,这是我们全家的骄傲啊。我这辈子最大的幸福就是有了你这位伟大的爱人,你就是我永远的灯塔,你就是我永远的信仰。"

田玉玲端起酒杯说:"我先敬你一杯,感谢你这些年对我的工作的支持和理解,感谢你对孩子的照顾。"

李辉豪端起酒杯一饮而尽,爽快地说道:"这都是我应该做的,也是我应尽的责任,你不只是我工作上的书记,更是我家里的书记,我无论在家里,还是在外面,都永远听你指挥,你指到哪里,我就打到哪里。"

田玉玲又给他倒满一杯酒,对他说:"这杯酒,是请你原谅我的过失,这些年我对你照顾不够,如果有什么地方伤害了你,请你能够原谅我。"

李辉豪不解地问道:"你今天到底怎么了? 你从来没有对不起过我,只有我对不起你。我那些年企业没干好,特别是改制的那会儿,你跟我受了不少罪,吃了不少苦,现在好了,我又发展起来了,我以后不会再让你担心受累。我现在只想着你能早点退休回家,我们美好的日子就要到了,我要带你去游遍祖国的大好河山;我要带你去坐国际大游轮,去感受在大洋上漂流的感觉;我要带你去享受印度洋的阳光、夏威夷的海浪、好望角的风涛;我还要带你去爬西藏的雪山,到蒙古大草原骑马,奔驰在西伯利亚的原野,去撒哈拉大沙漠探秘。"

田玉玲看到他的情绪越说越高,也就又给他倒上一杯酒说:"你的这些美好梦想一定都会实现的,我这杯酒敬你和刘海洋,以及全县所有的企业家,不管你们是成功还是失败,你们这几十年都为我县的社会经济发展做出了突出的贡献,你们都是改革者,都是建设者。我由衷地感谢你们。"

田玉玲说完,就先把一杯酒一干而尽,她喝得太猛了,呛出了满眼的泪水。李辉豪却放下了酒杯说:"那个刘海洋就算了,你不要把他拉到我们中来,我们企业家协会已经开除他了,哪有他那样的懦夫?遇到再大的困难,也不能丢下老婆孩子跑路呀。"

田玉玲没有听他的,又自喝一杯说:"我有责任,我过去对你们关心太少了。"

李辉豪从来没有看到田玉玲这么喝过酒,他一把夺过她的酒杯说:"你今天到底怎么了?喝了这么多酒,不就是跑了一个刘海洋吗?少了他,地球就不转了?"

田玉玲已经喝得失态了,她满眼泪水地望着李辉豪说:"我能喝酒,你根本就是喝不过我,我还要喝,我今天就想陪你喝个够。"

李辉豪以为她是在为了刘海洋的失踪心里难过,自己也感到一些心酸,就说:"好,你明天还要上班,你别喝了,你喝多了,明天县里工作怎么办?你的酒我代你喝,你倒多少,我就喝多少,一定喝个够。"

田玉玲于是不停地给李辉豪倒着酒,李辉豪也就不停地喝着,直到再也支持不住,一头趴在桌上。

李辉豪做梦都没有想到,当他醒来时,只看到田玉玲留给他的一封使他肝肠断裂的信和一份离婚协议。在他打开这封信时,他整个人就已傻了,他感到他的一切都在瞬间彻底湮灭了。

辉豪,我的永恒的爱人:

请你原谅我,当你看到这封信时,我已经离你远去,也许就是永远的离别了。我在心中一直斗争了很久,我多么想能和你当面坦陈一切,哪怕是承受你雷霆般的咆哮和怒吼,哪怕是你愤怒的鞭挞和责问。因为,我这些年来一直都在渴望着这个能向自己的爱人诉说心声的时刻,我不是想祈求你的任何理解和原谅。因为,我是多么渴望,能够依偎在你的怀里痛哭一场,哭出内心所有的屈辱和痛苦,然后再离你远去啊。可是,原谅我,最终还是没有这个勇气向你坦陈一切,我只能留下这封告别信。

　　经过长久的思想斗争,我已经决定去省纪委坦白交代我的所有问题,更主要的就是要去揭发刘柱所犯下的所有罪恶。无论作为一个党员干部,还是作为一个女人,我都不能再容忍这样的腐败分子留在党内,不能再看着他走向更高的岗位,继续损害党的事业和形象,我等这一天已经等得太久了。这是我必须面对的新的战场,我知道迎接我的只会是身败名裂,自我毁灭,但我已经别无选择,因为我只能选择牺牲自己的一切,才能把这个罪恶的腐败分子彻底从党的队伍里清除出去,这是我的神圣责任,也是我不可推卸的使命。

　　由于我和这个恶魔这些年不清不白的关系,我知道我此去,已经不可能再出来了,这是我应该受到的惩罚,我不需要任何的辩护和理解,我也不请求任何宽恕,我只想去向我的组织坦白我的软弱、我的胆怯、我的错误、我的投机,给党的事业带来的巨大损失和不良影响,我已经是个对党和人民、对你和家庭都有罪的人,我只能去忏悔和反思。这些年来,我一心热衷于经济发展,丧失了许多原则性的立场。如果一切都可以重来,我绝不会意志如此薄弱,绝不会上刘柱这条贼船,绝不会等到今天才去向党组织坦白交代。

　　我无法向你忏悔,也不想寻求你的谅解。但是,请你相信我,作为一个女人,我没有能够对你保持忠诚,但是我的心从来也没有背叛过你,而且今生今世也不会背叛你;也请你相信我,作为一名共产党员,我从来没有背叛过自己的誓言,永远也没有背叛自己的理想和信仰。

辉豪,我走了,我已经无法再向你表达任何的爱意,我也无法去抚平我带给你的内心的伤痛,请原谅我带给你的伤害和耻辱吧! 我知道你是无辜的,却是受伤害最重的人。我现在只能请求你尽快地忘记我,尽快地坚强起来,重新去面向新的生活。

我最后对你只有一个请求,请求你尽力去把刘海洋留下的那些烂尾楼建起来。我们这代人,都是新时代的改革者和跋涉者,不管受过多少的磨难和挫折,都不应该,也没有理由把那些烂尾楼留给后代。算我最后一次求你帮助了,帮我完成这个未了的心愿。我相信你一定有能力做到,就算是帮我弥补一些工作上的过失吧。

田玉玲亲笔

李辉豪看到田玉玲的信时,他只感到天旋地转,急火攻心,他的精神世界在瞬间崩溃了。这一切来得太突然了,在他心里一直像天使一样的田玉玲,身上竟隐藏着这么多的秘密,而且自己一直都不知道,这是自己太过于愚钝,还是田玉玲过于欺骗呢? 他已经分不清了,他只感到自己一下子就从天堂掉到了地狱,陷入了深深的痛苦和自责之中。

田玉玲到达省纪委的当天,刘柱就在省里参加会议时,被直接从会场带走调查,田玉玲同时也被宣布"双规",接受调查。这在全县就是一场特大地震。几天的时间,关于田玉玲和刘柱的一些风流韵事就已经传得满城风雨,成为人们茶余饭后最感兴趣的谈资。人们都在惊讶于过去一直相传公开不和、明里暗里都在对着干的县委书记和县长,原来也有一腿啊！原来他们都是在床上研究工作的呀！而大家都还蒙在鼓里，不明就里地瞎传乱传，还有的在琢磨着该如何在他们后面站队呢，原来大家都是在云里雾里看热闹啊。

人们在不断揭发他们的种种罪行时，都在不约而同地为李辉豪感到惋惜和不理解，怎么这么大的企业老总，也会被人戴上绿帽子呢？别的老总都是小三小四不稀奇，都是妻妾成群啊。于是，人们又开始想挖出一些李辉豪的绯闻逸事，来增加一些谈资。可是，他们失望地一直没有找到。

最后，大家只能相传一个新的流言，田玉玲有专治男人的狐媚功夫，她不但能一招制伏不可一世的刘柱，还能使得刘海洋灵魂出窍，更能把李辉豪一生制伏得服服帖帖，不敢对任何女人有一丝的非分之想。

李辉豪一连几个月都把自己一个人锁在家里，拒绝了所有前来探望的朋友和问候电话。他只感到他所有的思想和情感都已死亡，他已经只是一个空空的躯壳了。

只有儿子聪聪不断地从北京给他发来短信安慰他："爸爸，我永远为妈妈感到骄傲，她一直都是个有伟大理想和信仰的人，她是在为自己的伟大的理想、信仰殉葬。我永远相信妈妈，她是一个伟大的人。"

二十六

从肉身宝殿下来到九华街，一路上都是走廊和庙宇，造型精致，气势恢宏，这里也是游人、香客上山朝拜肉身宝殿的主要道路，大多数人都是从这里上山来朝拜的。

李辉豪和周阳下山时，居高临下，看到无数的游人、香客从下面源源不断地上来，许多香客都是三步一拜地往上爬。

李辉豪看着下面的人流，心里感到一片怅然和迷茫，他不知道这众多的游人香客是否都是像他一样带着内心的痛苦和祈求而来，也无法猜测他们内心带着的愿望是否能实现。他只感到自己的内心是一阵阵更加严重的疼痛，他和周阳一大早到现在，一路上已经拜了许多的庙，可是一点也没有减轻他内心的这份疼痛。

他下山时，突然感到特别累，比上山时还要累，他不时地停下，一手扶着栏杆，一手捂着胸口，停下休息。虽然田玉玲的那封信一直像刀像剑一样插在他的心里，每一个字都使他刻骨铭心，但他还是一直都没有舍得丢下，他一直就藏在胸口的口袋里，随身携带着。

无数的上山下山的朝圣者从他身边匆匆而过，没人能够知道他内心的这种痛苦和迷茫。周阳也以为他是真的累了，也就要他多休息，自己仍是不知疲倦地遇庙便拜。

李辉豪跟不上他了，只能心里羡慕着他，如果自己也能像他一样活得逍遥快乐、无忧无虑的该多好啊！可是,自己为啥就是做不到呢?

直到来到肉身宝殿那高大宏伟的山门时,他的心也没有平静下来。他仰望着山门两旁的那副著名的对联:"众生度尽,方成菩提;地狱未空,誓不成佛。"心里更是有些冲动起来:大彻大悟的地藏王菩萨,千百年来,你超度了多少受苦受难的俗人,你不是早就成佛了? 为啥不能来超度我和田玉玲呢? 为啥还要我们在承受这样的痛苦和磨难呢?

从山门前再仰望山上刚才走过的庙宇,李辉豪不得不从心里发出一种由衷的惊叹,这一路到山顶的层层叠叠的庙宇庭栏,都是属于肉身宝殿,这应该是他见过的世上最宏大雄伟的庙宇啊! 山门前更是新开发出了一个现代化的宽广的广场。他不得不惊叹现代人的精明,他不知道现代人花费这么多的精力、财力,把这座金地藏菩萨的肉身宝殿建成了如此规模宏大的宫殿式的庙院,难道只是为了发展旅游经济,扩大影响吗? 这是否也是一种精神的朝拜? 这是否也是一种对地藏菩萨这种精神和佛法的弘扬呢? 这是否也是为了给前来朝拜的尘世中的人们提供一种心灵的归宿和安慰呢?

这一切都太深奥了,暗藏着许多李辉豪搞不懂的玄机。李辉豪在这个山门前徘徊了很久,也没有能够想清这些。他又想起了田玉玲来,过去每次遇到这些困惑,他都要去问田玉玲,她总是三言两语,就能解开他心里的疑问。可是,现在,她已经不能再来解开自己心里的谜团了。

周阳从山门里的第一个庙叩拜出来,来到他身边时说:"豪哥,你怎么比我出来得还早,我以为你还在后面休息呢。"

李辉豪问道:"你的庙都拜完了?"

周阳笑着说:"前山的庙都拜了,现在去拜九华街的庙,九华街上也有许多大庙。现在不用爬山,不会累了。"

九华街上更是游人如织,两旁的各种老店店铺林立,各种佛教商品琳琅满目,一些店铺还在不停地播放着佛教歌曲,这仿佛是从天上传来的缕缕不绝的梵音,更增加了这个佛国天街的神秘,使人完全徜徉在了佛国世界。

李辉豪听到一个店铺正在反复不停地播放着昌圣法师唱的佛歌《南无阿弥陀佛》,立即寻声而去。昌圣法师出家前俗名李娜,是李辉豪和田玉玲心里最崇拜的三大女神级歌唱家之一,她的歌美得让人陶醉,听了让人心酸。此时在这里,李辉豪又听到她那无比熟悉的略带凄美的声音,更感到无数的心酸和伤感涌上心头。他一直以为李娜的佛教歌曲就是千年净空下最美丽的佛唱,最清雅的旋律,那来自天地间的浑圆唱腔,娓娓道出菩萨的慈悲大爱,是一柔和的静心音乐。

他站在那里,久久地聆听着李娜那飘荡纯朴的吟唱,她的声音此时如从天而降,浑厚苍凉,高远纯净,更加充满了一种佛国的神秘色彩。他想起有报道说李娜出家是在她听佛教歌曲时,有了一种"法喜禅乐"的感觉,他不知道为啥自己听了这么多遍,怎么就是没有这种"法喜禅乐"呢?

他想起过去和田玉玲一起在家听歌时的感觉,他们几十年来心心相印,连喜欢的歌唱家都是一样,他们在家的时候,有空几乎都是在听这三位女神级别歌唱家的歌,到一些公共场合点的歌也是她们三个的。一位是那位唱《杜鹃山》的杨春霞,她的《无产者》《乱云飞》《家住安源》,总是唱得他们心潮澎湃;后来他们又迷上了彭丽媛的歌,李辉豪和田玉玲的差别是,他更喜欢听她的《父老乡亲》和《白发亲娘》,因为这两首歌总能使他想起儿时的回忆。而田玉玲更喜欢听《红梅颂》《江姐》《党的女儿》和《珠穆朗玛》,她不仅喜欢听,还能学唱,学得有模有样的,有时她在家里唱,高音跟不上去时,李辉豪就在一旁手舞足蹈地大叫着:"你唱得真好,你就是我心里永远的珠穆朗玛,你就是当代的江姐,你就是现代的党的好儿女。"

李辉豪现在想起这些过去的温馨的情景时,恨不得狠狠地抽几下自己的这张臭嘴了,佛说:一切都有因果报应。这是不是因为自己嘴臭,说了不吉利的话,总说她像江姐,最后就把她说到牢里去了呢?

当年李娜以一曲《嫂子颂》,震撼了大江南北,也使他们又迷上了这位女神级的歌唱家,李辉豪每次在家里听到她唱那著名的《青藏高原》和《走进西藏》时,都要对田玉玲说:"青藏高原就是人间天堂,我一定要早日带你去天堂旅游。"

田玉玲总是说:"等我们有了清闲时间,我一定陪你去青藏,去你想去的任何地方。"

李辉豪现在才真正感到后悔了,她为啥总是这么忙,最后忙到牢里去了。如果自己能够早点把她拉出来,早点带她出去旅游,她也就不会有这牢狱之灾了。

李辉豪跟店主说:"请帮我把昌圣大师的所有唱碟每碟来两张。"

"好的,每碟要两张?"店主确认着就去找唱碟。

李辉豪始终没有搞清李娜当年在大红大紫的时候选择出家的原因,她一定是对人生大彻大悟后做出的决定,也不知她现在修炼得如何了,也许她的修炼和感悟都在她的这些佛教歌曲中了,他买两张,就是想送一张去给田玉玲,他不敢想象田玉玲在牢里听到这些歌曲时,会有什么感觉,能否减轻她的牢中寂寞,能否给她带去心灵上的启迪。

在李辉豪选购昌圣大师的歌碟时,周阳又买了一大包香,他过来对李辉豪说:"豪哥,你也请一些香回家去烧,九华山的香很灵的,我都是上山带香来烧,回家就烧从九华山带回的香。"

李辉豪摇了摇头说:"我家里没有供菩萨,不烧香的。"

周阳说:"现在哪个做生意的老板家里不供个菩萨? 你也请一尊菩萨回家吧,再请个大师去开光。"

李辉豪沉默了片刻说:"菩萨太尊贵了,我怕请回去没时间伺候,冷落了菩萨,就不请了,我还是把对菩萨的一片诚心都留在这里吧。"

周阳见他这么说,也就不再劝了。这都是缘分,缘分没到,强求也无用。

九华街不长,各种大小庙宇却很多,几步就有一个。李辉豪跟着周阳逢庙便拜,从太白书堂、净洁精舍、闵公墓、财神菩萨、发财树、通慧庵、旃檀禅林、化城寺、放生池等一路朝拜,等到祇园寺朝拜完,他们回到上客堂宾馆门口时,天色已晚。

李辉豪已经记不清这一路拜过多少庙见过多少佛像了。他感到浑身早已累乏了,心情也是更加沉重了,但他还不想回去休息。他不知道这一路哪里做得不好,怎么这么多的菩萨都没有保佑他,都不能减轻一点他内心的痛苦呢?他开始更加迷惘。难道是自己心有杂念,还有哪里没有做好的缘故吗?

他停住问道:"周阳,今晚有哪个寺庙做法事?"

周阳立即说:"有几个寺庙都有法事,规模最大的就是旃檀禅林,你想去做法事?"

李辉豪点点头说:"对,我想做一回法事,我想超度。"

周阳忙说:"我过去为我的父母和先人做过几次法事,我知道,要先报上要超度的姓名,你想超度哪位先人?"

李辉豪脸色冷峻地说:"我、我要超度活人。"

周阳不解地望着他说:"超度活人? 这我还真没有做过,我去庙里帮你问问。"

周阳说着,就又到旃檀禅林去了。李辉豪没有回宾馆,他看了看四周遍布的庙宇,就又朝九华山开山祖寺化城寺走去,他想去看看古九华最著名的化成晚钟现在是不是还会敲响。

来到放生池边时,李辉豪看到旁边的小店里,有卖活鱼活龟的,立即想到刚才和周阳一路烧香拜庙的时候,走得匆忙,疏忽了一件大事,怎么能忘了放生呢? 他立即买了四个小龟,还特意问店主要了一支笔,一笔一画地在龟壳上写下来四个人的名字,他先后写的是田玉玲、王华芳、刘海洋,最后才是写的自己。他带着这四只小龟,来到放生池边,一边一个一个地双手捧起小龟,一边对着小龟不停地默念着:"田玉玲,我给你放生了。王华芳,我给你放生了。刘海洋,我给你放生了。"他最后捧着写着自己名字的小龟,端详了好久,才放入水中。

那四只小龟很快钻入水中,跑到不远处,又都浮出水面,一起伸着小头望着他,李辉豪不停地朝他们挥着手说:"你们这些小东西,我放你们走,你们怎么不走啊! 快给我走得远远的。"

但是,很快地,李辉豪就为自己的这个举动感到荒唐可笑,你把它们放到这么个小小的水池里,你还能叫它们跑到哪里去呢? 这不就是一个小小的水牢? 它们都是活在水牢里了。他有些后悔了,又想着能把它们捞回来,带到大江大湖里去放生,可是它们都已经钻到水底去了。

这还是李辉豪上九华山后,唯一避着周阳做的第一件事,他的心里正懊恼着。如果周阳在,他一定会提醒自己,不去犯这么愚蠢的错误。

这时,周阳给李辉豪打来电话说:"豪哥,我已联系好了,大师说可以给活人超度,你想给谁超度? 我先把名字报上,要先排好。"

李辉豪立即大声地对着手机说:"田玉玲、王华芳、刘海洋,你和我,我们所有的人都要超度。"

旃檀禅林离化成寺不远,始建于清朝康熙年间,原为化城寺七十二寮房之一,建寺时,僧众发现山丘上有古树,木质坚硬,纹路纤细,散发出浓郁的清香,是被誉为佛家珍品的旃檀树,因而得名旃檀林,经过近些年的新建扩建,已经成为九华街上最雄伟壮丽的全国重点寺院。

李辉豪进入旃檀禅林大山门时,可见巍峨的三大宝殿,即大悲宝殿、大愿宝殿和华严宝殿,都是古朴典雅,四周回廊大理石柱栏杆护持,上方雕龙刻凤,金碧辉煌。

李辉豪和周阳烧香时,都已经一起一一朝拜过了,李辉豪再进来时,周阳正在大悲宝殿门外等他,里面的佛事已经开始了。

周阳笑着对李辉豪说:"豪哥,还是你知道得比我多,我还只知道给亡魂超度。里面大师说了,他们还可以超度思想,超度现生,能够帮人超度思想,解脱苦难,真是佛法无边啊。"

李辉豪和周阳走进大悲宝殿,里面早已挤满了人,全都肃然站立,双手合十,香烟缭绕,木鱼声声,几十个和尚在齐声念着佛经,绕着高大的佛像转圈。殿堂正中为千手千眼观世音菩萨,站在大理石莲花宝座上,慈眉善目,四周供奉84尊全堂佛像。

那群和尚绕完佛像后,一排排在进门处坐下,所有的施主香客也都按座位围住纷纷跪下,他们开始在主持大师的带领下吟诵佛经,主持大师敲一声木鱼,念一句,其余和尚都一起跟着敲着木鱼,唱诵一遍,他们声音整齐洪亮、美妙动听,在宝殿里不停地回响,许多施主、香客也跟着他们一起唱诵着。

李辉豪和周阳的蒲团就在面对大师的第一排,周阳早已跪在地下听经,只有他一个人还站在众人之间,显得很特别,他一句也听不懂,那些和尚在唱着什么经文。但是,他十分虔诚地双手合十,微闭双眼,在向救苦救难的千手观世音祈祷,他很快就听见和尚们在唱诵的经文中,在依次叫着田玉玲、王华芳、刘海洋和他的名字,他又开始在分心了,他在心里呼唤:田玉玲、刘海洋、王华芳,你们听到了吗? 我在给你们超度,我现在能帮你们的,就是只有请菩萨来给你们解脱苦难了。

二十七

等到佛事结束,李辉豪和周阳回到宾馆时,也是深夜。他们这一天跑得太累了,周阳一洗完澡,就倒头睡下,等李辉豪洗完澡出来,他已经在有节奏地打着呼噜了。

李辉豪却没有一点睡意,他不得不又羡慕起周阳来,他正是万事不愁,活得简单,睡得安稳啊。他打开电视,想看看电视,使他的心神安定下来,可是他一点也看不下去,越看心越烦。他这时想起佛说的一句话:生活本不苦,苦的是欲望过多;心本无累,累的是放不下的太多。欲望就像手中的沙子,握得越紧,失去的越多。人生是一场修炼,随缘是一种解脱。

他在反思:难道是自己的欲望太多了吗?难道是自己不懂得随缘吗?其实自己这些年,除了想干一些事情,便没有太多的欲望啊!自己并不迷恋尘世中的那些功名利禄、风花雪月,特别是近些年来,自己已经完全蜕化成一个生意人,一个地道的房地产开发商,只想干好自己的事,做好自己的房子,获得自己的经济效益,难道还没有随缘吗?到底是菩萨没有看懂我的内心,还是我没有悟透佛法的精髓呢?

李辉豪感到内心更加焦虑,他坐卧不安,他来到窗前,打开窗户,他想让外面清凉的夜风来使自己清醒一下。他想起佛经中说,向寂静处走七步都有不可思议的功德。他想,在这寂静的深夜,多走几步,也许就能聆听到佛的启迪。于是,他在房间里不停地来回走着,周阳一阵高过一阵的鼾声,打搅了他的心情,他干脆走出房间,走出宾馆,一个人来到夜色下的九华街。

此时的九华街静谧无声,宛如仙境,一个个路灯就像是天上的星星,散发出神秘的彩光,给所有的名寺古刹、天街大树都镀上了一层神秘的光辉,显得更加古朴典雅,更增加了一份庄重神圣,所有的庙宇和店铺都已关门,街道上也很难再遇到什么人。

李辉豪抬头远望,远处山顶上的寺庙都还有着灯光,就好像是指引人们的灯塔,特别是那座万佛塔。现在从九华街上往山顶看,被灯光照亮的佛塔,流光溢彩,玲珑剔透,悬在半空中,如同天景,瑰丽灿烂。又像是通天神塔,通体透明,在熠熠发光。

李辉豪想到,原来教化众生的九华山所有的菩萨也要休息啊。可是,他已早无睡意,他非常渴望在这静谧的夜里,能感受到菩萨的指点迷津,来解开他内心的困惑和痛苦。

他一个人沿着九华街走了一个来回,准备再走一次时,周阳追了过来。周阳不解地说:"豪哥,爬了一天的山,拜了一天的庙,你还不累,还要来看夜景。"

李辉豪说:"你累了,就回去睡吧。"

周阳说:"我睡得正香,服务员叫我,我才知道,你怎么一个人大半夜地跑出来了? 你应该叫我一声。"

李辉豪没有说话,他点着一支烟说:"你回去睡吧! 我还不想睡。"

周阳说:"豪哥,你都走到现在了,还没看够夜景啊? 还不想睡?"

李辉豪深吸了一口烟,突然语气坚定地说:"我不睡了,我要去天台,我要去看明天的天台晓日。"

周阳听了一惊:"豪哥,这时候上天台,索道也没开呀! 怎么上去? 还是明天去吧。"

李辉豪不置可否地说："我就要现在去,我还能爬得动,我一定要看到明天的天台晓日。"

周阳又叫了起来："豪哥,你冷静一点,你还以为我们是三十年前那样年轻啊!这十几里山路,能够一口气爬上去,你看看我这身体,哪还能爬那么高的山?你还要夜登天台,不说这山险路滑,就是这山林里的野猪野猴野兔,说不定还有毒蛇,吓也要吓死我了。"

李辉豪意志坚定地说："你怕你就不要去了,我一个人去。"

周阳看到李辉豪的那种坚毅的神情,就知道他已经决定了,而且他决定的事情是很难改变的,也只能痛下决心。他只好说："豪哥,难得你有这个好兴致,你真要去,我就舍命陪君子了。你等我把车开来。"

周阳去开车时,赶紧打了几个电话,他来的次数多,认得一些抬轿子的轿夫,他只能半夜去把他们叫醒,他说不管多少钱,只要能来抬他上山就行,他心里知道,自己这身体是一定爬不上去的,李辉豪虽一时兴起,但是年龄不饶人,他也是爬不到山顶的。

周阳把车开过来,李辉豪上了车,他们出了九华街,就向后山天台峰而去。几公里的山路,他们很快就到了,他们把车停到停车场,下车时,周阳特意递给李辉豪一根拐杖说："豪哥,深更半夜的,山上野兽都跑出来了,带着探路防身。"

李辉豪笑道："你有菩萨保佑,还能怕野兽?"

他们沿着青石板古道,往前走去,夜深人静,大山里变得更加神秘,只有路旁的龙溪发出的急促的溪流声。他们很快就到了著名的闵园尼姑庵群,这里聚集了二十多家尼姑庵。所有的门都关闭着,周阳还是恭恭敬敬地到每个尼姑庵的门前点香跪拜。

李辉豪在夜色中看不清这些尼姑庵了,他还依稀地记得三十多年前,他和田玉玲带着队伍从回香阁下来,也是从这里经过的,而且还是他唯一一次从这条路爬上天台的,后来陪人来九华山都是在前山烧香拜庙,就是有时到后山上天台也是坐索道上去的,再也没有来过这里了。

他也记不清三十多年前这里是怎样的,但他永远记得他和田玉玲路过时说的话,他看到那么多的尼姑庵,惊讶地对田玉玲说:"我一路过来,有个重大发现,九华山的菩萨庙都造得高大雄伟,这些尼姑庵却都是很小很简陋的。"

田玉玲说:"这就说明自古以来,男尊女卑的思想有多严重,造庙都有区别啊!你以后不要跟我来大男子主义。"

李辉豪笑道:"我们一开始,你就是书记了,我还能搞男尊女卑啊!在你面前,我永远做小男人。"

田玉玲又用眼挖了他一眼说:"你不要说得好听,我要看你做的,你怎么老是对尼姑庵感兴趣啊?你看这四周的山景多么美,你看那片闵园竹海多么漂亮,怎么就激不起你的诗情?我要交给你一个作业,你回去,一定要给我写一篇游记。"

李辉豪爽朗地答道:"你放心,我一定交给你一篇满意的九华山游记,我将来还要交给你一篇满意的人生游记。"

周阳拜完了所有的尼姑庵,引着李辉豪就来到了凤凰松下。这棵号称"天下第一松"的古松,已有一千四百多年的历史,造型奇特,主干扁平翘首,状如凤尾,从夜色下看去,显得更加高大逼真,更加像展翅欲飞的凤凰。这里也是登天台开始爬山的地方。

李辉豪来到凤凰松下坐下,心里感到一片凄然,他想到第一次和田玉玲到这里时的那种激动心情。他对田玉玲说:"在我心里,你就是那只飞翔的凤凰,你们所有的女团员都是我们厂里的凤凰,望你们都能高高飞舞,为我们工厂,为我们祖国迎来一个灿烂的春天。"

那时,几十个团员把他们围在一起,前面展开团旗照相,当时的那张以凤凰松为背景的照片还一直被他珍藏在家里。现在,青松依旧,可是只剩下了他一个,所有的人都已经是各奔东西了,再也无法聚到一起。

李辉豪这时才感到了困乏,他真的累了,身心都累极了,他现在才开始怀疑自己还能否有力气爬上天台了。但他还是在不停地下着决心,一定要看到明天的日出。

周阳又在不停地打电话,被他叫来的轿夫终于到了。周阳这时心里才定了下来,他对四个轿夫说:"我们要上天台看日出,现在还有时间,路过的每一个庙都要停下烧香。"

李辉豪虽然心里仍有豪情,但是早已腰酸腿痛,他不得不服软了,跟着周阳一起坐上竹轿,有轿夫抬着爬山,他心里有些不过意地对他们说:"这么深的夜,叫你们起来,辛苦你们了。"

轿夫说:"没事,我们就是干这活的,过去天天从这里抬人上去,索道通了,这条路上的人少了,我们就在索道上面抬人上顶,上面的路更陡,好多人都爬不上去。"

李辉豪和周阳被轿夫抬着一路上山,夜色很浓,他们已经看不到四周的景色,只有轿夫发出的喘息声和竹轿发出的吱呀声,一路经过的慧居寺、吉祥寺、长生古洞、复兴庵、天梯、吊桥等所有的庙宇佛洞,周阳都停下,烧香跪拜。

李辉豪已经没有太大的兴趣了,他一路屏气凝神,有时自己下了竹轿,独自一人朝前走去,他喜欢走在这深沉的夜里,更希望能在这万籁俱寂的深夜,聆听来自这神秘的佛山圣地的启迪心灵的声音。

一直到了古拜经台,轿夫停下休息了很长时间,李辉豪知道他们这一路也很累了,前面就是最后登顶天台的最陡峭的山崖了。这里也是上天台路上一个很著名的景点,因为庙里留有一双地藏菩萨当年的硕大脚印,据说摸一下,就能消灾得福,自古以来,都是香客、游人必拜之圣地。

所有宝殿的大门都关着,周阳只能在外面朝拜。李辉豪在殿前平台,朝夜空中远望,虽然他现在看不到什么景色了,但他知道这里也是观山望景的绝佳的场所。

　　那次他和田玉玲带着队伍也是在这里一边休息,一边观景,做登顶天台的最后准备。

　　大家围坐在一起,都被眼前美丽壮观的山景陶醉了,个个都是流连忘返。最后,还是田玉玲站起来说:"同志们,我们祖国的大好河山到处都美,我们不能到哪里都舍不得离开呀,更美的风景在天台顶上,我们继续前进,继续朝上攀登。"

　　这时有人提出意见:"田书记,我们还从来没有见过这么美的景色,你就让我们看个够吧! 我们还想看天台晓日。"

　　许多青年团员都跟着叫道:"我们要看明天的日出。我们要留在山顶看明天的日出。"

　　田玉玲立即感到遇到了新问题,他们出发时,根本没有考虑过在天台看日出,这几十个青年团员一起留在山顶过夜看日出,这不是个小问题呀。在路上,虽然不时有人提出,田玉玲只当是鼓励大家,就没有当真。现在大家都提出了,她就感到难以决定了。

　　田玉玲跟李辉豪商量,李辉豪的情绪也被大家感染了,他也想留下看日出,他就对田玉玲说:"你不是一向讲民主吗? 还是大家举手表决,少数服从多数。"

　　他的话刚一说完,几十个青年团员一起举起手说:"我们都要求留在天台看日出。"

　　田玉玲看到大家情绪高涨,只得应从了大家的要求,她最后说:"那我们就按照大家的要求,到天台过夜看日出,大家一定要发挥团结友爱的精神,互相帮助互相照顾,保证安全。"

几十个青年团员一起欢呼雀跃，一起跟着飘扬的团旗向天台峰奔去。

　　李辉豪想到这些，就避下周阳和轿夫，独自先朝天台峰走去，走在这条路上，他仿佛又感受到了那时的那份激情和冲动。当轿夫跟上来要抬他时，他摇摇手说："这最后的阶梯，我自己爬上去，不用你们抬了。"

　　这是九华山最陡峭的一段山路，高不见顶，李辉豪只爬了几个台阶，就已经气喘吁吁了，他不时地停下休息。

　　周阳坐着竹轿上来，跟他说："豪哥，你还是坐轿子上去吧，这段路，一般人都爬不上去。"

　　李辉豪摇摇手说："你先上去吧，不要管我，我慢慢爬，一定要爬上去。"

　　李辉豪不是不知道这条号称"天梯"的山路的艰难，那时，他们几十个青年团员都是手拉着手艰难地爬上去的。但是，那时，他流下的都是幸福的汗水，因为那时有田玉玲在他身边，有她在，他就永远不会感到累。他们是一边互相鼓励着，一边高呼着"我们就要进入共产主义的天堂了"的口号，爬上去的。

　　现在，在这寂静的夜里，他一个人艰难地往上爬时，他更想起了田玉玲，他一向坚硬如铁的心又一次软了，他感到无限的酸楚和感慨，他感到眼里又充满了泪水，他用手把脸上的泪水和汗水一起狠狠地抹了一把，又咬咬牙继续往上攀登，因为他知道这就是一条地藏菩萨修炼时，磨炼意志的"通天路"。

　　他不知道中途停留了多少次，也不知道最终花费了多少时间。当他终于爬到天台山顶，看到那九华山最高的天台寺，看到那石壁上刻着的"中天世界""非人间"时，他终于自豪地吐出一口憋在心里很久的豪气："我终于还是爬上来了。"

　　周阳和轿夫早在上顶等他了，他不理解李辉豪怎么就是不同于别人，放着轿子不坐,非要自己爬上来,经过这一天一夜的折腾,他是不想要命了?周阳看到他累得快要虚脱了,赶紧扶他坐下休息。他只是才感到,自己虽然和李辉豪做了几十年的兄弟,但是对于他的了解还是很不够,他总是能做出一些出乎自己意料的事情,这也许就是他们之间永远的差别。

登上了天台之巅,李辉豪的心情终于轻松了许多。虽然天色还早,山顶上已经聚集了一些等待看日出的人,这也驱散了他们一路而来的孤独感,原来走到哪里都还能找到志同道合的同路人。

李辉豪稍微休息了片刻,就又同周阳一起到庙宇的周围和地藏古洞去烧香朝拜了。

位于山巅的天台寺坐落在高高的岩石之上,两厢有突出的巨崖相拥,在夜里显得更神秘庄重,更有一种君临天下的不凡气势。寺庙的大门都关着,他们只能在外面烧香朝拜。

李辉豪在寺庙前的福德台上,把香袋里带来的所有香一起点着了,他想在这九华山最好的寺庙点着的香火,必然会随风飘向九华山的所有寺庙,整个九华山的群峰万物和诸神菩萨都会听到自己此时的心愿了,他们一定会给自己这颗受伤的心灵带来安慰,带来新的启迪。

李辉豪烧完了所有的香,又跟着周阳朝地藏洞而去。古地藏洞静悄悄地藏在庙后一处岩缝间,在去地藏洞的路上立着一块石碑。周阳打着电筒,在前面小心地带路。

他们走下一排长石阶,到了一个小平台,右边有一个很小的庙,左边就是一石洞,石壁上用朱红漆刻着"地藏古洞"四个字。洞很小,里面供着地藏菩萨的塑像。

周阳还在外面忙着给那个小庙点香跪拜。

李辉豪一个人在洞里久久伫立,洞里很潮湿,不停地滴下几滴水来,一股冰凉的气息似乎跨越时空,渗透着他的肌肤。

李辉豪心有感触,他又面对着地藏菩萨的塑像,盘腿坐下,他想感受一下,这位来自新罗国的王子,那时舍弃了世间荣华,全身心投入性灵生活,于佛法中寻求宇宙的真知,在荒山野岭独居数十年,常常以白土为食,却如此怡然自得,这到底是怎样的一种精神世界呢?

直到周阳进来叫他,他才起身离去,但他仍感到昏蒙迷茫,一无所获。他们接着又来到捧日亭,在这个亭上可以捧日,可以摘星,可以揽月,是观日出的佳境。这里已经聚集了许多看日出的游人,李辉豪略一停顿,就继续朝位于青龙背上的云峡而去,那里就是他和田玉玲当时一起看日出的地方。云峡又名一线天,位于天台峰顶,为天台最高处。有两块巨大的岩石,并立为门,天空成立一线,只容一人通行。

李辉豪和周阳来到巨大的石门前,用电筒照着右边岩石上直镌的"云峡"二字,左边岩石横琢"一线天"三字。并扶着石壁从石门里走过,这里虽险,却是看日出、观云海最佳的地方,是古人称之为"天台晓日"的九华山最著名的胜景。

经过一天一夜的辛苦劳累,他们终于登上了顶峰,迎来了新一天的黎明,当天边微微发白,四周越来越亮时,山顶却又起了好大的云雾,使他们眼前只能看见白茫茫的一片,再也看不清四周的任何景色,天上还不时地飘下几颗冰凉的雨点。

周阳十分懊丧地说:"豪哥,这一夜都是白跑了,要下雨了,今天看不到日出了。"

李辉豪仿佛没有听见他的话,他的心里忍不住异常激动起来,他分明已经看见了那一轮鲜红的日出,那个三十多年前升起的,那就是他一生看到过的最瑰丽、最壮美的日出啊。

那天,他们几十个青年团员夜宿天台顶峰,没有感到寒冷,没有感到饥饿,没有感到疲倦,只有永不停息的燃烧的青春激情。在星辰未去,晨曦初露之前，他们就已全都激动地跳了起来，伫立在天台正顶，全神凝视着东方。当黎明到来之时，只见东方地平线上渐渐泛起白光，渐渐明亮，首先是迸发出一丝丝金色光芒，接着光芒下又露出一条条橙黄色短线，片刻间又涌现出各色耀眼的光芒，把天空、云朵、山峦、沟谷、竹海、松林都染得五彩缤纷的，接着一轮红日冉冉升起，透过薄雾，霞光四射，照耀着无边的云海，照耀着九华山姿态各异的群峰，气势磅礴，十分壮观，使人感觉到那扑面而来的火、热、生命、光明。那就是他们燃烧的青春和热血，那就是他们升腾的理想和信仰啊。

李辉豪望着眼前的云起云涌，他的双眼又潮湿了，他仿佛又在蒙眬的泪眼中看到了三十多年前的那个早晨。当整个太阳升起的时候，田玉玲带着他们一起，屹立在山顶，展开鲜红的团旗，面对朝阳，一起宣誓："我们是中国共产主义青年团，我们永远热爱我们的党，热爱我们的祖国，热爱社会主义，我们甘愿为建设社会主义贡献所有的青春和热血，永远做共产主义的接班人。"

此时此刻，想到那个激情四射的早晨，李辉豪再也控制不住内心的澎湃激情，他又一个人站了起来，面对着东方，眼含着热泪，高举起右手在重读那段誓词。此时，他仿佛看到田玉玲，还有那些过去的青年团员，正在穿过眼前的云海，一起腾云驾雾朝他奔来。

周阳在一旁惊呆了，他不明白，经过这一天一夜的旅行，李辉豪到底是变得又疯又傻，捉摸不定了，还是他也从苦恼中解脱？难道他已经得到菩萨的保佑，返老还童了？这神奇的九华山到底会把他改变成一个什么人呢？

李辉豪宣誓完后，仍然久久地站立在那里，他此时非常希望这神山真的能有神灵，能将他的这个誓言带去给身处牢狱之中的田玉玲。

他又想起人们常说的一句话，处在高山之巅，面对前方大喊几声，就会心胸开朗,忘记烦恼,精神振奋。于是,他又鼓足了所有的力气,对着远方连续大吼了几声,他希望这神奇的圣山,能给他传来回音,他久久地等待着圣山的回音,一直不愿离去。